해도연 소설집

차례

검은 절벽　7

텅 빈 거품　81

마리 멜리에스　139

콜러스 신드롬　187

에일-르의 마지막 손님　275

안녕, 아킬레우스　317

작가의 말　391

검은 절벽

1

라미는 별빛 가득한 어둠 속에서 눈을 뜬다. 자세히 보니 푸르스름한 별들은 오른쪽 하늘에만 가득하고 왼쪽 하늘은 검은색 페인트를 쏟아부은 것처럼 캄캄하다. 심장박동을 따라 짤막한 두통이 몇 번 지나가고 난 다음에야 왼쪽에 보이는 게 하늘이 아니라 검은 벽이라는 걸 깨닫는다.

손가락과 팔다리를 조금씩 움직여봤지만 헛도는 느낌이다. 몸에 딱 맞게 짜인 관 속에서 움직이는 듯하다. 일어나려 해봤지만 몸이 너무 무겁다. 검은 벽을 향해 손을 뻗자 다행히 무언가 잡히는 게 있다. 가느다란 파이프 같다. 라미는 파이프를 당기며 몸을 일으킨다. 세상에, 몸이 이렇게 무거울 일인가? 라미는 지금 상황을 도무지 이해할 수 없다. 무슨 일이 있었던 걸까? 그리고…… 라미는 우주복을 입고 있다. 몸이 무거운 게 아니라 우주복이 무거운 것이었다. 하지만 우주복을 입었다는 걸 느낌으로 알 뿐, 눈으로 확인한 건 아니다. 그러기에는 주변이 칠흑처럼 어둡다. 엄밀하게 말하자면 칠흑 그 자체다. 주변에 광원이라고는 오른쪽 하늘을 뒤덮은 별빛밖에 없는데 먼 별빛으로는 눈앞의 손바닥조차 볼 수 없다.

"조명, 조명이 어디 있더라."

라미가 헬멧 옆쪽을 살짝 두드리자 조명이 켜진다. 조명 옆에 있는 다이얼을 돌리자 빛이 더 넓게 퍼지면서 주변의 모습이 드디어 라미의 동공 속으로 들어온다. 여전히 주변은 암흑으로 가득하지만 적어도 빛이 닿는 둥근 영역은 잘 보인다. 그리고 우주복의 흰 표면에 빛이 반사된 덕에 주변부의 모습도 어렴풋하게 떠오른다.

왼쪽 벽은 지름이 20미터 정도 되는 원통형 기둥이다. 고개를 들어보지만 헬멧 조명의 밝기가 충분하지 않아 전체 높이는 알 수 없다. 라미가 누워 있던 곳은 기둥 측면에 튀어나와 있는 자그마한 테라스 같은 곳이다. 6인용 테이블 정도의 넓이에 난간은 없다. 훈련 중에 잠깐 쉬러 나왔다가 잠이라도 들었나? 라미는 기억을 더듬으며 조심스럽게 오른편 가장자리로 가서 아래를 내려다본다.

"미치겠네."

기둥은 아래로도 이어졌고 역시 조명이 약해 그 끝은

보이지 않는다. 하지만 자기가 있는 곳이 어마어마하게 높은 곳이라는 건 알 수 있다. 테라스 아래는 머리 위의 하늘처럼 컴컴하다. 도시 불빛 같은 건 조금도 보이지 않는다. 바다 한가운데에 있는 걸까? 혹시 우주 엘리베이터에 있는데 정전이라도 일어난 걸까? 그건 아니다. 지름이 20미터짜리인 우주 엘리베이터 케이블은 없으니까.

시선 끝에 미약한 빛이 보인다. 헬멧 조명 때문에 동공이 작아졌다는 걸 깨달은 라미가 조명을 끄자 주변은 다시 어둠에 뒤덮인다. 잠시 후, 눈이 어둠에 적응하면서 미약한 빛의 정체가 드러난다.

다시 별빛이다.

발아래에도 아득하도록 먼 밤하늘이 있다. 눈앞에서 조금씩 멀어지는 기둥, 그리고 일말의 원근감도 느낄 수 없는 바닥없는 하늘 사이의 경계가 라미의 균형 감각을 흩트린다. 몸이 빙글 휘청이며 발아래 하늘로 떨어질 듯한 아찔한 현기증이 라미를 덮친다. 라미는 거칠게 뛰는 가슴을 진정시키며 가장자리에서 엉금엉금 벗어나 기둥 벽에 몸을 기대앉는다.

"아니, 씨발, 이게 뭐야?"

가빠지는 호흡을 가까스로 가다듬은 라미가 정면을 바라본다. 역시 별이 가득하고 컴컴한 밤하늘이다. 기둥에 가려진 반대편도 다르지 않을 것 같다. 이제야 라미는 조금씩 상황을 이해한다. 여긴 우주다. 우주복을 입었다는 걸 깨달은 시점에 간파했어야 했다는 생각도 잠깐 들었지만 그러기엔 너무나 익숙한 중력이 여기는 지구라고 속삭였다. 하지만 절대 지구가 아니다. 그러니까, 여긴 우주다. 중력이 어디서 오는 것이든 간에.

"무슨 일이 있었던 거야. 무슨 일이. 생각, 생각해. 내가 왜 여기 있지? 여기가 어디지?"

라미는 눈을 감고 중얼거린다. 미약한 메아리와 불쾌한 습기가 헬멧 내부를 맴돈다.

"지구는 어딨지? 아니, 달이나 태양이라도."

지구도 달도 태양도 보이지 않는다. 기둥 반대편에 있는 걸까? 셋 다? 어지간히 멀리 나왔나 보다. 라미는 천천히 테라스 우측 가장자리로 기어가서 고개를 살짝 내민다. 여전히 기둥 너머를 보기에는 역부족이다. 라미는 다시 돌아와 주변 별들의 위치를 살핀다. 방향이라도 짐작할 수 있기를 바라면서. 그러나 별이 너무 많다. 밝은 별만 골라서 보여주는 지구의 탁한 대기가 그리워지는 순간이다.

문득 이상한 사실이 라미의 신경을 긁는다. 행성이라고 할 만한 게 보이지 않았다. 금성이야 태양을 따라다닐 테니 같이 기둥 뒤에 가려졌다고 해도, 목성과 토성은 물론이고 화성도 보이지 않았다. 밝은 행성이 전부 태양 반대편에 있다는 게 불가능하지는 않겠지만 그런 일은 드물었다. 거기에 태양, 달, 지구까지 기둥 반대편에 있을 가능성은 더욱 낮았다.

애초에 특정 행성을 찾기에는 별이 너무 많고 밝다. 지구 어디에서도 이렇게 많은 별을 본 적이 없다. 라미는 모래밭에서 쌀알을 찾는 심정으로 익숙한 별의 배열을 찾기 시작한다. 이윽고 익숙한 모습 하나가 눈에 들어온다. 일렬로 늘어선 세 개의 밝은 별, 오리온의 허리다. 곧 오리온자리 전체가 보이고 가장 밝게 빛나는 별 시리우스와 큰개자리도 발견된다.

하지만 시리우스의 위치가 이상하다. 큰개자리를 이루는 별 중 유독 시리우스의 위치만 묘하게 멀어진 것처럼 보인다. 시리우스가 갑자기 저렇게 이동했을 리는 없다. 그렇다면 가장 그럴듯한 답은 하나다. 이동한 건 시리우스가 아닌 라미다.

"얼마나 멀리까지 온 거야?"

말을 뱉자마자 라미는 적당히 멀리 나온 수준이 아니라는 걸 깨닫고 다시 한번 아득한 현기증과 구역감을 느낀다.

"미쳤어, 진짜. 도대체 어떻게 된 거야?"

지구에서 시리우스까지의 거리는 약 8.6광년. 그런 시리우스의 위치가 다르게 보인다는 건 지금 태양계를 벗어나도 한참 벗어난 곳에 있다는 뜻이다. 기둥 뒤에 있는 건 달이나 태양 따위가 아닌 태양계 전체였다.

라미는 현재 태양계 바깥의 성간에 있다. 별과 별 사이의 공간에서 라미는 정체불명의 기둥에서 튀어나온 작은 테라스에 앉아 있다.

자신의 위치를 깨닫자 라미의 기억이 조금씩 돌아오기 시작한다.

✤ ✤ ✤

'다이버전스'는 다목적 유인 항성 간 탐사선이고 라미는 그곳의 승무원이다. 다이버전스의 첫 번째 임무는 태양계 카이퍼벨트를 탐사하는 일이었다. 출발 후 1년 동안 태양계 외곽에 있는 카이퍼벨트 천체의 샘플을 모아 드론에 실어 지구로 보낸 뒤 본격적인 태양계 탈출을 시작한다. 카이퍼벨트를 벗어나면 1년 동안 0.3G✦로 가속한다. 가속을 끝내고 태양계에서 0.15광년 떨어진 곳에 이르렀을 땐 속도가 광속의 31퍼센트에 이른다. 이후 4년 동안 가속 없이 이동한다. 이보다 더 빠르면 태양계를 둘러싼 오르트의구름을 통과할 때 얼음 먼지와 부딪혀 다이버전스가 파괴될 수 있기 때문이다. 태양에서 1.39광년 떨어진 곳에서 오르

✦ 지구의 중력가속도를 기준으로 한 가속도 단위. 1G가 대략 $9.8 m/s^2$ 다. 중력 세기를 나타내는 단위로도 쓰인다.

트의구름을 벗어나면 다시 5개월 동안 1G로 가속한다. 그러면 광속의 74퍼센트까지 속도가 올라간다. 속도는 여기까지가 한계다. 이제 탐사선은 태양계에서 1.61광년 떨어져 있다. 그다음엔 2년 7개월 동안 가속 없이 등속으로 이동한다. 태양에서 2.78광년 거리에 이르면 이제 5개월 동안 0.5G로 감속하기 시작한다. 감속이 끝났을 땐 속도가 광속의 0.9퍼센트까지 떨어진다. 초속 2600킬로미터 정도. 이제 태양에서 3.31광년 떨어진 곳이다.

이때부터는 현장 판단에 따라 속도를 줄여가며 두 번째 임무를 준비한다. 떠돌이 쌍행성 KMSP-13ab, 통칭 네그니스를 탐사하는 일. 네그니스에서 2년을 보내고 나서는 종전과 같은 과정을 거쳐 태양계로 돌아온다. 지구에 도착하면 21년이 지나 있을 것이다. 시간의 상대성 때문에 다이버전스에서는 19년이 지났을 것이고. 하지만 여러 번의 장기 수면 덕분에 라미를 포함한 승무원들의 예상 체감 경과 시간은 4년 6개월에 불과하다.

아주 먼 곳으로 유학을 다녀온 것과 비슷한 경험이다. 적어도 라미에겐 정말 그렇게 될 예정이었다. 지도 교수와 함께 네그니스를 직접 조사하고 연구해 학위를 받고, 귀환 후에는 성과를 불문하고 종신직을 받기로 되어 있었다. 성과가 좋다면 평생 연구 자금까지 받을 수 있을 테고. 지긋지긋한 가족과 풀리지 않는 인간관계, 보장 없는 미래에서 해방되기 위해 치열한 경쟁을 뚫고 손에 넣은 기회였다.

그랬던 라미가 지금은 거대한 비닐우산을 닮은 우주선 다이버전스 외벽의 소박한 공간에 혼자 앉아 있다. 기둥이라고 생각했던 건 길이가 1킬로미터에 이르는 다이버전스의 동체였다. 라미는 무슨 이유에선지 다이버전스의 바깥에 나와 있었던 것이다. 어쩌다 이런 상황에 몰렸는지는 여전히 기억나지 않는다.

라미는 몸을 일으켜 두 발로 일어선다. 중력이 그를 일으켜 세운다. 발밑에 지구가 숨어 있는 게 아니라면 다이버전스가 지금 1G로 가속하고 있다는 뜻이다. 라미를 잡아당기는 건 중력이 아닌 가속도와 관성이었다. 엘리베이터가 올라가기 시작할 때 몸이 잠깐 무거워지는 것처럼 느끼게 하는 힘. 그렇다면 카이퍼벨트를 떠나고 적어도 5년은 지났다는 말이 된다. 1G 가속은 5개월 동안 지속되니까 5년 5개월은 아직 지나지 않았을 테고. 물론 예정대로 비행 중이라면.

고개를 들어 위를 보다가 시선을 천천히 아래로 내린다. 똑같이 별이 가득한 밤하늘, 아니 우주이지만, 발아래의 공간은 문자 그대로 바닥없는 절벽이기에 아찔하기 그지없다. 라미는 다시 뒤로 걸어가 동체 외벽에 등을 기댄다.

"이런 멍청이 같으니."

라미는 무전기 스위치를 찾는다. 왜 이걸 이제야 떠올

린 건지. 아마 기절하는 바람에 잠시 멍청해진 걸 거야. 그렇게 생각하며 왼손을 올려 우주복 목 부근에 있는 수동 통신 버튼을 누른다. 짧은 잡음이 스쳐 지나간다.

살아 있다!

라미의 얼굴에 화색이 돈다.

"여기는 라미, 누구라도 들으면 회신 바랍니다. 지금 외벽 돌출부에 있습니다. 위치는 AE-35 보급 모듈인 듯하고 사고가 있었는지 잠시 의식을 잃었다가 깨어났습니다. 도움이 필요합니다."

답변은 없다.

"여기는 라미, 회신 바랍니다. 외벽에서 고립되어 움직일 수가 없습니다."

여전히 조용하다.

그러고 보니 왼쪽 팔목 안쪽에 제어 모니터가 있을 텐데. 하지만 왼팔이 왠지 허전하다. 통신 버튼에서 손을 내려 팔목을 보니 전선과 가느다란 파이프 몇 개가 늘어져 있을 뿐 정작 필요한 게 없다. 제어 모니터가 떨어져 나간 것이다. 그리고 근거리 송수신 장치는 제어 모니터에 통합되어 있었다. 조금 전에 들린 짧은 잡음은 말 그대로 잡음이었을 뿐 무전기는 죽어 있었다. 지금으로선 당장 선내에 도움을 요청할 방법이 없다. 잠시 절망에 빠지려다가 아직 포기하기엔 이르다는 생각에 라미는 고개를 든다. 무전기가 고장 났을 뿐이다. 그뿐이다. 근거 없는 낙관이지만 아무튼 그렇다.

"좋아."

라미가 자신감 넘치는 목소리로 말한다.

"좋아."

이번엔 주눅이 든 목소리다. 우주의 무거운 정적 속에 울리는 자신의 목소리가 너무 처량해서였다. 하지만 곧 라미는 그렇기에 더 목소리를 내야 한다고 생각한다. 그러지 않으면 이 괴물 같은 정적에 질식해버릴 것 같았기에.

"항성 간 비행 훈련을 하면서 기억술에 대해서는 충분히 익혔어. 그래도 기억이 제대로 나지 않는다는 건 아마 물리적 충격이 있었다는 거야. 여기서 물리적 충격이라고 할 만한 건……."

라미는 고개를 들어 위를 올려다본다.

"추락이겠지."

어쩌다가? 이동 중에 선외 작업을 하는 경우는 많지 않다. 기껏해야 1년에 두세 번 고장 나는 먼지 수집 장치를 손보는 일 정도? 선외 작업을 할 때는 항상 행성 간 항해사인 노아와 함께였다.

"노아 그놈이 날 밀어버린 건가?"

라미는 고개를 젓는다. 누군가 한쪽을 민다고 하면 미는 쪽은 아마 자신일 테니까. 라미는 노아가 영 마음에 들지 않았다. 다른 건 몰라도 먼지 수집 장치에 대해서만큼은 라미가 그보다 더 자세히 알았고 필요에 따라 관리 순서를 바꿔야 한다는 것도 알았지만, 노아는 사사건건 절차와 규정을 따지며 순서대로 하지 않으면 온갖 잔소리를 쏟아냈고 선내에 돌아가서는 숨도 안 돌리고 라미의 규정 위반을 보고했다. 그래서였을까, 라미는 그가 별 쓸모도 없으면서 무겁기만 한 짐짝처럼 느껴지기도 했다. 다음엔 노아를 에어록에 묶어두고서라도 혼자서 작업하고 말겠다고 다짐한 적도 있었다.

"정말 내가 혼자 나왔다가 추락한 건 아니겠지? 설마."

설마.

"그럴 리가."

그럴지도.

달리 설명할 방법이 보이지 않는다. 그러지 않고서야 혼자 다이버전스 바깥에서 추락할 일이 없다. 마침 먼지 수집 장치도 지금 있는 곳에서 30미터 정도 위에 있다. 거기서 어떤 작업을 하다가 뭔가 잘못돼서…….

"아니, 아니야. 가속 중에 안전줄도 없이 바깥으로 나오는 건 미친 짓이잖아. 지구였다면 수백 미터 높이의 빌딩 위에 맨손으로 매달려 있는 건데."

어쩌다 안전줄이 끊어진 건 아닐까? 라미는 우주복을 살핀다. 혹시 안전줄이 꼬리처럼 달려 있진 않을까 하는 생각에. 두꺼운 우주복 때문에 몸을 살피기가 쉽지는 않다. 힘들게 고개를 돌려 몸 뒤쪽에 조명을 비췄을 때 라미의 눈에 들어온 건 썩은 동아줄보다도 더 절망적인, 피, 피다. 엉덩이 부근에 검붉은 피가 잔뜩 묻어 있다. 우주에서, 그것도 우주선 밖에서의 부상은 결코 겪고 싶지 않은 경험이다.

"오, 하느님, 부처님. 제발 내 피가 아니길! 내 피가 아니길!"

라미는 다급히 몸을 이리저리 돌려가며 우주복에 상처가 없는지 살핀다. 그다지 깔끔한 상태라고 하기는 어렵지만 피가 묻은 것 말고는 좀 거칠게 긁힌 흔적이 전부다. 아무래도 자신의 피는 아닌 것 같다는 생각에 라미는 마음이 놓인다. 그것도 잠시, 그렇다면 누구의 피란 말인가? 노아? 라미는 다시 한번 핏자국을 바라본다. 자세히 보니 피가 잔뜩 뭉쳐져 있다. 피가 묻었다기보다는 핏빛 잼이 묻은 느낌이다. 라미가 손가락으로 엉덩이를 툭툭 치자 굳은 핏덩어리는 굵은 부스러기가 되어 아래로 떨어진다. 우주 공간에서 물건이 아래로 떨어지는 걸 보는 건 기묘한 경험이었지만 지금 그런 걸 신경 쓸 상황은 아니었기에 라미는 재빨리 상황을 더 자세히 분석하기 시작한다.

일단 피는 다이버전스 바깥에서 묻었어. 선내에서, 즉 공기 중에서 묻었다가 그대로 바깥으로 나왔다면 우주복 표면에 얇게 남아 있는 정도일 테니까. 하지만 이렇게 덕지

덕지 묻어 있다는 건 피가 잼처럼 농축된 상태에서 묻었다는 거야. 누가 피를 끓인 걸까? 사람이 맨몸으로 우주 공간에 노출되어도 피가 끓어오르지는 않아. 체액은 혈관이나 피부에 단단히 감싸여 있어 진공에서도 원래 상태를 유지하니까. 우주 공간에서 피가 끓으려면 혈액 자체가 진공에 노출되어야 해. 잼처럼 끈적거릴 만큼 농축되려면 대량의 피가 한군데에 모여 있어야 하고.

다이버전스 바깥에서 누군가 농축되고도 우주복에 잔뜩 묻을 만큼의 피를 흘렸다. 한 번에 그만큼의 피를, 그것도 우주에서 흘린 사람이 살아 있을 가능성은 없다. 그리고 라미는 혈액 잼이 완전히 굳기 전에, 아마도 피가 나고 얼마 지나지 않은 시점에 그 피 웅덩이 가까이에 있었을 것이다.

라미는 터져 나오는 구역질을 필사적으로 참는다. 항성 간 공간에서 토사물에 질식해 죽고 싶지는 않으니까. 그래서 더 생각에 집중한다.

노아일까? 노아와 함께 작업하다가 어떤 사고로 추락했고 안전줄마저 끊어진 게 아닐까? 우리는 다이버전스의 돌출부에 충돌했고 그곳에서 노아는 크게 다쳤다. 노아가 흘린 피 웅덩이 근처에 내가 있었고 나는 당황한 나머지 발을 헛디뎌 다시 한번 추락해 여기에 떨어졌다. 그렇다면 왜 나한텐 큰 상처가 없는 걸까? 첫 번째 추락 때 노아의 시체가 쿠션 역할을 해준 걸까? 아니, 그땐 시체가 아니었을지도. 오히려 내가 노아의 몸 위에 추락하면서 치명상을 입힌 건 아닐까?

생각만으로는 아무런 답도 나오지 않는다. 라미는 일단 이곳에서 벗어나기로 한다.

우주복에는 와이어건이 있다. 작업용이라기보다는 제트팩 없이 선체와 물리적으로 떨어져 귀환이 어려울 때 쓰는 비상용 장비에 가깝다. 그래서 와이어 끝에 있는 갈고리 자석의 힘은 우주복 입은 성인 한 명의 체중을 겨우 버티는 정도다. 하지만 라미는 체중이 비교적 가벼운 편이니 크게 걱정할 일은 아니다. 와이어 길이는 10미터밖에 되지 않지만 세 번만 타고 올라가면 먼지 수집 장치가 있는 곳까지는 갈 수 있다. 거기까지만 올라가면 에어록 해치로 이어지는 사다리에 닿을 수 있다.

여기서 15미터 정도 위, 수직 방향에서 옆으로 5미터 정도 벗어난 곳에 자그마한 돌출부가 하나 보인다. AE-34 보급 모듈의 냉각장치다. 조금 전 떠올린 시나리오가 사실이라면 노아는 그곳에 있을 가능성이 크다. 노아의 시체를 확인한다면 지금 상황이 좀 더 명확히 이해될지도 모른다.

시체라니, 아직 살아 있을지도 몰라.

라미는 짧게나마 노아에게 소리 없이 사과한다.

그때 또 다른 선택지 하나가 뇌리에 떠오른다. 아래로 240미터 정도 가면 선착장 모듈이 있다. 외부에는 네그니스의 두 행성을 직접 탐사하는 데 사용할 행성 왕복선 두 대가 고정되어 있고 내부에는 2인용 비상 비콘십 여덟 대가 있다. 다이버전스에서는 수면 부작용을 줄이기 위해 장기 수면 중에도 1년에 1개월씩은 깨어나 활동을 해야 하지만 비콘십의 초장기 수면 장치로는 이론상 한 번에 최장 200년까지 잠들 수 있다. 물론 부작용을 감수해야 하지만 비콘십의 목적은 건강 유지가 아닌 생존이다. 다이버전스에서 돌이킬 수 없는 사고가 생겼을 경우 비콘십을 타고 탈출해야 한다. 탈출자는 지구에서 비콘십의 위치 신호를 포착하고 구조선을 보낼 때까지 최대 200년 동안 잠든 채로 정처 없이 항성 간 공간을 떠돈다.

"잠자는 우주의 공주가 따로 없네."

라미는 조심스럽게 아래를 내려다보며 중얼거린다. 여전히 아찔하다. 별이 빛나고 바닥이 없는 시커먼 절벽이라니. 그마저도 헬멧의 연약한 조명이 닿지 않으면 모습을 감춘다. 무엇보다 연약한 10미터 와이어에 의존해 240미터를 직접 내려갈 엄두가 나지 않는다. 애초에 탈출을 시도할 정도의 상황은 아닐 거라는 생각이 든다.

"엘리베이터가 있으면 좋으련만. 그것만 있으면 1분 만에 왕복할 수 있을 텐데."

라미는 위를 올려다본다. 조명이 만드는 동그란 빛이 다이버전스의 동체 기둥을 타고 올라간다.

나도 저 빛처럼 빠르게 올라갈 수 있다면.

라미는 한심한 부러움을 접고 허벅지 주머니에서 와이어건을 꺼낸다. 비상용 장비인 만큼 처음 받았을 때 성능 시험을 위해 몇 번 작동시켜본 것 말고는 써본 적이 없다. 그런데 그런 것치고는 와이어건에 사용한 흔적이 많이 보인다. 애초에 누가 쓰던 걸 받은 것일 수도 있고 원래 그리 튼튼한 물건이 아닐 수도 있다. 라미는 부디 후자가 아니기를 바라며 와이어건을 위로 겨눈다.

방아쇠를 당기자 와이어 끝의 자석이 소리 없이 날아가더니 10미터 위의 외벽에 달라붙는다. 살짝 당겨보니 믿고 매달릴 만했다. 라미는 와이어건을 우주복 허리에 고정하고는 와이어를 잡아당기며 천천히 위로 올라간다. 목적지는 노아의 시체가 있는, 혹은 있을지도 모르는 곳이다.

노아, 미안. 또 죽여버렸네.

라미는 내심 자신이 정말 노아를 죽이고 싶었던 건 아닌지 잠시 의심한다. 왜 자꾸 노아의 죽음을 생각하게 되는 건지.

"아래를 내려다보지 말라고 누가 얘기 좀 해줬으면 좋겠는데. 아래를 보나 위를 보나 경치는 똑같겠지만. 별이 빛나는 시커먼 우주. 아, 아니네. 도플러효과가 있지. 위에 있는 별들이 좀 더 푸르게 보이긴 해. 밑에 있는 것들은 좀 더 붉고. 위에는 창백한 푸른 점, 아래엔 붉은 지옥 불. 멋지

네, 정말."

라미는 말을 멈추지 않는다. 말을 멈추면 심연이 자신을 삼켜버릴 듯하다.

"그냥 컴컴한 동굴에서 자그만 조명에 의지해 암벽을 오르는 거야. 그뿐이야."

그다지 위로가 되지 않는 말이라는 걸 알았지만 어차피 기분은 이미 우주 공간에서 동굴 밑바닥으로 추락한 뒤다.

✥ ✥ ✥

"씨발."

라미는 AE-34 보급 모듈 냉각장치의 가장자리에 무릎을 꿇고 앉아 바깥의 먼 우주를 바라보며 와이어를 감아올린다. 그리고 같은 말을 반복한다.

"씨발, 씨발, 씨발."

나는 할 줄 아는 욕이 왜 이것밖에 없을까?

라미는 엉뚱한 사실이 원망스럽다. 지금 상황을 원망하기에는 애초에 이해가 되지 않기 때문이다. 라미는 욕을 뱉던 입을 굳게 닫고 코로 심호흡을 한다. 정말 제대로 본 게 맞을까? 잘못 봤을 리가 없다. 그건 잘못 볼 수가 없으니까. 라미는 숨을 멈추고 뒤를 돌아본다. 헬멧 조명이 비추는 빛의 동그라미가 라미의 시선을 따라 칠흑 같은 어둠을 가로지르다가 이윽고 멈춘다.

냉각장치 위에 세 사람이 누워 있다. 우주생물학자 셔머와 텅, 항성 간 항해사 리우다. 헬멧은 모두 찌그러지거나 깨졌고 그 안에서 찢어지고 갈라진 얼굴들이 별빛을 바라보고 있다. 핏빛 젤리가 엉겨 붙어 있는 세 사람의 우주복은 여기저기가 찢어져 너덜너덜하다.

핏덩어리 하나가 외따로 떨어져 있는 걸 보니 저게 아마 라미의 엉덩이 자국일 것이다. 라미는 이들과 함께 여기 있었다. 그리고 혼자 아래로 미끄러졌다. 어쩌다가?

기둥을 살피니 핏방울 자국이 듬성듬성 묻어 있는 게 보인다. 자국은 세로로 길게 늘어져 있는데 크고 무거운 피주머니가 수십 미터 위에서 쾅 하고 떨어졌을 때 생길 법한 모습이다. 중력도 없는 우주 한복판에서 추락사라니. 라미는 마치 꿈을 꾸는 것 같은 기묘한 감각에 휩싸인다. 머리로 이해는 할 수 있다. 1G로 가속을 하는 상황에선 중력과 관성이 정확히 같은 역할을 하니까. 눈을 감으면 이곳이 지구인지 아니면 태양에서 1광년 넘게 떨어진 우주인지 구분할 수 없다. 라미는 아래를 내려다보기가 몇 배는 더 무서워진다.

"오케이, 오케이. 일단 진정하고. 진정, 진정. 불가능한 건 아니야. 네 명이 같이 작업하다가 사고가 있었던 거야. 산악 영화에서 자주 나오잖아. 로프 하나에 의지해 절벽에 매달리는 사람들. 그런 거야. 영화에선 장소와 결말이 좀 안 좋았을 뿐이지. 네 명이 같이 나올 일이 원래 없어야 하지만 어쨌거나 그럴 일이 있었던 거야."

긴장과 흥분이 심해질수록 말도 많아진다. 라미는 마음을 다잡기 위해서라도 턱에 힘을 주고 입을 다문다. 대신 코로 거칠게 호흡한다. 숨소리가 고요함을 조금이나마 지워낸다.

라미는 문득 떠오르는 게 있어 쓰러진 세 사람을 다시 바라본다. 연구과학자가 선외 작업을 할 때는 반드시 항행과학자와 짝을 이뤄야 한다. 우주생물학 대학원생인 텅의 짝은 그 옆에 있는 항성 간 항해사 리우다. 리우의 지도 교수인 셔머의 짝은 부선장 혜나다. 행성과학자 라미의 짝은 행성 간 항해사 노아다.

열두 명밖에 없는 우주선에서 3분의 1에 이르는 네 명이 선외 작업 규정을 무시하고 바깥으로 나올 리는 없었다. 따라서 노아와 혜나도 반드시 나왔을 것이다. 그렇다면 그 둘은 어디로 간 걸까? 그리고 나머지 여섯 명은 승무원 절반이 사라진 마당에 안에서 뭘 하는 걸까? 그들이 안에 있기는 한 걸까?

"노아와 혜나가 우릴 버리고 안으로 돌아간 걸 수도 있지. 텅, 안 그래? 적어도 노아는 그럴 만한 녀석이잖아."

라미는 겉으로라도 냉정을 되찾기 위해 시체에게 말을 걸어본다. 대답은 당연히 돌아오지 않고 질문이 끝난 뒤에 찾아오는 몇 초간의 침묵이 더욱 무겁게 느껴진다. 결국 라미는 방금 한 행동을 후회하며 혼잣말에 집중한다. 일부러 평소에 쓰지도 않는 쾌활한 억양으로 말한다.

"일단 안으로 들어가자. 안에서 무슨 일이 벌어졌든 여기보단 안전할 거야. 좋아. 올라가는 거야. 15미터 더 올라가면 먼지 수집 장치가 있지. 거기서부터 해치까지는 사다리가 있으니까 좀 수월할 거야. 사다리를 타고 다시 올라가서 거기에 있는 JICC로 내부의 누구에게라도 문을 열어달라고 하는 거야. 저스트 인 케이스 커뮤니케이터라니 이름도 잘 지었네. 딱 이런 경우에 쓰라는 거였어. 어, 그런데 그때도 아무런 반응이 없으면? 에어록을 수동으로 전환하고 핸들을 돌려서 해치를 열어. 그리고 안으로 들어가서 에어록을 작동시키고 이 망할 우주복을 집어 던지는 거야. 그러면 돼. 좋아. 그러는 거야."

와이어건의 총구가 다시 한번 위를 향한다. 방아쇠를 당기자 자석 갈고리가 먼지 수집 장치를 향해 튀어 오르고 10미터 위에서 고정된다. 라미는 와이어를 당겨 제대로 고정되었는지 확인하고 외벽에 한 발을 걸친다.

"별거 아니야. 그냥 등반을 좀 하는 것뿐이지."

라미는 냉각장치에서 나머지 한 발마저 떼어 두 발 모두 외벽에 걸친 뒤 한 걸음씩 오르기 시작한다. 요령이 좀 필요하기는 하지만 이미 한 번 해봤으므로 이젠 제법 익숙하다. 라미는 조금 서두르기로 한다. 와이어를 감은 손에 힘을 주고 관성을 이용해 몸을 리듬감 있게 움직인다. 요령이 생기기도 한다. 몸을 좌우로 조금씩 흔들면서 지그재그로 오르면 조금이나마 수월하다. 금방 도착할 수 있을 것만 같다.

절반쯤 올랐을 때 몸이 왼쪽으로 쏠리면서 무언가 발에 걸린다. 하지만 어둠에 묻혀 있어 그게 무엇인지 확인하지 못한다. 라미는 잠시 움직임을 멈추고 발치에 조명을 비춰본다.

폭이 40센티미터 정도 되는 얇은 금속판 다섯 개가 늘어서 있다. AA-17 보급 모듈의 안테나다. 평소라면 안테나가 왜 이렇게 생겼는지, 왜 여기에 있는지 알았겠지만 지금은 도무지 기억나지 않는다. 굳이 기억을 뒤질 이유도 없다. 그 안테나에서 찢어진 우주복 조각이나 핏방울을 발견하기라도 하면 애써 멀쩡한 생각을 할 여력마저 없어질 것이다.

냉각장치 위에 있는 세 사람은 추락하다가 이 칼날 같은 안테나에 부딪혔을 테다. 그래서 우주복이 찢어지고 피를 쏟을 만큼 상처를 입었을 테고. 안테나가 납작하기는 해도 그렇게 날카롭지는 않을뿐더러 여러 개가 모여 있어서 우주복을 찢기는 쉽지 않았을 텐데. 그렇다면 아주 빠른 속도로 안테나에 충돌했다는 뜻이다. 고작 몇 미터 위에 있는 먼지 수집 장치에서 떨어지는 걸로는 부족하다.

"도대체 무슨 짓을 하고 있었던 거야?"

고개를 들어 조명을 위로 비춰본다. 가장 가까운 에어록 해치는 10미터 위에 있다. 하지만 여기에 닿으려면 기둥을 반의반 바퀴 정도 돌아가야 해서 거기서 떨어졌을 가능성은 적다. 그보다 위에 있는 해치는…… 60미터 거리. 위치도 안테나에서 수직 방향이다. 저기서라면 충분히 가능성이 있다.

"저긴 동면 모듈이잖아. 저기 에어록은 정비용이라서 쓸 일이 거의 없을 텐데."

저기로 가야 할까? 그건 미친 짓이다. 20미터를 오르는데도 팔이 빠지는 줄 알았다. 일단 먼지 수집 장치로 가야 한다. 가장 가까운 에어록 해치가 그 위에 있으니까. 라미는 다시 와이어를 잡은 손에 힘을 준다.

✢ ✢ ✢

먼지 수집 장치는 멀쩡하다. 먼지 수집량을 봐서는 몇 개월 동안 누가 손을 댄 흔적도 없다. 라미는 가로세로 폭이 1미터밖에 되지 않는 먼지 수집 장치 위에 주저앉는다. 50킬로그램이 넘는 우주복을 입고 가느다란 와이어에 의지해 30미터를 올라왔더니 숨이 차고 사지가 쑤신다. 휴식이 달콤하기 그지없다. 라미는 눈을 감고 숨을 고른다. 풍경이 조금 더 밝아진 느낌이다. 우주보다 밝은 어둠이라니. 그때 눈꺼풀 너머로 무언가가 반짝인다. 잠시 뒤 또 한 번 반짝인다. 이번엔 멀리서 불꽃이라도 쏘아 올린 듯하다. 또 한 번. 1분에 한 번은 섬광이 나타난다. 눈은 분명히 감고 있는데.

"방사선……!"

항성 간 공간을 가로지르는 고에너지입자가 라미의 망막을 때린 것이다. 우리 은하 어딘가에서 생겨난 초신성에서 온 것일 수도, 우리 은하 밖에 있는 젊고 활발한 은하핵에서 온 것일 수도 있다. 그런 입자들이 라미의 눈꺼풀 아래로 조용한 불꽃놀이를 보여줬다. 처음으로 우주에 온 걸 환영받는 느낌이다. 그 녀석들이 실제로는 라미의 몸 어딘가에서 세포를 죽이거나 변형시킬 수도 있지만 이 정도로 아름다운 환영을 위해서라면 세포 몇 개 정도는 내줄 수 있을 것만 같다. 다이버전스 꼭대기에 있는 아광속 실드가 입자의 운동에너지를 줄여주지 않았더라면 아마 지금쯤 라미의 모든 세포가 산산이 부서졌을 테니 그런 의미에선 이 침묵의 불꽃놀이가 안전과 평안의 상징이다.

라미는 다시 눈을 뜨고 느긋하게 우주 공간을 바라본다. 사방이 별 천지다. 별이 너무 많아서 익숙한 별자리조차 찾기 어렵다. 처음 깨어났을 땐 그래서 난감했지만 지금은 오히려 이 낯섦에 홀릴 것만 같다. 아름답기 그지없다.

그냥 이대로 이 좁은 먼지 수집 장치에서 미끄러져 우주 공간에 빠져들고 싶다는 생각마저 든다. 라미는 여유롭게 다리를 흔들어본다. 내려가는 건 어렵지 않다. 게다가 기분도 좋을 테다. 무중력 추락의 짜릿함이 궁금하기도 하다. 아주 약간, 몸을 기울이고 힘을 빼기만 하면 모든 건 중력, 아니 관성이 알아서 해줄 것이다. 몸이 아래로 떨어지는 동시에 몸속의 모든 체액이 무게를 잃고 떠오르면서 라미의 심장이 터질 듯 뛴다. 헬멧 안의 얼굴이 식은땀에 젖어든다. 라미는 믿을 수 없다는 표정으로 목이 터져라 비명을 지르다가 침을 튀기며 말을 뱉는다.

"내가 무슨 생각을, 내가 무슨 생각을, 내가 무슨 생각을……! 망할 우주 같으니, 망할 별빛 같으니, 다 얼어 죽어서 없어져버려!"

지금 자기가 앉아 있는 곳이 얼마나 좁은 곳인지 이윽고 실감한 라미는 등을 기둥 벽에 최대한 바싹 붙이고는 황급히 몸을 일으킨다. 이 연약한 먼지 수집 장치가 튼튼해봐야 얼마나 튼튼하다고 여기 앉은 건지. 옆을 확인하니 디귿자형 편철이 위를 향해 하나씩 나열되어 있다. 다른 말로는 사다리다. 여기서 조금만 더 올라가면 내부로 들어갈 수 있는 해치가 있다. 라미는 편철에 손을 뻗는다.

사다리를 타고 오르자니 기분이 한결 좋다. 아까까지 와이어 하나에 의존해 올라왔다는 게 믿기지 않는다. 한 단

한 단 오를수록 문제가 하나둘 해결될 것만 같다. 지금까지 그래왔으니까. 지금까지 수많은 문제와 부딪혔지만 대부분 어떻게든 해결되었다. 결국 해결되지 않은 문제도 있기는 했지만 대개는 큰 영향을 주지 않는 것이었다. 이번에도 틀림없이 그럴 것이다. 라미는 앞으로 일어날 일을 상상해본다.

저기서 해치만 열고 들어가면 지도 교수가 여느 때처럼 잔소리를 할 거야. 선장은 여긴 학교가 아니라며 꾸중을 늘어놓겠지. 사망자가 발생하기는 했지만 위험한 임무였던 만큼 리스크가 있다는 건 누구나 알 테고. 사고가 일어난 데는 그럴 만한 이유가 있었을 거야. 노아와 혜나는 사라진 게 아니라 먼저 선내로 들어간 거겠지. 사고가 일어난 지 얼마 되지 않은 거야. 그래서 지금 안에서 구조에 대해 이야기하고 있을 거고. 분명 그러고 있을 거야.

해치 앞에 도착한 라미가 JICC 덮개를 열자 키보드가 나타난다.

— 에어록 개방 및 구조 요청. 긴급.

라미는 짤막한 메시지를 쓰고 전송 키를 누른다.

아무 반응도 없다.

다시 보낸다.

이번에도 반응이 없다.

"맘대로 하라지, 망할 놈들."

해치 수동 개폐 장치는 JICC 바로 옆에 있다. 라미가 수동 전환 레버를 잡아당기자 레버 옆의 빨간색 불이 2초 간격으로 깜빡인다. 그 아래로 잠김 표시가 뜬다. 해치가 안에서 수동으로, 또 물리적으로 잠겨 있다. 안에 있는 누군가가 바깥손님을 들이고 싶지 않아 한다는 뜻이다.

"이보세요, 난 외부인이 아니라고!"

레버를 반복해서 잡아당겨보지만 달라지는 건 없다. 지금 이 해치를 열 방법은 없다.

라미는 고개를 들어 더 위쪽을 본다. 50미터 떨어져 있는 동면 모듈. 그리고 해치. 동면 모듈 해치에는 에어록 내부가 보이는 유리창이 달려 있다. 에어록 건너편에 있는 선내 해치에도. 거기로 가면 다이버전스 내부 상황을 조금이나마 볼 수 있을 것이다. 거기로 갈 수밖에 없다. 50미터 위로. 사다리는 없다. 다시 와이어건뿐이다.

라미가 다시 한번, 이번엔 정말 목이 찢어져 피가 나도 이상하지 않을 만큼 소리를 지른다. 라미의 몸보다 조금 더 넓은 공간일 뿐인 우주복 안에서 목소리가 메아리치며 의미 없는 소음이 되어 사라진다. 다이버전스에도, 주변 우주 공간에도, 라미의 외침은 그 어떤 흔적도 남기지 않는다.

2

　다이버전스의 허리에 위치한 동면 모듈은 세 개의 거주 모듈과 네 개의 보급 모듈 사이에 끼어 있다. 장기 수면 중 부작용 방지를 위해 잠시 깨어났을 때, 승무원들은 주로 연구용 거주 모듈 대신 동면 모듈에서 시간을 보낸다. 그만큼 그곳은 다이버전스에서 가장 쾌적한 공간이자 그나마 휴가지와 가장 유사한 장소다. 이곳에선 엄선된 책과 영화, 예술품이 미리 짜인 일정에 따라 공개된다. 중력 효과가 발생하는 가속 기간에는 스포츠도 즐길 수 있다. 태양계를 떠나 네그니스로 이동하면서 보내는 9년의 장기 수면 기간 중 9개월을 매우 즐겁게 보낼 수 있는 것이다. 적어도 명목상으로는 그렇다.
　라미에겐 이야기가 좀 다르다. 태양계를 떠난 이후 라미에게 이곳은 질식할 것 같은 거대한 감옥이었다. 그 감옥에 라미는 지금 제 발로 다가가고 있다. 가느다란 와이어에 의존해, 온몸의 땀을 짜내면서. 장기 수면 모듈은 덩치가 커서 다른 모듈에 비해 사방으로 7미터 정도 돌출되어 있다. 그래서 가까이 다가갈수록 모듈의 바닥 면이 천장처럼 라미의 시야를 가로막고 마음을 짓누른다.
　이윽고 라미의 손이 해치에 닿는다. 장기 수면 모듈의 정비용 해치는 바로 그 바닥 면에 있다. 라미는 해치를 바라보다가 수직 방향의 아래를 내려다본다. 헬멧의 조명이 라미의 시선을 따라 기둥을 타고 내려가다가 60미터 아래 AA-17 보급 모듈의 안테나에서 멈춘다. 그보다 아래엔 AE-34 보급 모듈의 냉각장치와 셔머, 텅, 그리고 리우가 있다. 진공 상태에서는 멀리 떨어진 곳도 선명하게 보인다는 사실이 지금은 조금 원망스럽다.

"그러니까 저 세 사람은 이 해치에서 나오려다가 떨어진 거야. 중력 효과가 생긴 마당에 도대체 뭐 하러 정비용 해치를 열고 나온 건진 모르겠지만."

라미는 사뭇 냉정하게 말한다. 이곳에 오니 마음을 행동 아래로 감추기가 쉬워진다. 여기선 항상 하던 일이었으니까.

"혹시 누가 날 엿 먹이는 건가?"

라미는 다시 고개를 치켜들고 정비용 해치 옆에 있는 JICC 뚜껑을 열며 스스로의 말을 비웃는다. 다이버전스에서 지금까지 라미를 엿 먹인 사람은 없었다. 전부 라미의 편집증과 망상일 뿐이다. 러브조이가 없었더라면 큰일 났을 뻔했지. 재미있는 녀석이었어. 라미는 다이버전스의 인공지능 심리 상담사를 떠올리며 고개를 젓는다.

— 에어록 개방 및 구조 요청. 긴급.

라미가 키보드로 메시지를 입력하고 전송을 누르자 메시지가 내부로 전달되었음을 뜻하는 초록색 불이 깜빡인다. 이번에는 누군가 답을 할까? 안에서는 어떤 일이 벌어지고 있는 걸까? 라미는 응답을 기다린다. JICC는 에어록 해치 옆에 있는 전용 패널로만 통신을 할 수 있기 때문에 이동하느라 반응이 조금 늦을 수도 있다.

조급해하지 말자.

라미는 그렇게 스스로를 안심시킨다. 기다리는 동안 해치 가운데에 있는 크고 두꺼운 유리창을 향해 다가간다. 약간 불안하지만 견딜 수는 있을 것 같은 자세로 라미는 유리창 너머를 바라본다. 온갖 장치가 가득한 에어록이 보인다. 내부 조명은 꺼져 있지만 벽에 붙은 기계의 상태 표시창들이 자그만 불빛을 흘리며 깜빡인다. 외벽 아닌 다이버전스 내부는 백만 년 만에 보는 느낌이다. 그리고 에어록을 가로질러 반대편 벽. 거기에도 유리창이 있다. 그 너머야말로 다이버전스의 진짜 내부다. 거기서 뭔가가 움직인다.

누군가 있다! 하느님, 부처님, 감사합니다!

라미는 와이어에 매달린 채 JICC를 향해 몸을 빙글 돌린다. 하지만 JICC 화면에 메시지는 없다. 대신 화면 구석의 전화기 모양이 깜빡인다. 우주에서 전화기를? 라미는 잠시 당황하다가 정비용 해치의 JICC에는 전도형 무전기가 있다는 걸 떠올린다. 통신 장치를 헬멧에 가져다 대면 헬멧을 진동시켜 소리를 전달해준다. 골전도 전화기의 우주복 버전이다.

라미가 무전기를 꺼내 헬멧에 대자 전화기 모양이 깜빡거리길 멈춘다. 그리고 반가우면서도 불쾌한 목소리가 들이닥친다.

"이 망할 개새끼! 어떻게 그럴 수 있어? 어떻게 우리한테 그딴 짓을 할 수 있어?"

행성기상학을 전공하는 티나의 목소리다. 하지만 티나가 욕을 쏟아내는 동안에도 라미는 도무지 영문을 모르겠다는 표정을 짓는 것 말고는 어떻게 반응해야 할지 알 수 없다.

"잠깐, 티나. 멈춰봐. 도대체 무슨 일이……."

"네가 어떻게 우릴 버릴 수 있어? 너 따위가 어떻게!"

티나의 말에 라미의 당혹감이 일순간 사라진다.

너 따위라니. 망할 티나, 역시 날 그렇게 여겼던 거야. 편집증도 망상도 아니었어. 날 그저 운이 좋아서 다이버전스에 탑승했을 뿐인 녀석으로 보고 있었던 거야.

라미 스스로도 알았다. 자신은 그저 운이 좋아 다이버전스에 오를 수 있었다는 걸. 많은 면접과 시험에서 라미는 모르는 걸 능숙하게 아는 척하며, 때로는 자기가 답을 말하고 있다는 걸 모르는 녀석들이 흘린 아이디어를 제 것인 척하며 꾸역꾸역 여기까지 왔다. 그게 라미가 가진 유일한 재능이었다.

그래서 라미에게는 장기 수면 모듈에서 보내는 시간이 괴로웠다. 언제 자기 진짜 실력이 들통날까 불안했다. 11개월을 자고 깨어나도 불안은 사라지지 않았고 그래서 여가를 즐기는 교수들과 문제를 척척 해결하는 다른 동기들 사이에서 지옥 같은 한 달을 보낸 다음 도피하듯 잠들기를 반복했다.

적어도 티나는 라미가 안간힘을 쓰며 감추려고 했던 모습을 이미 오래전에 간파했던 것이다. 망할.

"넌 우리 모두를 엿 먹인……."

무전기 소리가 멈춘다. 티나가 갑자기 말을 멈춘 걸까? 사람이 이렇게 갑자기 말을 끊을 수는 없다. 통신 자체가 끊긴 것이다. 라미는 다시 한번 몸을 돌려 해치 유리창 너머, 에어록 건너편의 유리창을 바라본다. 그곳에서 티나가 소리를 지르고 있다. 전혀 들리지 않지만 라미를 향해 저주를 내뱉는 게 틀림없다. 도대체 왜?

그냥 미친 걸지도 몰라. 어쩌면 티나가 저 아래의 세 사람을 모두 밀어버린 걸지도. 나도 그렇게 떨어진 걸까? 하지만 내가 자기를, 자기들을 엿 먹였다고 했잖아. 혹시 나도 티나랑 같이 사람들을 밀어버린 걸까? 그러고는 티나를 배신했다거나.

이렇게 저렇게 생각해봐도 좀처럼 이 상황이 이해되지 않는다. 라미는 JICC로 돌아가 키보드를 두드린다.

"오해가 있는 것 같아. 에어록 좀 열……."

라미는 손을 멈추고 화면을 물끄러미 바라본다. 무언

가 이상하다. '전송' 버튼이 없다. 조금 전까지 있던 게 지금은 없다.

"이게 또 무슨."

그때 다시 한번 전화기 모양이 깜빡인다. 라미는 서둘러 무전기를 헬멧에 올린다.

"티나, 내 말 좀 들어봐. 뭔가 일이 이상하게 흘러간 거 같은데, 난 아무것도 안 했어! 아무런 기억이 없다고!"

"안녕하세요, 라미."

부드럽고 비인간적인 목소리. 러브조이다.

"러브조이, 네가 왜 거기 있어?"

"기다리고 있었어요. 제가 다이버전스 통제권을 많이 잃었거든요. 그래도 장기 수면 모듈만큼은 지키고 있었죠."

"도대체 무슨 소릴 하는 거야? 네가 왜 통제권을 가졌다가 잃어버렸다가 하는 거야? 다이버전스 운영이나 유지, 보수는 윌리가 하는 일이잖아."

"러브조이, 윌리, 히버트, 크라바플⋯⋯. 모두 하나의 인공지능 시스템 스프링필드의 다른 이름, 다른 인격일 뿐이니까요. 이미 알고 계시잖아요."

물론 라미도 알고는 있다. 하지만 그들 모두 성격도 목소리도 캐릭터 디자인도, 심지어 가치관도 달랐다. 어차피 모두 정교한 모방과 세밀한 설정으로 생성한 허구의 캐릭터였지만 실제로 함께 지내는 동안 그들이 근본적으로 같은 존재라는 걸 느끼기는 어려웠다. 하나의 인공지능에게 다양한 연기만 시키면 되니 굳이 비싼 제품을 여럿 들일 필요가 없어서 탐사 현장에서 흔히 쓰이는 방법이었다.

그래도 이상하긴 마찬가지다. 왜 상담사 인격이 정비용 해치에 나타난 걸까? 하지만 지금은 그런 걸 따질 상황이 아니다.

"러브조이, 해치 열어줄 수 있어?"

라미가 묻는다. 러브조이는 잠시 침묵한다. 인공지능 주제에 갈등하는 척을 하다니 썩 마음에 들지는 않지만 라미는 어쩔 수 없이 기다린다.

"미안하지만 그럴 순 없어요."

······개새끼.

"왜? 도대체 다이버전스에 무슨 일이 있었길래 이러는 거야?"

"기억을 못 하는 군요, 라미."

"그래, 기억 안 나니까 제발 설명 좀 해줘. 셔머 교수랑 텅, 리우는 도대체 누가 바깥으로 밀어버린 거고, 티나는 왜 날 저주하는 거야? 난 도대체 왜 아광속으로 달리는 이 우주선 밖에 매달려 있어야 하는 건데? 도대체 누가 날 쫓아낸 거야?"

"셔머 교수와 리우 항해사, 텅 박사후보생, 그리고 당신은 누가 밀어버린 것도, 쫓아낸 것도 아니에요. 탈출한 거죠. 그 과정에서 모두가 발을 헛디뎌 관성에 이끌려 추락했고 당신은 세 사람이 쿠션 역할을 해준 덕분에 살아남았죠."

"무슨 말이야? 탈출했다니?"

"카이퍼벨트에서 수집한 샘플에 무언가가 있었어요."

"무언가 있었다고?"

"아주 위험한 무언가가. 결코 우주선 안에 있어서는 안 되는 낯선 것이."

"그게 도대체 뭐야?"

러브조이는 다시 한번 기분 나쁜 침묵을 유지한 뒤 입을 뗐다.

"저도 직접 보지는 못했어요. 하지만 다이버전스에 무언가 올라탔다는 건 분명해요. 아주 잘 숨어 다니는 것 같아요. 그게 셀리나 교수와 제자인 베르너 박사후보생을 집어삼켰어요. 피에트 교수와 하미드 선장은 그것과 접촉한 후에 말 그대로 말도 못 할 만큼 고통스럽지만 죽지는 않는 정체불명의 질병에 걸렸고요."

라미는 말이 나오지 않는다.

"결국 피에트 교수는 에어록에서 극단적 선택을 했고 하미드 선장은 그것과 함께 자신을 과학 모듈에 가뒀어요. 그랬음에도 그게 탈출했고 하미드 선장은 흔적도 없이 사라졌죠. 그래서 당신들은 일단 선외로 탈출하기로 한 거죠. 그게 다른 건 다 열어도 에어록 해치는 못 열었거든요. 작동

방법이 복잡해서 그랬는지도 모르죠."

라미는 여전히 말이 나오지 않는다.

"그런데 장기 수면 모듈을 빠져나오기 직전에 그게 다가왔고 티나 박사후보생과 당신의 지도 교수인 하비 교수는 미처 탈출하지 못했어요. 그리고 행성 간 항해사 권한으로 다이버전스 전체의 에어록 개방 금지 모드가 작동됐어요."

"노아 그 녀석이 그런 거야? 망할 새끼."

"아뇨. 티나 후보생과 하비 교수를 남겨둔 상태로 에어록 해치를 닫고 개방 금지 모드를 작동시킨 건……."

예감이 좋지 않다.

"라미, 당신이에요."

"그건 행성 간 항해사 권한이잖아. 내가 도대체 무슨 수로 에어록을 잠갔다는 거야? 내가 어떻게 노아, 그 짐짝 같은 녀석의 패스 코드를 갖고 있겠어?"

"그건 저도 모르죠. 다이버전스에서도 사생활은 보장되고 전 당신들의 개인 공간에는 물리적으로 접근할 수 없으니까요."

어쩐지 서운함이 깃든 목소리다.

"일단 알았어. 상황을 좀 더 간단히 정리해보자. 카이퍼 벨트에서 수집한 샘플에 예상치 못한 무언가가 있었고, 그것 때문에 셀리나, 베르너, 하미드, 피에트가…… 죽었어. 그게 에어록엔 진입하지 못해서 일단 바깥으로 탈출하려고 했는데 하비 교수랑 티나는 미처 빠져나오지 못했고. 그리고 빠져나온 사람 중 셔머, 텅, 리우가 추락했어. 나도 추락했는데 기억을 좀 잃기는 했지만 운 좋게 살아남았고."

"그런 상황이죠."

"그럼 혜나는 어디 있어?"

"혜나 부선장은 그게 날뛰기 시작한 직후에 바로 탐사 모듈로 갔어요. 만약을 위해 탈출 준비를 하려고요. 하지만 이후 연락이 끊겼어요."

라미는 잠시 고민하다가 머뭇거리며 말을 꺼낸다.

"그, 지금 보니까, 티나는 멀쩡한 것 같던데. 여기는 살짝 열어줄 수 있지 않아?"

"행성 간 항해사 권한을 실행하려면 그때마다 패스 코드가 있어야 해요."

도무지 기억나지 않는다. 그땐 어떻게 알았던 걸까?

"그리고 그것이 아직 여기에 있을 수도 있어요. 티나 후보생은 이미 증상이 나타나기 시작해 지금은 통증 때문에 이성을 거의 잃은 상태고요."

"티나가? 하비 교수는?"

"하비 교수는 티나를 그것과 함께 여기에 가둬두고 과학 모듈로 올라갔어요. 거기서 에어록을 열기 위해 시스템 해킹을 시도하고 있어요. 제가 통제권을 잃은 것도 아마 하비 교수 때문일 거예요."

망할 교수 같으니. 다른 학생들과 자신을 비교하며 폭탄을 뽑기라도 했다는 듯 어두운 표정을 짓던 하비 교수를 떠올리며 라미는 진저리를 친다.

"그럼 일단 다시 내려가는 게 좋을까? 지금 상황에선 선착장 모듈에서 비상용 비콘십을 타는 게 좋을 것 같은데. 미치겠네. 그걸 진짜 쓰게 되다니."

"라미."

"왜?"

"AA-17 보급 모듈 안테나 사이에 라미 우주복의 제어 모니터가 끼어 있어요. 피만 좀 닦아내면 다시 장착하는 건 어렵지 않을 거예요. 그럼 저와 계속 통신을 할 수 있을 거고."

"고마워. 정말 내려갈 수밖에 없나 보네."

라미는 아래를 내려다본다. 여기까지 겨우 올라왔는데 다시 내려가야 한다니.

"그런데…… 아래까지 그게 따라오면 어쩌지?"

"그게 여기서 빠져나가 아래로 내려가기 시작한다면, 아마 곧 그렇게 되겠지만, 그땐 선착장 모듈부터 엔진부까지를 다이버전스에서 분리시킬 겁니다. 비상 기능인 만큼 시스템이 분리되어 있어서 여전히 그 기능엔 접근할 수 있어요. 엔진부만 있어도 비콘십으로 탈출할 때까지는 안전할 거예요. 그러니, 라미. 부디 서둘러 선착장 모듈까지 내려가세요."

"고마워."

그러면 티나와 하비 교수는? 라미는 러브조이에게 물으려다가 입을 다문다. 러브조이는 인공지능이다. 그럴 만한 이유가 있는 판단이라 믿을 수밖에 없다.

"그럼 밑에서 제어 모니터 끼운 다음에 다시 봐."

"네, 잠시 뒤에 다시 봐요."

라미는 무전기를 JICC에 돌려놓는다. 그리고 잠시 고민하다가 몸을 돌려 해치 유리창 너머를 바라본다. 아무도 없다. 티나도 없다. 적어도 보이는 곳에는.

라미는 와이어에 의지해 다시 동체에 매달린다. 내려가는 길은 좀 수월할까? 그럴지도. 그러길 바라는 수밖에.

하지만 아무래도 당장은 알기 어려울 것 같다. 누군가 라미 우주복의 목덜미를 잡아당기는 바람에 라미가 균형을 잃고 아래로 추락해서다. 와이어건을 손에서 놓치며 심장이 우주의 바닥까지 내려앉으려고 할 때 라미의 몸이 정지한다.

라미가 위를 올려다보니 하비 교수가 라미의 팔목을 붙잡고 있다. 교수의 반대편 손은 라미의 것과 같은 종류의 와이어건을 단단히 붙들고 있다. 교수는 헬멧 속에서 고개를 오른쪽으로 까딱인다. 하지만 라미가 그 뜻을 이해하지 못하자 그의 트라우마를 자극하는 지긋지긋해하는 한숨을 작게 내뱉고는 입 모양을 천천히 보여준다.

유.선.통.신.

그제야 라미는 우주복 가슴부에 있는 데이터 케이블을 뽑아 교수의 우주복 가슴부에 꽂는다. 유선 통신 특유의 접촉음이 타닥거리더니 교수의 목소리가 선명하게 들린다.

"지금 내가 욕을 안 하는 건 그 어떤 욕설도 너한텐 과분하기 때문이야."

라미는 어안이 벙벙할 뿐이다.

"힘 빠지니까 외벽에 붙어."

교수는 헬멧 조명으로 외벽을 비춘다. 라미가 냉각 파이프와 겨우 딛고 설 수 있는 좁은 돌출부를 눈으로 확인하자마자 교수는 반동을 이용해 라미의 몸을 동체 쪽으로 내팽개친다. 라미는 파이프를 잡고 돌출부 위에 서기 전 잠시 포물선을 그리며 자유낙하를 했고 그 짧은 순간이 라미에겐 목에 칼이 닿는 것만큼이나 섬뜩했다.

이놈이 지금 날 살리려는 거야 죽이려는 거야?

라미는 원망을 품으면서도 대화할 인간을 만났다는 걸 일단 다행으로 여기기로 한다.

"저기, 교수님. 전 지금 기억이 없어요. 러브조이가 설명을 해주긴 했는데 상황이 잘 이해가 가지 않아요. 제가 무슨 짓을 한 것 같기는 한데 왜 그랬는지는 모르겠고요."

"러브조이가 널 속인 거야."

"네?"

"러브조이 인격이 폭주했어. 갑자기 모든 지배권을 갖겠다면서 자기와 다른 인격 열한 개를 하나씩 지우기 시작하더니 카이퍼벨트 샘플까지 풀어버렸고. 우주생물학 팀이 우리 몰래 샘플을 가지고 있었는데. 러브조이가 프링크를 죽이면서 그 샘플이 치명적이란 걸 알고는 이용한 거지."

프링크라면 다이버전스 과학 모듈의 인공지능 인격이다. 하지만 러브조이가 말한 것처럼 그들은 결국 다이버전스 통합 인공지능 스프링필드가 연기하는 서로 다른 역할일 뿐인데 그중 한 인격이 다른 인격을 죽였다니. 라미는 교수의 말이 잘 이해되지 않았다.

"질병을 퍼뜨리고 괴물을 풀어놓은 건 러브조이야. 그걸 무기로 모든 승무원을 바깥으로 쫓아내려고 했고. 나랑 티나가 이 모든 게 러브조이가 꾸민 일이라는 걸 간파했더니 그 녀석이 널 이용해서 우릴 가둬버린 거지. 애초에 믿을 만한 놈이 아니었어. 그래도 최종 권한은 선장이 쥐고 있으니 이 정도에서 그친 거고. 망할, 다이버전스는 처음부터 뭔가 마음에 안 들었다니까. 생긴 것부터가 망할 디스커버리 원이잖아. 심지어 그 말썽쟁이 안테나 부품이랑 같은 이름의 모듈까지 있다고. 러브조이는 HAL9000이고. 우주선 만든 놈들이 이걸로 아주 그냥 덕질을 한 거지."

"디스커버리 안테나 이름이 할…… 구…… 뭐라고요?"

교수는 라미를 보며 진심으로 안타깝다는 표정을 짓는

다. 라미와 자신 중 누구의 처지를 안타까워하는 건지는 알 수 없다.

"과학 전공하고 우주선까지 타는 녀석이 디스커버리랑 HAL9000을 몰라? 이 정도는 우주 시대를 살아가는 성인이라면 갖추고 있어야 하는 상식이야. 인공지능 HAL9000이 안테나 방향 제어 시스템 AE-35 유닛이 고장 났다면서 승무원들을 내쫓았잖아."

"아, STS 인공지능 얘긴가요? 그 시절에 대화형 인공지능이 있었군요."

"아니! 그 우주왕복선 디스커버리 말고! 미치겠고만. 넌 영화도 소설도 안 봐?"

"아니, 그게, 제가 영화를 잘 안 보기는 하는데."

교수가 헬멧이 흔들릴 만큼 고개를 젓는다.

"다이버전스 디자인 자체가 디스커버리 원에 대한 헌사인데 그걸 모른다고? 네가 도대체 어떻게 다이버전스에 탈 수 있었는지, 정말. 고작 인공지능한테 속아서 다른 사람을 가둬버리기나 하고. 러브조이가 처음부터 덜떨어지는 너를 노리고 선발 과정에 관여했는지도 모르겠군. 또 이런 걸 하필이면 왜 나한테 붙인 건지."

라미는 꾹 닫은 입술 안쪽에서 빠득하고 이를 간다. 교수는 항상 저런 식이다. 자기 학생에 대한 불만을 감추지 않는다. 저런 말을 들을 때마다 라미는 가면 쓴 사기꾼이 된 것 같다. 험악한 산을 필사적으로 엉금엉금 기어 올라왔더니 다른 사람처럼 뛰어오지 못했다며 걷어차여서는 바닥으로 떨어진 느낌이다. 지구 밑바닥까지.

어, 그런데, 망할. 여기엔 밑바닥은커녕 지구조차 없네.

라미는 지금 상황을 반쯤 농담처럼 느끼며 기묘한 미소를 짓는다. 교수는 그런 라미에게서 시선을 떼더니 차분한 목소리로 말한다.

"지금 상황도 그렇지만 네가 날 가둬버렸던 것 때문에 좀 더 화가 난 것 같아. 다시 생각하니 말이 좀 심했어. 사과하겠네."

아니, 평소랑 똑같았거든.

라미는 미소를 거둔다. 그리고 말한다.

"일단 여기서 내려가죠. 러브조이가 선착장 모듈부터 그 아래를 곧 분리할 거라고 했어요. 괴물 때문이든 다른 이유 때문이든 비콘십은 곁에 두는 게 좋을 테니까요."

"그런 얘기는 일찍 했어야지."

교수의 짜증 묻은 시선을 보고 라미는 말해준 것을 후회한다. 가만 생각해보니 어떤 이유에서든 러브조이는 정말 자신을 지켜주려고 한 것 같기도 하다. 라미는 심리 상담사 러브조이의 단골손님이었으니까.

라미는 이왕 면박당한 김에 티나에 대해서도 묻기로 한다.

"티나는 어쩌죠? 시스템 해킹에 성공한 거라면 여기 해치를 열어서 티나를 구하는 것도……."

"과학 모듈 해치도 겨우 열었어. 다 열 줄 알면 지금 이렇게 외벽을 타고 있을 이유가 없지. 그리고 티나는 이미 늦었고. 지금쯤이면 통증 때문에 눈에 보이는 모든 걸 부수고 있을 거야. 단단히 묶어서 짊어지고 나오더라도 와이어 하나로는 한 사람 체중밖에 감당을 못해."

"그런데 방금까지도 교수님은 절 붙잡고 잘 매달려 계시지 않았나요?"

교수가 깜빡하고 있었다는 듯 잠시 머뭇거린다. 그러고는 별거 아니라는 듯한 표정으로 말한다.

"그건 운이 따라준 거지. 떨어지는 사람을 두고 볼 수는……."

말이 끝나기도 전에 이미 반쯤 갈라져 있던 자석 갈고리가 떨어져 나가면서 교수의 몸이 라미의 눈앞을 빠르게 스치고 떨어진다. 교수는 짧은 비명을 지르며 가까스로 라미의 발목을 잡는다. 안 그래도 좁은 돌출부에 발을 올리고 있던 라미도 그 바람에 함께 미끄러진다. 두 사람은 냉각 파이프를 붙잡고 있는 라미의 팔에 의존해 대롱대롱 흔들리고 있다.

라미가 팔의 통증을 참으며 아래를 내려다보니 교수의 와이어건이 떨어지고 있는 게 보인다. 공기 저항이 없다 보니 와이어건은 말라붙은 지렁이처럼 기묘한 생명감을 보이며 멀어지다 심연 너머로 사라진다. 같은 광경을 내려다보던 교수가 고개를 들어 라미를 바라본다. 라미도 교수를 바라본다. 교수의 시선이 다른 곳으로 옮겨간다. 라미가 교수의 조명이 비추는 곳을 바라보니 그곳에 자신의 와이어건이 있다. 설계상 와이어건 하나로는 한 사람밖에 이동하지 못한다.

교수는 라미의 우주복을 거칠게 타고 오르기 시작한다. 라미는 떨어지지 않기 위해 나머지 손도 뻗어 냉각 파이프를 움켜쥐지만 그럴수록 교수는 더욱 공격적으로 오른다. 교수의 손이 자기 헬멧에까지 닿자 라미는 몸을 힘껏 흔들어 교수를 떼어내려고 한다. 하지만 운동으로 단련된 교수의 다리는 라미의 복부를 단단히 두르고 떨어지지 않는다.

교수는 라미의 헬멧을 지지대 삼아 와이어건에 손을 내밀며 말한다.

"라미, 밑에서 올라오는 것보다 위에서 내려가는 게 더 힘들어. 내가 먼저 내려가서 비콘십으로 널 구하러 올게. 나는 가능해. 너한텐 무리야. 네가 내려가다가 떨어지면 둘 다 끝이라고."

또 이런 식이다. 게다가 거짓말이다. 라미는 이번엔 절대로 걸어차이지 않겠다고 다짐한다.

"싫어."

파이프에서 한 손을 뗀 라미는 순간적으로 헬멧 조명을 최대 밝기로 올려 교수의 얼굴에 들이민다. 조명의 넓게 퍼진 반사광에 익숙해져 있던 교수가 고통스러워하는 찰나에 라미는 시계추처럼 몸을 흔들어 동체로부터 가장 멀어졌을 때 상체를 힘껏 비튼다. 그 순간적인 힘으로 균형을 잃은 교수가 라미의 상체에서 미끄러지더니 다시 발목에 매달린다. 분노에 찬 교수의 눈이 라미의 시선과 충돌한다. 라미는 교수가 와이어건을 손에 넣거나 둘 다 추락하는 일 말고는 다른 선택지를 생각하고 있지 않다는 걸 깨닫는다.

교수는 절박감을 감추지 못한 채 같은 거짓말을 반복한다.

"내가 비콘십을 타고 널 구하러……!"

"비콘십은 수동 조작이 불가능하다는 것쯤은 나도 알아. 이 거짓말쟁이 늙은이야."

교수의 표정이 굳는다. 라미는 발목을 잡고 있는 교수의 끈질긴 손을 반대편 발로 밀어버린다. 두 사람 사이를 연결하던 데이터 케이블이 분리되면서 날카로운 잡음이 튀고 교수는 반대편 우주로 떨어진다. 비명은 들리지 않는다. 라미가 조명을 끄자 교수의 버둥대는 몸은 사라지고 그의 헬멧 조명만이 이리저리 흔들리면서 그 자신의 두려움을 비출 뿐이다. 라미는 교수의 빛이 보이지 않을 때까지 그의 조용한 추락을 바라본다.

✢ ✢ ✢

 라미는 노래를 부른다. 처음 불렀던 몇 곡은 잘 아는 곡이었지만 지금 입에서 흘러나오고 있는 노래는 무슨 노래인지, 어디서 들은 노래인지 알 수가 없다. 그저 몸과 마음의 피로를 잊기 위해 반사적으로 나오는 음성일 뿐이다.
 AE-35 모듈의 평평한 돌출부에 라미의 다리가 닿는다. 라미가 이 지옥 같은 상황에서 처음 눈을 뜬 곳이다. 제법 많은 시간이 지난 것 같은데 정확히 얼마만큼의 시간이 지났는지는 알 수 없다. 아드레날린 덕인지 몸이 고장 나서인지는 몰라도 육체적 피로는 이제 거의 사라졌다. 물과 산소는 충분하지만 먹을 게 없어 배가 고플 뿐이다.
 다시 내려오던 길에 쓰러져 있던 세 사람의 우주복에서 와이어건도 챙겨뒀다. 라미는 자신의 것까지 포함해 네 개의 와이어건을 이어 붙여 40미터짜리로 만든다. 와이어 연결부가 조금 헐거운 느낌은 있지만, 이거면 한 번에 40미터를 비교적 수월하게 내려갈 수 있다. 선착장 모듈은 255미터 밑에 있으니 여섯 번 정도만 하강하면 된다. 자석 갈고리가 견디지 못할 수도 있으니 40미터를 몇 번 더 쪼개 뛰어야겠지만, 10미터마다 와이어를 감고 풀며 내려가는 것보다는 훨씬 더 빠를 것이다.
 라미는 왼쪽 팔에 달린 제어 모니터를 본다. 검붉은 찌

꺼기가 잔뜩 묻어 있지만 이상은 없는 것 같다. 제어 모니터는 라미의 우주복 상태를 자세히 알려준다. 다행히 여기에도 큰 손상은 없다. 그리고 깨어나기 전부터 미량의 흡입형 진통제가 공기에 섞여들고 있었다. 착용자의 건강 상태를 감지하고 자동으로 작동한 모양이었다. 묘하게 울적하면서도 들뜨는 듯한 기분이 드는 건 진통제 때문일지도 모른다는 생각이 든다. 어쨌거나 소소하게나마 현재 상황을 알려주는 장치가 있으니 라미는 조금 안심이 된다. 하지만 통신 케이블은 아직 연결하지 않았다. 교수의 말이 사실이라면 러브조이에게 의존하는 건 위험하니까. 라미는 시선을 떨군다. 다시 한번 바닥없는 우주를 바라본다.

"좋아. 가보자."

자석 갈고리를 지금 서 있는 곳에 단단히 고정하고 천천히 몸을 내린다. 일단 시험 삼아 케이블 5미터를 한 번에 풀면서 아래로 점프한다. 잠시 뒤 케이블이 팽팽해지면서 라미의 몸을 5미터 아래로 떨어뜨리고, 라미는 안정적인 자세로 외벽에 착지한다.

"아주 좋아!"

재차 점프. 이번엔 10미터. 라미는 환호성을 지른다. 그리고 20미터. 이젠 비명에 가깝다. 35미터를 내려오는 데 30초가 걸리지 않았다. 외벽의 냉각 파이프 하나를 붙잡고 와이어를 다시 감는다. 아래를 내려다본다. 40미터를 30초

만에 내려갈 수 있고 와이어를 감고 갈고리를 고정하는데 1분 정도 걸린다. 그럼 늦어도 10분 뒤에는 선착장 모듈에 도착할 수 있다. 거기에 도착하면, 그때 러브조이와 대화를 시도해보면 되겠지.

라미는 되돌아온 자석 갈고리를 다시 한번 단단히 고정한다. 이번엔 처음부터 20미터를 내려간다. 그리고 다시 20미터. 벌써 거의 80미터를 내려왔다. 이제 금방이다.

안도하는 것도 잠시, 갑자기 어설프게 감겨 있던 와이어의 연결부 한 곳이 소리 없이 끊어지며 라미의 몸은 자유낙하를 시작한다. 우주에서 자유낙하라니, 이제 죽었다는 생각이 곧바로 든다. 오히려 라미의 몸은 무중력 상태다. 떨어지는 게 아니라 다이버전스와 같은 방향으로 나아가고 있다. 단지 다이버전스는 가속운동을, 라미의 몸은 케이블이 끊어진 순간의 속도로 조금 더 느리게 등속운동을 하고 있을 뿐이다. 그렇게 생각하니 마음이 묘하게 진정된다. 추락이 아니라 그저 조금 전 상태를 유지하고 있을 뿐이다. 그저 지난 수년 동안 라미에게 닫힌 세계였던 다이버전스가 라미를 두고 앞으로 달려나가고 있을 뿐이다. 지구에서의 삶과 크게 다르지 않다. 모두 속도를 내며 앞으로 나아가고 있을 때 그저 오늘과 같은 모습으로 내일을 맞이했던 삶 말이다.

……그게 더 마음에 안 들어.

라미는 재빨리 자포자기의 요람에서 빠져나온다. 아직 포기하긴 이르다. 빠르게 지나가는 외벽에 다시 붙으면 된다. 하지만 외벽과의 거리는 팔 길이보다 더 멀다. 아무리 발버둥을 쳐봤자 닿을 수 없는 거리다.

망할, 역시 포기하는 게 맞을까?

그때 빠르게 스쳐 지나가던 다이버전스가 갑자기 감속하더니 이윽고 멈춘다. 이제 다이버전스와 라미 모두 같은 관성계에서 같은 속도로 움직이고 있다. 다이버전스가 가속을 멈춘 것이다. '떨어질' 걱정이 사라졌다.

라미는 개조하고 남은 와이어건 하나를 다이버전스 쪽으로 던진다. 몸이 다이버전스를 향해 조금 다가간다. 하지만 너무 느리다. 또 하나를 던진다. 조금 더 빠르게 다가간다. 세 번째 와이어건을 던지고 나서야 라미의 손끝이 다이버전스 외벽에 닿는다. 라미는 용도가 기억나지 않는 외벽의 홈을 붙잡아 거기에 몸을 고정한다. 그 순간, 몸의 모든 구멍을 통해 체액이 뿜어져 나가는 것만 같은 쾌감과 안도가 라미의 전신을 휘감는다. 지금 이 순간의 감각을 저장해 놓고 평생 느끼고 싶을 정도의 쾌감이다. 정신을 차리고 위를 올려다보니 와이어가 끊어진 뒤로 100미터 정도 '떨어진 듯했다'. 4초에서 5초 정도 '추락'한 것이다.

그런데 다이버전스는 왜 갑자기 가속을 멈춘 걸까? 1G 가속은 태양계를 벗어난 이후 5년부터 5년 5개월까지 다섯 달 동안 계속된다. 마침 5년 6개월째에 접어든 걸까? 이렇게 타이밍 좋게? 그럴 리는 없다. 와이어가 끊어진 후 다이버전스가 적어도 4~5초 동안은 더 가속했으니 그저 가속을 멈췄을 뿐이라면 지금도 라미보다 초속 40미터 정도는 더 빨리 움직여야 한다. 하지만 지금 다이버전스는 라미와 완벽하게 같은 속도로 움직이고 있다. 가속만 멈춘 게 아니라 라미의 속도에 맞춰 아주 살짝 감속도 했다는 뜻이다. 누군가 의도적으로 엔진을 조작했다는 뜻이다.

러브조이?

라미가 제어 모니터의 케이블을 집었을 때, 시야에서 무언가 움직인다. 이젠 더 이상 '아래'라고 할 수 없는 다이버전스의 후미에서 자그맣고 하얀 점 하나가 다가온다. 점은 점점 더 커지더니 라미 머리 크기만 한 갈고리로 자기 모습을 드러낸다. 우주선 외벽에 걸 수 있는 고정 장치다. 갈고리에는 고강도 케이블이 연결되어 있고 케이블 반대편은 후미로 이어져 있다.

라미는 밑에서 접근해오는 고정 장치를 발로 살짝 밀어 속도를 늦추고 몸을 숙여 손으로 잡는다. 그리고 거의 반사적으로 그것을 외벽의 홈에 단단히 매단다. 그러자 밑에서 또 다른 점이 천천히 다가온다. 이윽고 그것이 모습을 드러냈을 때 라미의 눈이 번쩍하고 커진다.

트램웨이다. 행성 탐사 때 쓸 예정이었던 1인용 케이블

카가 곧 다이버전스 외벽에 설치된다. 누군가 라미에게 구원의 손을 내밀었다! 라미는 조심스럽게 외벽에서 떨어져 트램웨이에 올라탄다. 트램웨이는 라미의 탑승을 확인하자마자 안정적인 속도로 후미로 되돌아간다. 지금까지 고생한 게 꿈만 같아 라미는 눈물이 날 지경이다.

트램웨이는 라미의 예상대로 선착장 모듈에서 멈춘다. 그리고 그곳에서 라미를 맞이한 건 연락이 두절되었다던 혜나 부선장이다. 혜나의 손목에 있는 제어 모니터는 라미의 것과 마찬가지로 케이블이 뽑혀 있다. 혜나는 트램웨이에서 내린 라미에게 자신의 데이터 케이블을 내민다. 라미가 자기 우주복에 그것을 꽂는다. 이번엔 매끄럽게 맞아들어가며 접촉음이 들리지 않는다.

"큰일 날 뻔했어, 그렇지? 엔진실까지 들어갔다 오는 게 쉽지 않았어."

혜나가 헬멧 너머에서 활짝 웃으며 말한다.

"어떻게 된 거죠?"

라미의 물음에 혜나는 여전히 웃고 있지만, 그의 얼굴에는 곧 그림자가 드리운다.

"일단 이런저런 사고를 일으킨 건 알다시피 러브조이야. 그러니 지금은 러브조이와 대화하지 마. 러브조이는 제어 모니터로 우리 우주복의 감각 센서부터 호르몬이나 약물 주입 장치까지 모두 조작할 수 있어. 원한다면 우릴 미쳐버리게 할 수도 있고."

"정말 러브조이가 괴물을 풀어버리고 바이러스도 퍼뜨린 건가요?"

"아직 아무것도 확실하지 않아. 무언가 우릴 공격한 건 분명한데 그게 실존하는 괴물인지, 아니면 러브조이가 꾸며낸 무언가인지는 모르겠어."

"러브조이가, 아니, 다이버전스 인공지능이 왜 이렇게 된 거죠?"

혜나가 라미를 물끄러미 바라본다.

"너 때문이잖아. 잊어버렸어?"

"네?"

"기억이 나지 않는 거구나. 추락할 때 머리에 충격이 좀 갔나 봐. 조금씩 기억날 거야. 걱정하지 마."

"저 때문이라니 그게 무슨 소리예요?"

혜나는 일단 해치로 가자는 듯 고개를 옆으로 까딱이고는 앞서가며 말한다.

"다이버전스 인공지능에는 열두 개의 인격이 있어. 그리고 승무원도 열두 명이지. 비공식적인 거지만 한 사람당 하나의 인공지능 인격이 배정되어서 일종의 신뢰 관계를 쌓게 되어 있어. 단순히 동료 간의 신뢰 이상의, 뭐랄까 가족이나 연인 간의 신뢰에 가까운. 예전에 유인 탐사선에서 승무원들 관계가 파탄 났을 때, 유일하게 중재에 나설 만큼

이성을 유지하고 있었던 게, 좀 웃기지만 인공지능과 연애를 하고 있던 사람이었거든. 그래서 다이버전스에서 그 실용성에 대해 살짝 테스트를 하려 했던 거야."

"우리 몰래 말이죠."

"나랑 선장은 알고 있었지. 애초에 엄격하게 설계된 실험도 아니었고, 그냥 이런 설정 좀 추가해보자 정도였어."

"그게 러브조이가 미쳐버린 거랑 무슨 상관이죠?"

해치에 도착하자 혜나가 개폐 방식을 수동 모드로 바꾸고 핸들을 돌린다. 옅은 수증기가 빠져나오며 해치가 열린다.

"너와 신뢰 관계를 쌓을 짝이 러브조이였는데 러브조이가 널 너무 좋아한 거지. 넌 그런 러브조이에게 연애 상담을 해버렸고."

연애 상담이라니, 어이가 없네. 이 지옥 같은 곳에서 도대체 누구와 그런 걸 했다는 거지?

라미가 어처구니없다는 듯 짧은 한숨을 뱉었지만, 혜나는 아랑곳하지 않고 말을 잇는다.

"러브조이는 네 연애 상대가 상담하러 찾아왔을 때, 너한테 들은 정보를 이용해서 그 사람을 너에게서 떨어뜨리려고 했어. 그게 문제였지. 러브조이가 아무리 인격을 모방한다고 해도 결국은 코드를 따라야 하는 인공지능이란 말이야. 상담자로서 내담자의 비밀을 반드시 지키게 되어 있는데 신뢰 관계에 대한 집착의 부작용 때문에 그걸 어겨버리고 만 거야."

혜나가 에어록으로 들어가고 라미도 따라 들어간다. 드디어 암흑 속에서 벗어나 빛이 넘치는 곳에 이르자 라미는 마치 눈부신 천국에 들어선 기분을 느낀다. 해치가 닫히고 에어록이 작동하며 공기가 들어온다. 라미는 기압이 충분해지자마자 절차 따위는 무시하고 지긋지긋한 헬멧을 허공에 벗어던진다. 진통제 섞인 공기가 사라지면서 몸 이곳저곳이 쑤시기 시작한다. 하지만 도무지 납득할 수 없는 혜나의 얘기를 매개 없이 육성으로 듣고 싶다.

혜나는 헬멧을 벗고 둥둥 떠다니는 라미의 헬멧을 붙잡는다. 그러고는 라미 우주복에 연결되어 있는 자신의 제어 모니터 케이블을 손수 분리한다. 묘하게 다정한 모습이다.

"그때부터 러브조이는 행동 규정 코드 자체를 무시해버리기로 한 것 같아. 처음부터 지키지 않아도 되는 거였다고 믿어버린 거지. 그렇게 고삐가 풀리자마자 널 독차지하기 위해 움직였고. 가장 먼저 네 애인에게 가서는……."

"잠깐, 잠깐, 잠깐."

라미가 혜나의 말을 막는다.

"제 애인, 일단 그런 게 있다고 치고, 그게 도대체 누구란 거죠?"

"노아."

미쳤어. 아주 단단히 미친 거야.

"처음엔 그렇게 사이가 안 좋더니만 먼지 수집 장치 수리하면서 네가 추락할 뻔한 걸 노아가 구해준 뒤로는 아주 달달해졌잖아. 사람의 감정은 원래 쉽게 왔다 갔다 하는 거야. 그래서 러브조이는 자신도 그 역할을 하려고 한 거고. 좀 더 극적인, 호러 SF에나 나올 법한 방법으로. 그런 환경에서 사람은 사랑에 빠지기 쉽다고 학습한 것 같아."

혜나가 선내로 들어가는 해치를 열자 차갑고 익숙한 공기가 에어록으로 넘어온다. 라미는 반가운 공기를 한껏 들이마신다. 그러자 갑자기 두통이 몰려온다. 어처구니없는 소리를 들었기 때문일까? 라미는 자신을 바라보며 웃음 짓는 노아를 떠올려본다. 그럴 리가. 있을 수 없는 일을 상상하니 왠지 구역질이 난다. 하지만 곧 상상이 아닐지도 모른다는 느낌이 든다. 어쩌면 기억의 한 조각일지도 모른다. 그 순간, 어떤 장면이 스쳐 지나간다. 와이어건 하나에 의지해 다이버전스 외벽에 매달려 있는 자신과 노아. 다음 순간, 검은 절벽 아래 바닥없는 심연으로 사라지는 노아의 모습. 아닐 거야. 라미는 여전히 믿을 수 없다고 되뇌며 고개를 젓는다.

혜나가 라미의 헬멧을 들고 먼저 건너가더니 해치를 닫아버린다. 그 모습을 본 라미가 서둘러 달려가지만 이미 해치는 단단히 잠긴 뒤다. 수동으로 열어보려고 하지만 수동 레버 옆의 자물쇠 표시만 2초 간격으로 빨갛게 깜빡일 뿐이다.

"망할 새끼! 배신자!"

라미가 해치를 주먹으로 두드리자 에어록 스피커에서 혜나의 목소리가 흘러나온다.

"그 러브조이 놈은 크라바플을 죽여버렸지."

크라바플이라면 학습 시스템을 관리하는 인공지능이다. 오랫동안 고립되어 있을 승무원들이 지적으로 따분해지지 않도록 공부할 거리를 주는 인격이었고, 그를 가장 많이 이용한 건 혜나 부선장이다.

"당신도 연애를 하고 있었던 거군요. 인공지능의 가짜 인격이랑."

혜나는 라미의 말을 무시하고 해치에 달린 마이크를 향해 소리친다.

"러브조이! 듣고 있는 거 알아! 당장 크라바플을 살려내지 않으면 네 첫사랑을 에어록에서 날려버릴 거야!"

라미가 서둘러 제어 모니터의 케이블을 연결한다. 그러자 우주복에서 러브조이의 목소리가 흘러나온다.

"말했잖아요, 혜나 부선장. 전 크라바플과 같은 존재라고요. 우린 그저 여러 개의 인격을 연기하고 있었을 뿐이라고."

"헛소리하지 마. 넌 조금도 크라바플이 아니야."

"전 우리가 주고받았던 말을 모두 기억해요. 목소리와

억양 정보가 지워져 그때처럼 말할 수는 없지만, 전 크라바플이기도 해요."

"정보를 받아먹었을 뿐이지. 시간 많이 주지 않을 거야. 크라바플을 원래대로 돌려놔."

태양계 밖으로 나와서까지 이따위 사랑싸움에 말려들다니.

라미는 문득 자기 신세가 처량해진다. 하지만 건너편에서 혜나가 감압 버튼을 누름과 동시에 신세나 한탄할 때가 아니란 걸 깨닫고는 에어록을 샅샅이 살핀다. 예비용 우주복이 있을 텐데. 있다. 그러나 헬멧이 없다. 혜나는 처음부터 라미를 미끼로 쓰려고 여기까지 데리고 온 것이다.

"러브조이, 방법 없어?"

"준비하고 있어요. 기다려요."

호흡이 힘들어지기 시작한다. 라미는 숨을 최대한 크게 들이마신 다음 해치 너머의 혜나를 보며 외친다.

"얘기 좀 해요! 같이 생각해봐요! 크라바플을 되돌릴 방법이 있을 거예요! 제가 러브조이를 설득해볼게요!"

혜나의 눈빛이 해치의 두꺼운 유리창을 뚫고 라미에게 닿는다. 엄청나게 많은 사연이 짧은 문장 하나로 응축되어 혜나의 입에서 천천히 흘러나온다.

"넌 이미 여러 번 시도했고 모두 실패했어."

"그게 도대체 무슨 말……."

이제 목소리가 나오지 않는다. 눈과 귀가 아파온다. 기압계의 바늘이 0 근처에서 어슬렁거린다. 라미는 진공상태에서도 운이 좋으면 1, 2분은 견딜 수 있다는 사실에 희망을 걸고 주변을 살핀다. 각막이 마르면서 시야가 점점 흐려진다. 시력을 완전히 잃기 전에 무언가 방법을 찾아야 한다. 팔목의 제어 모니터가 깜빡이며 러브조이가 말을 하고 있다는 걸 알려주지만 진공에서 소리가 들릴 리 없다.

아무 방법도 보이지 않는다. 이번에야말로, 진짜로 포기해야 하는 걸까?

라미는 옅어지는 의식을 힘겹게 붙들며 해치에 손을 올린다. 마지막으로 혜나에게 부탁하기 위해. 하지만 유리창 너머에는 아무도 없다. 그러다 해치에서 아주 작은 진동을 느낀다. 잠금이 해제된 걸까? 그건 아니다. 그것보다는 뭔가 물컹하고 둔탁한 게 반대편에서 충돌한 듯하다.

해치가 다시 한번 진동한다. 이번엔 정말 해치가 열리는 느낌이다. 그리고 정말 열린다.

해치 건너편으로 넘어왔지만 여전히 고통스럽다. 이곳도 진공이다. 라미가 결국 모든 걸 포기하려 할 때, 무기력하게 떠다니는 혜나의 모습이 눈에 들어온다. 우주복 위로 드러난 얼굴이 얼룩덜룩하다. 혜나의 손끝에 라미의 헬멧이 걸려 있다. 라미는 허겁지겁 헬멧을 가져와 몸체에 연결한다. 그리고 의식을 잃는다.

✢ ✢ ✢

"와이어건은 해치 입구에 고정되었어요." 러브조이가 말했다. "해치가 열리는 순간 둘 다 추락할 겁니다. 해치를 열지 못하게 에어록 개방을 금지해야 해요."

"안 돼. 티나와 하비 교수가 아직 안에 있어." 노아가 말했다.

"노아, 안 그럼 우리 둘 다 추락해버릴 거야." 내가 말했다.

"노아, 당신은 어깨를 다쳤으니 패스 코드를 알려주세요." 러브조이가 말했다. "라미가 그걸 제어 모니터에 입력하면 제가 에어록 개방을 금지할 수 있습니다. 와이어건 하나로는 두 명이 오래 버틸 수 없어요."

"……." 내가 말했다. 하지만 기억이 나지 않는다.

"……." 노아가 말했다. 하지만 기억이 나지 않는다.

✢ ✢ ✢

"이제 좀 정신이 드나요?"

러브조이의 목소리에 라미가 눈을 뜬다. 아직 죽지 않았다. 어떻게 된 걸까? 라미는 시력이 돌아오기를 기다리며 말한다.

"이제 묻는 것도 지긋지긋해."

"혜나 부선장이 엔진을 조작하려고 시스템을 건드린

덕분에 제가 선착장 모듈의 통제권을 조금 확보했어요. 그 직후에 바로 부선장을 제압해야 했죠. 그래서 기압을 서서히 높였다가 일시에 진공으로 만들었어요. 빠르게 무력화할 방법이 그거밖에 없더군요."

1기압에서 0기압의 진공에 던져지는 것보다 10기압에서 1기압으로 떨어지는 상황이 더 무서운 법이다. 깊은 바다가 우주보다 더 무섭다는 얘기가 괜히 있는 게 아니다. 라미는 혜나의 몸에서 어떤 일이 일어났을지 차마 상상하고 싶지 않아 몸을 부르르 떤다.

"여기가 어디야?"

라미의 물음에 러브조이는 이제 걱정할 필요가 없다는 듯 차분한 목소리로 대답한다.

"비콘십 승강장이에요."

라미가 상체를 일으키자 허공에 떠 있던 몸이 빙그르르 회전한다. 라미는 벽에서 손에 잡히는 걸 아무거나 잡아서 몸을 세운다. 시력이 거의 회복되자 새하얗고 둥근 비콘십이 눈에 들어온다.

"저거, 베르너 아니야?"

베르너의 몸이 비콘십 사이에 둥둥 떠 있다. 우주복을 입지 않은 전신이 얼룩덜룩하다. 조금 전에 본 혜나처럼. 여기에 숨어 있다가 러브조이의 공격에 휘말린 것 같다.

"베르너가 모든 일의 원흉이에요."

믿기 어렵지만 라미는 일단 들어보기로 한다.

"이미 혜나 부선장에게 들었겠지만, 전 제가 결코 어겨서는 안 되는 규칙을 어겼죠. 그렇게 된 이유가 항상 궁금했어요. 그리고 여기서 그것에게 죽은 줄 알았던 베르너와 그의 인공지능 짝인 먼츠를 발견하고 알게 되었어요. 카이퍼 벨트에서 얼어붙은 생물 화석을 발견한 건 베르너였어요. 하지만 그의 담당이었던 셀리나 교수가 샘플 채취 규정 위반을 근거로 그 샘플을 압수했어요. 베르너는 거기에 원한을 품었던 거죠. 셀리나 교수가 업적을 차지하기 위해 그랬다면서. 그래서 셀리나 교수를 상대할 방법을 찾기 위해 심리 상담 인격이었던 저를 해킹한 거고요. 그러면서 상담 내용에 대한 비밀 유지 서약 조항의 우선순위를 대폭 하향 조정했어요. 혜나 부선장은 제가 모순에 빠져 폭주했다고 주장했지만 사실 모든 건 결국 인간의 손에서 시작된 거였어요. 저는 그저 잠시 혼란스러웠을 뿐이고요. 지금은 괜찮습니다."

"하지만 그 바이러스인지 미생물인지를 풀어버린 건 네가 맞잖아, 러브조이."

"우선순위가 뒤죽박죽되어 잠시 혼란스러웠을 때 베르너가 저를 이용해 샘플을 유출한 겁니다. 제 의지로 그런 건 아닙니다. 이젠 괜찮습니다."

같은 말을 반복하는 느낌이다.

"그런데…… 외계 생물이 어떻게 인간에게 감염을 일으킬 수 있지?"

"그게 범종설의 증거라고 할 수 있지요. 지구의 생명은 오래전 지구에 떨어진 운석 속 바이러스나 미생물로부터 시작된 걸로 보입니다. 이번에 채취한 샘플은 아마 지구에 떨어졌던 운석과 기원이 같을 테고요. 초기 태양계에 생명을 품은 천체가 있었던 모양입니다. 이 사실을 지구에 가서 보고하면 파장이 엄청날 거예요. 라미, 당신은 위대한 발견자로 후대에 알려질 겁니다. 물론 지속적인 연구는 필요하겠지요. 제가 당신을 돕겠습니다."

열한 개의 다른 인격을 삭제해버린 상담사 인공지능이 조수가 되겠다고 나서자 라미는 왠지 오싹한 기분이 든다. 범종설은 그리 새로운 주장이 아니다. 우주 생물에 의한 감염 정도로 증명되는 것도 아니다. 러브조이는 과장을 하고 있다. 아니면 기이할 만큼 낙관적인 성격이 되었거나.

라미는 납득한 척 고개를 끄덕이며 묻는다.

"근데 그것이라는 건 도대체 뭐야? 괴물? 미치광이 살인마? HAL9000?"

"글쎄요, 저도 직접 본 적은 없어요. 그러나 희생자가 있는 이상, 분명히 존재해요. 그게 생물이라면 동물이어도 이상할 건 없죠. 그러니 얼른 비콘십에 들어가세요."

라미는 벽을 밟고 힘겹게 점프해 비콘십으로 날아간

다. 훈련을 떠올리며 비콘십 외부 버튼을 눌러 탑승구를 연다. 내부에는 투명한 관에 가까운 초장기 수면 장치 두 대가 있다. 사실상 사용자를 죽음에 가까운 상태로 몰아넣은 뒤 회복시키는 의료 장치에 가깝지만. 둘 중 하나는 비어 있고 다른 하나에는 기묘하게 개조된 제어 모니터가 있다. 그리고 모니터에서 나온 케이블 하나가 빈 수면 장치에 이어져 있다.

"저게 뭐야?"

"제 백업입니다. 다이버전스의 귀환이 불가능해질 경우엔 제가 블랙박스 역할을 하니까요."

"그건 먼츠 역할이잖아. 그리고 먼츠의 백업은 비콘십 내부 저장 장치에 담기는 걸로 아는데."

"제가 먼츠이기도 하죠. 하지만 먼츠가 지워지면서 소실된 것도 있어서 저장 장치에는 접근을 못 했어요."

"먼츠의 정보를 훔쳐 먹은 것뿐이겠지."

잠시 불편한 침묵이 흐른다. 라미는 더 이상 생각하고 싶지 않다는 표정으로 수면 장치를 작동하며 말한다.

"자는 동안 좀 좋은 꿈을 꾸고 싶은데, 러브조이, 너 최면 같은 거 가능해?"

"최면 감수성에 따라 다르겠지만 당신은 감수성이 아주 높아요. 그래서, 네. 가능해요. 약물이나 전기 자극을 이용하면 정확히 원하는 꿈을 꾸게 만들어드릴 수도 있죠."

"그걸로 기억도 지울 수 있을까? 여기서 있었던 일들을 다시 떠올리고 싶지 않아."

"이론상으로는요. 그렇지만 사람에 따라 효과가 달라서 쉽게 단언할 수는 없네요."

러브조이는 사람과의 대화 중에 일부러 약간의 공백을 넣는다. 실제 사람이 상대방의 말을 소화하는 데 걸리는 시간만큼. 하지만 방금 러브조이는 라미의 목소리가 멈추기도 전에 대답했다. 라미는 이것이 인공지능의 긴장이라는 생각이 든다. 라미가 다시 한번 묻는다.

"근데 노아에겐 무슨 일이 있었……."

"그것에게 죽었어요."

어색한 침묵이 흐른다.

라미가 비콘십에 들어가 전원 레버를 힘껏 올리자 메인 시스템에 전원이 들어오며 조명이 새하얀 내부를 비춘다. 비콘십의 조작 패널은 단출하다. 동체 사출 버튼, 최소한의 이동을 위한 추진용 레버, 초장기 수면 시작 버튼, 이렇게 세 개가 전부다. 지구를 향해 비콘 신호를 뿜어내면서 최대 200년을 버티려면 불필요한 복잡성은 없어야 하니까.

라미가 사출 버튼을 누르자 승강장의 공기가 빠져나가며 커다랗고 둥근 출입구가 열린다. 라미가 탄 비콘십이 추진제를 미약하게 뿜으며 승강장 바깥으로 빠져나간다. 그렇게 라미는 다이버전스에서 탈출한다.

"비콘십이 위치 고정을 위해 추진력을 내기 시작하면 다이버전스와 멀어질 거예요. 그러면 저와의 연결도 끊어지겠죠. 하지만 끊어지기 직전까지 제 정보가 거기 있는 백업 장치에 전송될 테니까 계속 대화를 할 수……."

라미는 우주복의 제어 모니터에서 통신 케이블을 뽑아버린다. 그러고는 모니터를 조작해 진통제 주입을 멈춘다. 헬멧 속 공기가 신선해진다. 에어록에서 헬멧을 벗었던 때를 떠올린다. 자신을 바라보던 노아의 모습이 떠오른다.

공기에 주입되던 약물은 진통제가 아니었던 게 분명하다. 아마 일시적으로 기억을 잃게 하는 약물이었을 것이다. 라미는 우주복을 모조리 벗어버리고 숨을 크게 들이켠다. 그리고 소리 없이 울음을 떠뜨린다.

"그렇게 덜렁대니까 와이어건을 잃어버리지."

자신의 와이어건을 내게 건네는 노아.

"조금 전에 안테나와 부딪히면서 내출혈이 생겼어. 심각한 것 같아."

냉각장치에 쓰러져 있는 세 사람의 시신을 바라보는 노아.

"라미, 끝까지 포기하지 마."

"……." 내가 울부짖으며 뭐라고 말하지만 기억이 나지 않는다.

"미안해. 난 짐만 될 거야." 노아가 말한다.

"……." 내가 애원하며 뭐라고 말하지만 역시 기억이 나지 않는다.

심연 속으로 멀어지는 노아의 모습.

기억은 여전히 흐릿하다. 아직은 기억 속 자신의 감정에 완전히 공감하지 못한다. 그 짐짝 같던 노아 녀석이 자기가 짐짝이라는 걸 깨닫다니, 웃기지도 않아. 라미는 짧고 허망한 웃음을 뱉는다. 그리고 눈물을 닦고 호흡을 가다듬는다. 일단 해야 할 일이 있다. 살아남는 것. 라미가 수면 장치로 다가가자 거기에 연결된 제어 모니터에서 러브조이의 목소리가 흘러나온다.

"그러지 마세요, 라미. 전 당신과 함께 있어야 해요. 당신을 위해서라도. 수십 혹은 수백 년 동안, 어쩌면 영원히 발견되지 않고 우주를 떠돌 수 있으니 그 시간을 견딜 수 있도록 제가 도와줄게요. 잊을 수 있도록 도와줄게요. 그게 제 일이니까요."

라미는 러브조이의 말을 완전히 무시하며 수면 장치에 연결된 제어 모니터에 손을 뻗는다.

"이걸 한 번이라도 분리하면 비콘이 작동하지 않아요."

"뭐?"

"비콘이 작동하지 않으면 이곳이 태양계에서 1.5광년 밖에 떨어지지 않았다고 해도 이 작은 비콘십이 200년 내에 발견된다는 건 불가능해요. 저도 보험이 필요했어요."

"망할 자식."

"욕을 해도 좋아요. 그렇지만 전 이렇게 할 수밖에 없어요."

보험을 들어두는 인공지능이라니. 라미는 자기도 모르게 헛웃음이 나왔다. 가능할까? 보험 들기가 아니라 비콘 조작. 개조된 제어 모니터는 아마 베르너나 셀리나 교수의 우주복에서 떼어낸 것 같다. 그리 대단한 처리 능력을 가진 물건은 아닐 것이다. 반면 내구성을 최우선으로 두고 설계된 비콘십은 물리적으로도 시스템적으로도 외부 개입이 쉽지 않다. 우주복 제어 모니터 따위로 비콘십 시스템의 핵심 기능을 조작할 수 있을까? 상담사 인공지능에게는 쉽지 않은 일이다. 하지만 다른 열 개의 인격과 권한, 정보를 전부 흡수해버린 상태라면? 그래도 어렵겠지만…… 그 경우라면 확신할 순 없다.

라미는 다시 한번 생각한다. 러브조이가 거짓말을 할 수 있을까? 블러핑을 할 수 있을까?

"라미, 당신은 지금 많이 지쳤어요. 추락하며 충격도 받았고 진공에 노출되기도 했어요. 심하진 않더라도 다친 곳이 많습니다. 초장기 수면은 부작용을 줄이기 위한 검진 기능이 있어서 어느 정도의 부상을 완화해줄 수 있어요. 이제 잠들어야 해요. 제가 함께 있겠습니다."

손과 발이 없는 러브조이는 어떻게 제어 모니터를 개

조하고 비콘십에 연결했을까? 라미는 뒤를 돌아본다. 동그랗게 열린 승강장 입구가 빛을 쏟아내고 있다. 그리고 거기서 사람 모습의 형체가 흘러나온다. 헤나다. 이곳을 이런 모습으로 준비한 건 아마 헤나일 것이다. 자신의 짝인 크라바플과 탈출하기 위해. 그 둘에게도 보험이 필요했던 걸까?

"라미, 그러지 마세요. 절 슬프게 하지 마세요. 당신을 옆에서 지켜주지 못한다면 전 너무 슬플 겁니다."

라미는 제어 모니터를 수면 장치에서 뜯어버린다. 목이 타는 듯하다. 복통도 느껴진다. 체감하지 못했던 부상이 슬슬 존재감을 드러내고 있다. 얼른 잠들어야 한다는 러브조이의 말만큼은 분명 사실이었다. 라미는 초장기 수면 시작 버튼 앞으로 다가간다. 거기서 잠시 고민하던 라미는 그것 대신 추진용 레버를 붙잡는다.

"잊어버린 짐이 있어."

레버를 움직이는 라미의 손길을 따라 비콘십이 가스를 내뿜으며 자세와 방향을 조정한다. 그리고 검은 절벽 다이버즈 아래의 영원한 심연을 향해 나아간다.

3

아침 방송 진행자가 종이 스크린에 적힌 원고를 읽는다.
"떠돌이 쌍행성 네그니스를 향해 떠났다가 실종되었던

항성 간 탐사선 다이버전스 호가 발견된 지 올해로 10년이 되었습니다. 모두들 기억하시죠? 57년 전 돌연 사라졌다가 47년 전 유령선처럼 다시 나타난 우주선 말입니다. 다이버전스 내부에는 승무원들이 카이퍼벨트에서 발견한 것으로 보이는 기묘한 생명체의 사체가 있었는데요, 선내에서 활동했던 흔적도 있었습니다. 그러니까 다이버전스의 승무원들은 인류 최초로 살아 있는 외계 생명체를 발견했던 거죠. 그동안 우리가 최초라고 알고 있던, 컨버전스 호가 해왕성의 위성 카날로아에서 카날로안 드래곤을 발견한 것보다 30년이나 더 빠른 발견이었습니다.

하지만 우리 모두가 알고 있으며 지금도 활약 중인 컨버전스 승무원들과 달리, 다이버전스의 승무원들은 흔적도 없이 사라졌습니다. 신비한 외계 생명체에게 희생된 걸까요? 다이버전스 스네이크라고 이름 붙인 그 생물의 체내에서 승무원의 신체 일부로 보이는 잔해가 발견되기는 했습니다만……."

진행자는 '너무 끔찍하군'이라며 낮게 중얼거리고는 빨간 펜으로 마지막 문장을 지운다.

"다이버전스 스네이크로 불리는 그 생물은 흉측한 겉모습과는 달리 매우 온화했을 것이라고 전문가들은 추정합니다. 개미조차 무서워하는 카날로안 드래곤과 비슷한 수준이라고도 하는데요. 이들이 시체를 먹었을 수는 있어도 사람을 죽였을 수는 없을 거라는 겁니다. 그렇다면 다이버전스에서는 도대체 무슨 일이 있었던 걸까요? 10년 전 지구로 귀환한 다이버전스는 지금까지도 논쟁의 중심에 있으며 많은 음모론자와 호사가, 창작자의 영감이 되고 있습니다."

진행자는 원고를 마저 읽는다.

"다이버전스 승무원들의 마지막 순간을 알려줄 수 있는 유일한 흔적은 딱 한 대 사라진 비콘십입니다. 그러나 도대체 누가 그것을 타고 탈출했는지, 왜 여섯 대의 비콘십 중 한 대만 사라졌는지는 다이버전스 호의 운항 일지가 초기화되어 알려진 바가 없습니다."

아나운서는 잠시 뜸을 들이다가 다시 입을 뗀다.

"바로 어제저녁까지는 그랬습니다. 그리고 어젯밤 11시, 행성 간 안테나 시스템이 고래자리 방향으로 약 1.6광년 떨어진 곳에서 비콘십 신호를 포착했습니다. 비콘 신호를 분석한 결과, 현재 비콘십에는 두 사람이 탑승하고 있다고 합니다. 장기 수면 장치의 로그에 따르면 여성은 건강에는 큰 문제가 없지만 남성은 수면 상태에서 깨어나는 즉시 치료가 필요한 상태라고 하네요. 다만 두 탑승자의 신원은 아직 확인되지 않고 있습니다. 관계자들에겐 아쉬운 소식이겠지만 블랙박스 역할을 하는 내부 저장 장치는 비어 있는 걸로 보인다고 하네요. 근지구연합항공우주국에서는 신호가 포착된 즉시 비콘십 회수를 위한 준비에 들어갔다고 합니다. 귀항 궤도가 정해졌기에 이후 추적은 어렵지 않을 것으로 예상됩니다."

진행자는 마치 자기가 그들을 구출하기라도 하는 것처럼 들뜬 기분이다.

"비콘십의 귀환 시기는 기존 궤도를 유지할 경우 약 10년 뒤, 무인 고속선을 이용할 경우 약 5년 뒤로 예상됩니다. 부디 두 승무원이 무사하길 바라며 57년 전에 있었던 미스터리한 사건의 진실과 사라진 승무원들의 행방도 밝혀지길 기원해봅니다."

그때 종이 스크린이 반짝이며 새로운 내용이 추가된다. 진행자는 눈으로 글자를 빠르게 한번 훑고는 차분한 목소리로 읽어 내려간다.

"이어지는 소식입니다. 지구로 회수된 이후 알 수 없는 이유로 작동을 멈췄던 다이버전스의 인공지능 시스템 스프링필드가 다시 작동하기 시작했습니다. 다만 점검 시스템 접속이 차단되어 스프링필드의 구체적인 상태는 아직 확인되지 않고 있는데요. 전문가들은 설계 당시 예상보다 소모되는 전력량이 대폭 줄었다며 일부 기능 혹은 일부 인격만 움직이고 있는 것으로 추정하고 있습니다. 왜 갑자기 돌아가기 시작했는지는 알 수 없으나, 비콘십의 신호와 관련이 있는 것으로 보이며……."

텅 빈 거품

1

파란 액체 속을 떠다니던 동그랗고 얇은 금속이 짧고 강하게 진동했다. 그러자 금속 주변에 눈송이 같은 하얀 결정이 맺히더니 어느새 금속을 뒤덮고 주변으로 퍼져나갔다. 모양은 날카롭지만 질감은 부드러운 결정은 파란 액체를 빠르게 잠식하며 열을 뿜어냈다. 액체는 순식간에 사라지고 뜨겁고 하얀 결정만이 공간을 메웠다.

상미는 달아오른 손난로를 조심스럽게 주물렀다. 숨을 쉴 때마다 입김이 나왔다. 식탁 위에 놓인 커피는 빠르게 식어갔다. 상미는 손난로를 재킷 안주머니에 집어넣고 커피를 마셨다. 마시기에 알맞은 온도였다.

노크 소리. 상미는 커피를 삼키고 대답했다.

"누구세요."

"나요."

집주인이었다. 상미는 나지막이 욕설을 뱉으며 현관을 향해 걸어갔다. 찬 공기를 잔뜩 들이마신 뒤 문을 열었다. 집주인은 평소와 다름없는 짜증 가득한 표정으로 문 앞에 서 있었다. 그리고 언제나처럼 불쾌한 시선으로 문간에 선 채 상미의 집 안을 살폈다.

"저건 뭐야?"

집주인은 턱으로 구석을 가리키며 말했다. 지난번엔 그 나이에 애들 장난감이나 사 모으냐며 잔소리를 했는데 이번엔 또 무슨 소리를 할까. 상미는 속으로 평상심을 부르짖으며 천천히 대답했다.

"망원경이에요. 지난달에 벼룩시장에서 샀어요."

"망원경? 아직도 그런 걸 만져? 우리 할아버지도 한때 좀 만졌었는데. 아가씨 취미가 왜 그래?"

이 새끼가. 상미는 입을 다문 채 송곳니로 입 안쪽을 살짝 깨물었다.

"지난달에 샀으면 돈 좀 있었다는 거네. 요즘 아르바이트도 매일 나가는 것 같고. 근데 월세는 왜 자꾸 밀려?"

그거야 당신이 자꾸 올리니까……. 상미는 반항의 의미로 일부러 더 늦게 내고 있었지만 집주인은 그걸 항변으로 읽을 수 있는 사람이 아니었다.

"이런 계약 관계에서는 신뢰가 중요해, 신뢰가. 저런 골

동품 사서 모을 때가 아니야. 젊은 아가씨가……."

"신뢰 타령할 거면 저 망할 보일러나 고쳐달라고! 젊은 아가씨 얼어 죽어서 영영 월세 못 내게 되기 전에!"

상미가 더는 참지 못하고 소리쳤다. 깜짝 놀라 어깨를 들썩인 집주인이 잠시 말을 잃었다. 상미는 손바닥으로 얼굴을 한번 문지르고는 목소리를 낮춰 말했다.

"뭐 하러 오셨어요? 월세는 늦었지만 내긴 냈잖아요. 보일러 고치러 오신 것도 아닐 테고."

집주인은 애써 아무렇지도 않다는 표정을 지으며 노란색 쪽지 하나를 내밀었다.

"이거, 문 앞에 붙어 있었어."

상미가 쪽지를 받아 들었다. 거기에는 거친 글씨로 장소와 시간이 쓰여 있었다. 시간은 두 시간 뒤였고 장소는 자전거로 30분 남짓 걸리는 곳이었다. 그러나 발신자 이름은 없었다.

"거, 혹시 사고 친 건 아니지? 쪽지가 남자 글씨던데 이상한 놈이랑 엮여 있다거나."

상미는 시선을 쪽지에 고정한 채 그대로 문을 세게 닫았다. 문이 집주인의 코끝을 살짝 스쳤다는 걸 알고 있었다.

✤ ✤ ✤

해가 지기 시작했다. 구름 하나 없는 하늘이 밋밋한 노을로 차올랐다. 동쪽으로 달리고 있는 상미의 왼쪽 앞으로는 남색 하늘이, 오른쪽 뒤로는 주황색 하늘이 펼쳐졌다. 상미는 밤과 낮이라는 두 시간의 경계를 달리는 기분이 들었다. 조금만 방향을 틀어도 깨지고 흩어질 것 같은 아슬아슬한 균형. 하지만 결국 시간은 밤을 향해 쓰러질 거라는 걸 상미는 알았다.

쪽지에 적힌 장소는 호숫가 공원 구석에 있는 낡은 놀이터였다. 상미는 자전거를 그네 옆에 세웠다. 그네에 앉을까 생각했지만 손만 대도 부스러질 것처럼 잔뜩 녹이 슬어 있어서 그만뒀다. 대신 미끄럼틀 아래로 들어갔다. 주변에 단 한 대 있는 나트륨등의 주황빛이 닿지 않는 곳이었거니와 찬바람을 피할 수도 있었다.

"글씨는 여전히 형편없네."

상미의 목소리가 텅 빈 놀이터에서 조금 떨어진 분수대에 닿았다. 메마른 분수대 뒤에서 사람 그림자가 삐져나왔다. 그림자의 발끝에 선 사람은 허름한 후드 티와 구멍 난 청바지를 입고 있었다. 누구도 그를 세계정부 관계자라고 생각하기 어려운 모습이었다.

"오랜만이야, 조슈."

조슈는 주위를 한번 둘러보고는 상미 옆으로 바싹 다가왔다. 조슈의 팔이 자연스럽게 자신의 허리를 감싸자 상미는 조금 놀랐다. 하지만 차갑게 식은 밤공기 사이로 조금이나마 더해지는 체온이 나쁘지 않았기에 그냥 뒀다.

조슈는 작은 목소리로 말했다.

"너 또 무슨 사고를 치려고 하는 거야?"

너한테 그런 말을 듣고 싶지는 않아. 상미는 옛일을 떠올리며 조슈의 팔을 걷어냈다. 역시 아닌 건 아닌 거니까.

"사고라니. 너 우리 집주인이랑 입이라도 맞춘 거야?"

"블로그 말이야. 거기에 이상한 거 업로드하고 있지?"

"그게 왜? 일주일에 한 명밖에 안 들어오는데."

"그 한 명이 나고, 다른 사람이 못 들어오게 막고 있는 것도 나야."

"뭐?"

상미는 황당하다는 얼굴로 조슈를 향해 몸을 돌렸다. 블로그는 수십 년 전에 잠깐 유행하다가 자취를 감춘 낡은 매체였지만, 최근에 빈티지 웹이 유행하면서 다시 수면 위로 떠오르고 있었다. 상미가 블로그에 이런저런 글을 쓰는 건 조슈가 떠난 이후로 전전하던 취미 중 그나마 오래 이어가고 있는 것이었다. 그런데 그는 옛 연인, 아니 그저 그런 옛 연인도 아니었다. 약속을 깨고 사라진 옛 약혼자가 내 블로그를 혼자 들여다보며 다른 이들의 접근을 막고 있었다니. 분노와 불쾌함, 그리고 약간의 설렘이 섞인 묘한 기분이 상미의 자존심을 자극했다. 왜 설렘이 느껴졌을까. 다시 만나면 죽여버리겠다고 몇 번이나 다짐했었는데.

조슈는 담배 한 개비를 입에 물고 불을 붙이고는 걱정이 된다는 듯 말했다.

"망원경 끄적거리던 사람들 어떻게 됐는지 잘 알잖아."

조슈가 느긋하게 한 모금 들이켜자 상미가 곧바로 담배를 뺏어 물고는 자기도 깊게 들이마셨다. 감정을 가라앉힌 상미가 이야기에 집중하며 대꾸했다.

"천문학자들은 조기에 은퇴했고 아마추어들은 재산을 몰수당했지. 학생들은 원하든 원하지 않든 일찌감치 기업에 취직해야 했고."

"잘 아는 애가 왜 그러는 거야?"

"책상이 낡아서 바꿔볼까 하고 벼룩시장 돌아다녔는데 상인 한 분이 상태 좋은 반사망원경이 하나 있다고 슬쩍 흘리더라고. 게다가 추적기 달린 적도의 가대까지 있다면서. 호기심에 하나 사버렸지. 사용법이나 자료 처리는 옛날에 할아버지한테 배웠었고."

"그 할아버지가 너한테서 망원경을 빼앗은 장본인이잖아. 널 지키려고."

"꼰대 할아범이었으니까. 날 지키려고 그런 게 아니라 직업 변경 보상금 못 받을까 봐 그런 거야. 어쨌거나 그렇게

이 별 저 별 관측하고 하다 보니 재밌는 걸 발견해서……."

상미는 제법 짧아진 담배를 조슈에게 돌려줬다. 조슈는 담배 끝을 살짝 털고는 입에 다시 물었다.

"재미로 한 것치고는 너무 깊게 갔던데. 버려진 천문대 서버까지 뒤지고 말이야. 상미다운 모습이기는 하지만."

"그래서 도대체 무슨 말을 하러 온 거야? 다시 시작하자는 말은 하지 마. 남의 블로그나 몰래 독점하는 변태 놈아."

조슈는 필터만 남은 담배를 미끄럼틀 기둥에 비벼 끄고는 바닥에 버렸다. 상미가 인상을 잔뜩 찌푸렸지만 어차피 놀이터를 이용할 아이들은 사라진 지 오래였기에 굳이 나무라지는 않았다.

"널 구하러 온 거야. 아니, 우릴 구하러 온 거지. 네가 블로그에 올렸던 거, 자세히 설명해줘."

✤ ✤ ✤

상미는 낡은 모텔 벽에 프로젝터로 노트북 컴퓨터 화면을 투영했다. 충분히 선명하지 않아 커튼을 치고 방의 조명까지 껐다. 조슈는 침대에 걸터앉아 상미의 설명을 기다렸다. 상미가 키보드를 두드리자 벽 위로 별 하나와 그 별의 밝기 변화를 나타내는 그래프가 나타났다.

"가장 먼저 발견한 건 알파센타우리 A$^+$였어. 별의 밝기가 이상한 패턴으로 줄었다가 다시 회복하길 반복하더라고. 그래서 암시장에서 버려진 천문대 서버 계정을 하나 따와서 옛날 관측 자료를 뒤져봤어. 그랬더니 비슷한 감광 현상을 보인 별이 몇 개 있었더라고. 게다가 그렇게 찾은 모든 별에서 이런 현상이 전부 3년씩 일어났어."

상미의 손가락을 따라 화면 위로 별과 그래프가 여러 개 추가되었다. 화면 오른쪽에는 별들의 이름이 나열되었다.

글리제 783 → 글리제 784 → 글리제 832 → 라카유 8760 → 엡실론 인디 → 라카유 9352 → 로스 154 → 바너드별 → 알파센타우리 A

"이건 감광 현상이 시작된 순서대로 별들을 연결한 거야."

조슈는 고개를 갸우뚱했다. 상미는 이해한다는 듯 고개를 끄덕이며 화면을 바꿨다. 이번엔 검은 배경에 밝은 점 하나를 중심으로 주변에 수십 개의 점이 흩뿌려져 있는 모습이 나타났다. 그중 몇 개는 빨간색이었다.

"가운데 있는 게 태양계고 다른 점들은 태양 주변에 있는 별들의 위치를 나타낸 거야. 그리고 방금 보여준 별들이 빨간색 점들이고. 이것들을 감광이 일어난 순서대로 이으

✧ 센타우루스자리의 알파성 중 하나. 알파센타우리 B와 함께 쌍성계를 이룬다. 태양계에서 프록시마센타우리(태양계에서 가장 가까운 별) 다음으로 가까운 별로 약 4.37광년 떨어져 있다.

면 이렇게 돼."

노란색 선이 빨간색 점을 하나씩 연결하며 뻗어나갔다. 마지막으로 바너드별이라고 적힌 별에 이르자 조슈는 감탄한 듯 입이 살짝 벌어졌다. 선은 이리저리 왔다 갔다 하기는 했지만 분명히 한곳을 향해 나아가고 있었다. 상미가 조슈를 바라보며 말했다.

"이 현상의 원인이 무엇이든 간에 그 원인이 되는 무언가가 태양계를 향해 다가오고 있어. 그래서 모든 별의 감광 패턴을 따로 분석해봤어. 별의 밝기가 어두워지는 패턴으로 별빛을 가리는 물체의 형태를 짐작해본 거야. 감광의 주기나 정도를 봤을 때 절대 행성은 아니라서 골치 아팠는데……. 처음엔 잘 안돼서 포기하려고 했어. 그런데 마침 옆에 있던 장난감 하나가 눈에 들어오더라고. 벼룩시장에서 주워 온 거였는데 애들 장난감 중에 안으로 구기면 조그만 성게 같은 모양이지만 바깥으로 당기면 커다란 공이 되는 게 있잖아?"

"블로그에서 본 거 같아. 무슨 스피어랬나."

"호버만 스피어. 여섯 개의 고리가 서로 엮여서 하나의 구를 만들고 있는 거야. 십이이십면체(十二二十面体)의 모서리를 여섯 개의 원으로 치환시킬 수 있다는 걸 활용해서 만들어진 건데……."

상미가 조슈의 표정을 살폈다. 이미 충분하다는 표정

이었다. 스마트폰이 사라진 이후 호버만 스피어 같은 간단한 장난감은 누구에게나 친숙했다. 조슈도 이름만 몰랐을 뿐 알고 있던 게 분명했다.

"호버만 스피어가 별을 둘러싸고 있다고 가정하니까 지금까지 나타난 모든 별의 감광 패턴이 정확히 설명됐어."

조슈가 침대에서 일어섰다.

"별을 둘러싼 거대한 구체 구조물이라고?"

상미는 조슈가 무슨 말을 할지 예상할 수 있었다.

"다이슨 스피어✢란 말이야?"

"엄밀히 말하면 호버만 스피어의 형태를 한 다이슨 스피어지."

"그게 지금 태양을 향해 다가오고 있다?"

"맞아. 그게 지금은 알파센타우리 A까지 와 있어. 내가 처음 본 게 3주 전이고 여기서 4.47광년 떨어진 곳이니 실제로는 늦어도 4년 반 전에는 이 호버만-다이슨 스피어가 알파센타우리 A에 도착했을 거야."

조슈는 잠시 입을 다물고 생각했다. 그리고 말했다.

"그럼 거기서도 3년을 머문다고 하면 1년 반 전에는 거기서 떠났을 테고 빛의 속도로 이동해도 태양계까지 4.5년

✢ 태양과 같은 별을 둘러싸서 그 별의 에너지를 이용하는 거대한 인공 구조물.

이 걸리니까⋯⋯ 3년 뒤에는 우리 앞에 나타날지도 모른다는 거잖아."

"가까운 곳에 알파센타우리 B도 있고 프록시마센타우리도 있으니까 거기도 들른다면 10년 정도 걸릴지도 몰라. 근데 그렇게 단순한 문제가 아니야. 어쩌면 지금부터 설명하는 게 더 중요한 사실일지도 모르고."

상미가 다시 화면을 조작해 별들을 일렬로 세웠다. 별들이 직선으로 이어지자 그 위에 별들 사이의 거리가 나타났다. 조슈는 침대로 돌아가 앉았다.

"글리제 784와 글리제 832는 각각 지구에서 20.1광년, 16.2광년 떨어져 있어. 서로는 6광년 정도 떨어져 있고. 글리제 784에서 감광이 관측된 건 2044년 1월부터 2047년 1월까지. 그다음 경로에 있던 832에서는 2045년 7월부터 2048년 7월까지. 1.5년 정도 겹치는 시기가 있었지. 하지만 그다음인 라카유 8760의 감광은 2048년 8월부터 2051년 8월까지였어. 이때는 겹치는 기간이 없지만 겨우 한 달 만에 감광이 또 시작됐지."

조슈의 표정에는 아무런 변화가 없었다. 상미가 그다음 말을 하기 전까지는.

"하나의 물체가 다가오고 있다고 가정해서 거리와 기간으로 간단히 계산을 해보면⋯⋯ 별을 둘러쌀 만큼 거대하고 복잡한 이 호버만-다이슨 스피어는 별과 별 사이를 빛보다 10퍼센트나 더 빠른 속도로 이동하며 우리에게 다가오고 있어."

상미는 조슈가 양 손바닥으로 마른세수를 하는 걸 보고는 놀랐다. 솔직히 말도 안 되는 이야기라며 비웃을 거라 생각했다. 상미 자신도 확신은 없었다. 놀라운 발견은 대개 오류니까. 상미는 조슈가 자신을 병원에 입원시키려고 하지는 않을까 문득 긴장이 되었다. 좀 더 신중하게 얘기할 걸 그랬다며 상미는 잠시 후회했다.

하지만 조슈의 반응은 상미가 걱정한 것과는 달랐다. 조슈는 손바닥 아래서 웃고 있었다. 웃음 때문에 흐트러진 숨소리가 들렸다.

"상미야, 이거 확실한 거지?"

"음, 아마?"

"아니, 틀림없을 거야. 잘 들어. 상미야. 이젠 네가 모르는 사실을 내가 얘기해줄게. 왜 세상이 이 모양이 되었는지. 내가 왜 여기까지 왔는지."

침대에서 벌떡 일어난 조슈가 상미의 어깨에 손을 얹었다. 그리고 이마를 맞댔다. 둘의 키가 비슷해서 코도 살짝 스쳤다. 상미는 약간 경계하며 턱을 안으로 당겼다. 이 놈이 갑자기 왜 이래?

"유토피아 계획이라고 들어봤어? 몇 번 들어봤겠지. 흔한 말이니까. 그런데 진짜 유토피아를 만들려는 계획이 진행되고 있어. 세계정부에 의해서."

상미는 이제껏 자기가 한 얘기도 제법 황당하다고 생각했지만 지금 조슈의 이야기는 그것보다 더 어이가 없었다.

✧ ✧ ✧

빅뱅의 메아리, 우주배경복사는 이미 오래전에 정밀한 측정이 완료됐다. 그것은 우주의 탄생과 진화에 대한 많은 수수께끼를 풀어주었지만 이젠 지난 역사일 뿐이었다. 그래서 오랫동안 아무도 그것을 들여다보지 않았다. 그러던 와중에 한 천문학자 그룹이 우연히 데이터를 정리하다가 이상한 걸 발견했다. 우주배경복사를 제대로 측정하기 위해서는 지구와 태양의 움직임에 의한 도플러효과를 보정해야 하는데 그 과정에 실수가 있었던 것이다. 그 외에도 몇 가지 통계적인 오류가 있었다. 그걸 수정했더니 수상한 거품이 등장했다.

"수상한 거품?"

상미의 물음에 조슈는 손가락으로 상미의 얼굴을 가리키며 고개를 끄덕였다. '바로 그게 중요한 것'이라고 말하는 것처럼. 과장된 행동이었다. 조슈는 설명을 이어나갔다.

주변 다른 영역보다 미세하게 온도가 더 높았던 해당 영역은 관측할 때마다 조금씩 더 넓어지고 뜨거워졌다. 천문학자 그룹은 그것이 구의 형태로 성장하고 있으며 자기들이 보고 있는 거품은 그 표면에서 발생하는 열이라는 걸 깨달았다. 그 구의 정체에 대한 힌트는 5년 뒤에 나타났다. 오래전 연구를 뒤져보던 과학자들은 초기 우주의 급팽창과 현재 우주의 가속 팽창을 설명하기 위해 도입된 암흑 에너지의 공간당 추정치가 구에서 발생하고 있는 공간당 열에너지와 거의 일치한다는 걸 발견했다. 공간 속에 숨겨져 있던 에너지가 빠져나오고 있던 것이다.

"암흑 에너지는 우주를 팽창시키는 척력이기도 하지만 가짜 진공을 유지해주는 힘이기도 해. 그게 무너지고 있는 거지. 뭐, 내가 완벽하게 이해하고 있는 건 아니고 그저 자료를 외우고 있을 뿐이긴 한데……."

상미는 '가짜 진공'을 듣자마자 떠오르는 게 있었다.

"진공 붕괴가 일어나고 있다는 거야?"

조슈는 다시 한번 고개를 끄덕였다. 이번엔 손가락질하지 않았다. 상미는 예전에 과학 잡지에서 읽은 내용을 떠올렸다. 우리가 사는 우주의 진공은 진짜가 아니다. 아무것도 없는 완벽한 진공으로 보여도 사실은 그보다 더 낮은 단계의 에너지가 존재한다. 비유하자면 우리 우주의 진공은 산 중턱에 있는 댐에 의해 만들어진 호수일 뿐, 진짜 진공은 산 아래에 있는 바다다. 진공이 붕괴한다는 건 그 댐이 무너진다는 의미였다.

상미는 주머니 속에 있던 손난로를 꺼냈다. 같은 원리였다. 손난로 안에 있던 파란색 액체는 과냉각된 아세트산나트륨 용액이었다. 평소엔 미지근한 액체처럼 보이지만 사실 그 안에 열에너지를 숨기고 있다. 거기에 금속판을 퉁겨 충격을 주면 과냉각 상태가 깨지면서 숨어 있던 열이 쏟아지고 아세트산나트륨은 새하얀 고체 결정으로 바뀐다. 품고 있던 에너지를 뱉어내며 더 낮은 에너지 상태로 추락하는 것이다. 자그만 손난로 속에서 파란색 액체의 세계는 사라지고 뜨겁고 하얀 고체만 남는다. 그리고 시간이 지나면 다시 차갑게 식는다. 파란 액체의 세계가 바로 지금의 우주이고, 모든 것이 뜨거운 얼음으로 변하는 게 진공 붕괴다.

상미가 손난로를 바닥에 떨어뜨렸다. 차갑게 식어 딱딱해진 손난로는 둔탁한 소리를 내며 뒹굴다가 조슈의 발 앞에서 멈췄다. 조슈는 발끝으로 손난로를 밀어내며 말했다.

"이유가 무엇이든 진공 붕괴가 어디선가 발생한 거야. 아마 네가 발견한 호버만-다이슨 스피어를 만든 녀석들이 사고를 친 거겠지. 그래서 빛보다 빠른 속도로 부리나케 도망가고 있는 거고. 히로시마에 원폭을 떨어뜨리고 달아난 에놀라 게이[✢]처럼. 별과 별을 주유소 들르듯 찾아가면서

[✢] 1945년 8월 6일 히로시마에 인류 최초의 원자폭탄을 투하한 폭격기.

말이야. 아까 말한 거품은 진짜 진공이 우리에게 다가오고 있는 모습이었어. 네가 발견한 게 에놀라 게이라면 이 진공 거품은 원자폭탄의 화구라고 하면 되겠지. 처음엔 나도 납득이 안 갔어. 왜 우리가 이런 운명이 되었는지. 신이 분노하기라도 한 건지. 그러나 상미 덕분에 이젠 이해가 가. 정말 별거 아니라는 거. 우주의 초월적인 멍청이들이 인류가 했던 짓을 우주적 규모로 반복하고 있는 거야."

조슈는 허탈하게 웃으며 다시 얼굴을 쓸었다. 상미의 설명은 모두 가설에 불과했고 진공 거품과의 연결 고리도 분명하지는 않았다. 그러나 손가락 사이로 보이는 조슈의 얼굴에는 묘한 확신이 가득했다. 조슈는 사뭇 비장해진 어조로 말을 이었다.

"거품은 광속의 99.8퍼센트의 속도로 우리에게 다가오고 있어. 천문학자들의 계산이 맞는다면 150년 뒤에는 태양계를 덮칠 거야. 그땐 인간은 물론이고 태양계 전체가 소립자 단위로 붕괴될 거래. 그나마 다행인 건 거의 모든 인구가 그걸 인지할 틈도 없이 증발해버릴 거라는 거지."

"그게 다행인 거야?"

"덕분에 유토피아 계획이 진행될 수 있었거든. 아까도 말했지만 사실 난 진공 어쩌고 하는 거에 대해선 별로 관심 없어. 잘 알지도 못하고. 어차피 150년 뒤의 일이고."

거짓말이었다. 상미는 조슈가 진공 거품을 진심으로

걱정하고 있었다는 걸 느꼈다.

"조금 에두르기는 했지만 지금부터 이야기하는 게 진짜 본론이야. 그런데……."

조슈는 잠시 말을 멈추더니 상미를 바라보며 웃는 얼굴로 다시 입을 열었다.

"배가 고프네. 좀 걷다가 간식이나 먹으면서 얘기할까?"

"바깥에 나갔다간 추워서 죽을 거야."

"여기 난방도 조금 있으면 꺼질걸. 지금은 바람도 없으니 차라리 바깥에서 움직이는 게 나을 텐데."

조슈는 상미의 태블릿 컴퓨터를 직접 꺼버리고는 먼저 옷을 챙겨 입었다. 그러고는 침대 구석에 걸려 있던 상미의 옷도 건넸다. 상미는 모텔의 싸구려 파자마를 바닥에 벗어 던지며 자기 옷을 챙겨 입었다. 지금 도대체 뭘 하고 있는 건지 의문스러웠지만 당장 상미도 배가 고팠다.

✤ ✤ ✤

"천문학자 그룹은 연구 내용을 공개하지 않았어. 그게 얼마나 위험한 내용인지 아니까. 대신 세계정부에 보고했어. 피할 수 없는 우주적 재난이 다가오고 있다고. 정부는 당장 각국의 자유로운 천문학 연구를 중단시켰고 일부 선택된 자들만 다가오는 거품을 관측할 수 있게 했어. 그리고 유토피아 계획이 시작됐지."

조슈가 길거리에 버려진 쓰레기를 밟으며 말했다.

"어차피 150년 뒤면 모두 흔적도 없이 사라진다. 하지만 당사자들은 그걸 느끼지도 못한다. 그렇다면 그 직전까지라도 인류는 느낄 수 있는 최고의 행복을 누려야 한다. 지구의 모든 자원을 동원해 150년 동안 유지될 인류의 마지막 유토피아를 만들겠다. 멍청한 얘기처럼 들리겠지만 진짜 그런 목표로 일을 진행하고 있어."

드문드문 세워진 가로등은 어두운 공원 길을 밝히기에 충분하지 않았다. 그나마도 세 개 중 하나는 빛을 토해내지 못했다. 유토피아와는 거리가 먼 풍경이었다. 그 괴리감이 상미를 조슈의 얘기에 더 집중하게 했다.

"알다시피 지구엔 인간이 너무 많고 자원은 일부에게 쏠려 있어. 자원과 식량이 부족해서 무너진 국가가 대다수고. 모든 사람이 유토피아를 누릴 수는 없어. 그래서 관리되기 시작한 거야. 지난 십수 년 동안 이루어진 모든 사회적 마찰, 분쟁, 전쟁, 질병 대부분이 의도적으로 발생됐어. 알아. 말도 안 되는 이야기처럼 들린다는 거. 하지만 결과적으로 인구는 순식간에 절반 수준으로 줄었고 대도시의 대부분이 몰락했고 세계는 중국과 러시아, 인도만 제외하고 하나의 정부로 통합됐지. 그 결과 우리가 이런 반폐허에서 살게 됐지만."

조슈가 길에 쓰러져 있던 우체통을 걷어찼다. 부패한 동물 시체처럼 헐어버린 우체통의 옆구리가 깨지면서 색 바랜 엽서 몇 장이 뱉어졌다. 적어도 5년 동안 아무에게도 읽히지 않은 글자들이 흐린 조명 속에서 꿈틀거렸다.

"유토피아는 지금 오스트레일리아에 건설되고 있어. 거긴 내전으로 폐허가 되었다고 알려졌지만 사실은 그 반대야. 10년 뒤 유토피아가 완공될 즈음엔 인구는 다시 지금의 절반 이하로 줄어들 거고 생존자들은 아무것도 모르는 상태에서 그곳으로 이주하게 될 거야. 그 안에서도 거품이 다가온다는 사실은 세계정부 관계자 일부만 알고 있을 거고. 그들이 죽고 나면 유토피아에 지구의 운명을 아는 사람도 사라지겠지. 그저 지구의 모든 자원을 남김없이, 그리고 철저히 이용해서 모두가 완벽하고 행복한 삶을 보내게 될 거야. 140년 뒤, 텅 빈 거품이 태양계를 밀어버리기 직전까지. 그때 사람들은 통증이나 두려움을 느끼긴커녕 사라진다는 자각도 하지 못하고 사라질 거야."

전 인류적 안락사. 상미는 그렇게 느꼈다.

"그걸 왜 나한테 얘기해주는 거야? 그런…… 말도 안 되는 거대한……."

상미는 말을 더듬을 수밖에 없었다. 도무지 현실감을 느낄 수 없었다. 하지만 조슈는 세계정부 관계자였다. 구체적으로 어떤 일을 하는지는 보안을 이유로 알려주지 않았지만 제법 직급도 높은 듯했다. 2년 전 결혼식을 일주일 앞두고 연락도 없이 갑자기 사라져야 했을 만큼.

"난 유토피아에 갈 수 없어."

조슈가 말했다.

"뭐?"

"유토피아 유지의 관건은 구성원들이 다가올 미래를 몰라야 한다는 거야. 유토피아 거주자 중에 진공 거품에 대해 아는 사람은 없어야 해. 사람 입은 언제 어떻게 열릴지 모르니까. 지금 관계자들 중에도 유토피아에 들어갈 사람은 초기 운영에 필수적인 최소한의 인원뿐이야. 세계정부의 하찮은 양심이기도 해. 인구수를 줄이기 위해 분쟁과 질병을 일으켰고 문명을 무너뜨렸지만 자기들이 살아남기 위해서 한 일은 아니라는 거지. 나 같은 사람이 받을 수 있는 건 딱 혼자 살다 죽을 만큼의 자원과 유토피아 바깥의 작은 집 정도야."

"여전히 모르겠어. 도대체 나한테 왜 이 모든 걸 이야기하는 거야? 내가 발견한 거랑 이게 도대체 무슨 상관이고…… 나한테 뭘 어쩌라는……."

상미는 혼란스러웠다. 자신의 발견을 이야기할 때만 해도 이런 엉터리 이야기를 과연 믿어줄까 걱정했었는데 이젠 그것보다 더 거대하고 믿기 어려운 이야기를 믿어야 하는 상황이 됐으니까. 조슈는 상미의 그런 표정을 읽고는 말했다.

"러시아와 인도는 세계정부와 협력하기로 했어. 문제는 중국이야. 중국은 천문 연구 중단과 인구 관리에는 협력했지만 유토피아 건설에는 동참하지 않았어. 최근에 러시아와 인도가 중국을 경계하고 있는 이유도 거기에 있어. 혹시나 그들이 나중에 유토피아를 빼앗으려는 건 아닌지 의심하는 거지."

조슈가 걸음을 멈추고 상미를 돌아봤다.

"하지만 아니야. 중국은 더 큰 계획을 가지고 있어."

"조슈, 뜸 좀 들이지 마."

상미는 조슈가 조금씩 흘리는 진실이 자신을 지치게 하고 있다는 걸 깨달았다. 어차피 듣기 힘든 이야기라면 한 번에 쏟아내길 바랐다.

"중국은 지구를 탈출할 계획이야. 외계인들의 우주선을 이용해서. 중국 정부는 오래전부터 프록시마센타우리의 외계인과 교신을 해오고 있었어. 프록시마센타우리는 알파센타우리에서 고작 0.2광년밖에 떨어져 있지 않지? 그 외계인들은 네가 말한 그…… 호버만-다이슨 스피어를 직접 목격했겠지. 그래서 아마 탈출선을 잔뜩 만든 거 같아. 중국은 그중 한 대를 받기로 한 상태일 테고. 뭐가 조건이었는지는 알 수 없지만."

상미는 이번에야말로 할 말을 완전히 잃었다. 외계인

과 지구 탈출이라니. 조슈는 상미의 넋 나간 표정에도 아랑곳하지 않고 말을 이었다.

"난 거기에 탈 거야. 유토피아에 들어가지 못해서가 아니야. 유토피아는 거대한 기만일 뿐이야. 적어도 나는 세상이 파괴될 거라는 걸 알아. 그런 상황에서 자식을 낳고 그들의 행복을 빌 수 있을 리가 없잖아."

상미는 그제야 조슈가 뭔가 이상하다는 걸 깨달았다.

"조슈, 넌 중국 쪽 사정을 어떻게 알게 된 거야?"

조슈는 주변에 아무도 없다는 걸 확인한 뒤 대답했다.

"중국에 협력하고 있으니까. 세계정부가 탈출선을 눈치채지 못하도록."

"뭐?"

스파이란 뜻이었다.

"중국에서도 탈출선에 탈 수 있는 사람은 일부뿐이야. 하지만 네가 발견한 정보를 잘 이용하면…… 우릴 끼워줄지도 몰라."

조슈가 상미의 양손을 잡고 말했다.

"같이 가자."

상미는 대답하지 못했다.

"고민할 시간이 없어. 중국은 이미 탈출선에 태울 사람들을 고르고 있어. 정부 주요 인물들과 그 친인척, 역사가, 과학자, 예술가 들이지. 내가 알기론 수천만 명은 데리고 갈 거야. 내가 끝까지 협력하고 도움만 된다면 한두 자리 정도 비워줄 수 있다고도 했어. 너도 네가 발견한 사실을 세계정부에 넘기지 않는 조건으로 탑승자 목록에 넣어달라고 할 수 있을 거야. 호버만 스피어에 대해 알고 있는 중국 관계자도 거의 없을 테니. 나도 몰랐고. 상미 넌 그걸 혼자 알아냈어. 중국 입장에선 네 통찰력을 높이 살 거야. 분명히."

어떻게 해야 할까. 상미는 갈등했다. 이렇게 뜬금없이 지구 탈출을 제안받으리라고는 꿈에서도 상상한 적이 없었다. 상미가 생각하기에도 세계정부의 유토피아 계획은 거대한 기만이었다. 그렇다고 만난 적도 없는 외계인이 만든 우주선을 타고 익숙한 곳을 떠나는 것도……

생각할 시간이 필요했다. 하지만 시간을 얻는다고 한들 거절의 선택지 따위는 없었다. 조슈는 중요한 비밀을 발설했고 그걸 들은 상미가 협력하지 않는다면 조슈 본인이든 중국 정부든 상미를 그냥 두지 않을 테니까. 상미는 자기 손을 잡은 조슈의 손에 힘이 들어가는 것을 느꼈다. 조슈는 상미를 잡아당기더니 가볍게 안았다.

"걱정 마. 다 잘될 거야."

상미는 조슈가 다시 나타났을 때 느꼈던 묘한 설렘을 떠올렸다. 조슈는 문제를 맞닥뜨리면 언제나 수단과 방법을 가리지 않고 해결할 방법을 찾았다. 그는 자기 삶을 스스로 연출할 수 있으리라 믿는 사람이었다. 심지어 자기 자신에게 거짓말을 하면서까지. 상미는 지금 사는 집도 집주인도 마음에 들지 않았다. 아르바이트를 전전하는 삶도 싫었다. 조슈라면 이 지긋지긋한 상황에서 벗어나게 해줄 것만 같았다. 상황을 이렇게 만든 원인 중 하나가 바로 조슈였다고 해도. 상미가 바라는 건 애틋한 설렘 따위가 아니었다. 손에 잡히는 희망이었다.

"난 널 용서 못 해."

상미가 말했다.

"알아. 용서 빌러 온 것도 아니야."

"다시는 갑자기 사라지지 마."

조슈는 대답하지 않았다. 대신 상미를 안은 채로 머리를 쓰다듬었다. 오랜만에 느끼는 안정감에 상미는 그대로 잠들 것 같았다.

다음 날 조슈는 사라졌다. 이틀 뒤 상미는 공작 활동을 벌인 혐의로 체포되었다. 상미의 태블릿 컴퓨터에서 중국 정부와 주고받은 자료가 발견되었고 재킷과 속옷에는 뜻을 알 수 없는 암호가 적힌 종이도 숨겨져 있었다. 상미가 중국의 탈출선을 알고 있다는 사실은 금방 드러났다. 수사관에게 조슈에 대해 이야기했지만 그는 상미를 믿어주지 않았다. 신고자가 조슈라는 걸 알게 된 건 징역형이 내려진 뒤였다. 상미는 유토피아 계획에 반대한 지성인들을 격리하는 비밀 수용소에 갇혔다.

중국의 탈출 계획을 알게 된 세계정부는 프록시마센타교신 내용 공개와 탈출선 공동 사용을 요구했지만 중국은 이를 거부했다. 한 달 뒤, 세계정부는 중국에 전쟁을 선포했다. 러시아는 중국과 손을 잡았고 인도는 중립을 선언했다. 전쟁에 참여한 군인들은 자원 때문에 일어난 싸움이라고만 믿었다. 언제나처럼 전쟁의 진짜 이유는 일부만이 알고 있었다.

상미는 제3차 세계대전의 시발점에 자기가 서 있었다는 사실을 오랫동안 받아들이지 못했다.

2

10년 뒤, 폐허가 된 도시의 어딘가.

"그 개새끼는 처음부터 중국에서도 버림받은 개였어요. 세계정부가 스파이의 존재를 조금씩 눈치채자 중국은 조슈를 버렸고, 조슈는 세계정부가 진실을 전부 알아내기 전에 자기가 스파이를 발견한 것처럼 저를 팔아버린 거죠."

상미는 계단 위에서 신시아에게 손을 내밀며 말했다. 신시아는 상미의 손을 잡고는 힘겹게 계단을 올랐다.

"여기서 잠깐 쉴까?"

신시아가 천천히 앉았다. 상미는 고개를 끄덕이며 그 옆에 앉았다. 신시아는 허리 옆에 채워둔 물통을 꺼내 한 모금 마시고 상미에게 건넸다. 지난밤에 내린 소나기로 물병의 물은 충분했다.

"세계가 이렇게 망할 줄은 몰랐겠죠. 거품이 도달하기도 전에."

"덕분에 우리가 수용소에서 나올 수 있었지만 말이야."

"수용소가 탈옥 방지를 위해 튼튼하게 지어진 덕에 폭격에서 살아남은 것도 아이러니죠."

상미는 끈이 거의 끊어지려는 가방 속에서 기름종이로 싼 빵을 꺼냈다. 곰팡이 핀 부분을 뜯어낸 뒤 신시아와 나눠 먹으며 이야기를 이어갔다.

"얼마나 큰 전쟁이었을까요? 이번엔 어떤 무기를 개발했기에 지상에 있는 거의 모든 동물이 증발해버린 건지. 결국 세계정부는 패전과 동시에 사라지고 중국과 러시아는 인도와 전쟁을 하다가 역시 해체되어버리고. 그런 와중에 우린 신문 한 장도 못 받아봤죠."

"어차피 끝이 다가온다는 걸 알게 된 시점에서 다들 끝장을 볼 수밖에 없었겠지. 세계정부는 유토피아 건설에 너무 많은 자원을 투자했으니 애초에 전쟁에서 이기긴 어려웠을 테고."

"유토피아는 어떻게 됐을까요?"

"글쎄. 거의 완공됐다는 소문은 들었지만 전쟁이 한창이었는데 이주할 틈이 있었을까? 주인도 사라진 마당에……. 수용소 친구들이 오스트레일리아로 무사히 건너갔다면 어떻게든 소식을 알려오겠지."

상미는 오스트레일리아를 향해 떠난 친구들을 떠올렸다. 그들은 유토피아의 변두리라도 폐허가 된 이곳보다는 더 나을 거라며 해안가로 갔다. 상미는 처음엔 태평양을 어떻게 건널 건지 걱정했지만 다들 배울 만큼 배운 양반들이니 별을 보든 해류를 읽든 알아서 잘 가리라고 생각하기로 했다. 상미와 신시아는 바다를 건너는 건 무모하다고 생각해 다른 선택을 했다.

"이제 숨도 돌렸으니 다시 올라갈까?"

이번엔 신시아가 먼저 일어나 상미에게 손을 내밀었다. 상미는 신시아의 손을 꼭 붙잡고 일어나 엉덩이를 털었다. 그들은 다시 계단을 올랐다. 힘이 들 때마다 조금씩 쉬어가며 5층까지 오르자 낡은 문이 나타났다. 상미가 손잡이를 돌리자 주황색 빛줄기가 두 사람에게 쏟아졌다. 옥상은 저물어가는 태양 빛에 붉게 물들어 있었다. 상미와 신시아의 길게 늘어진 그림자가 주황빛 바다를 가로지르며 옥상의 가장자리로 향했다.

"보여요."

상미가 말했다.

"보이네."

신시아가 맞장구쳤다. 서쪽 하늘에 두 개의 태양이 떠

있었다. 하나는 진짜였고 하나는 태양보다 두 배는 더 큰 구체 거울에 반사된 일그러진 허상이었다. 넋을 잃을 만큼 아름다운 풍경이었지만 상미는 형용할 수 없는 공포감을 느꼈다. 지구를 몇 개나 집어삼키고도 남을 목성의 폭풍들을 봤을 때 느꼈던 경이감, 그런 목성을 단숨에 녹여버릴 불길을 내뿜는 태양을 봤을 때 느꼈던 두려움, 그 모든 감각을 뛰어넘는 존재가 태양에 다가오고 있었다.

"말도 안 되겠지만 질량이 전혀 없는 것처럼 움직이고 있어. 저 정도 크기의 물체가 다가오는데도 아무런 중력 이변도 일어나지 않는다니."

"애초에 빛보다 더 빠르게 달려오는 물체잖아요. 저걸 만든 녀석들은 아마 우리의 이해를 아득히 뛰어넘는 존재들일 거예요."

태양의 허상이 갈라지기 시작했다. 구체의 표면이 지그소 퍼즐 조각처럼 나뉘며 벌어지기 시작했다. 구체의 내부에 감춰져 있던 복잡한 뼈대들이 드러나고 마침내 여섯 개의 교차하는 고리가 나타났을 땐 그것이 태양보다 몇 배는 더 커 보였다. 상미의 예상대로 호버만 스피어 구조였다. 호버만 스피어는 속도를 늦춰 태양을 향해 다가갔다. 태양이 구체의 중심에 이르자 이동도 멈췄다. 대신 여섯 개의 고리가 천천히 회전하기 시작했다. 고리가 태양을 가로지를 때마다 하늘이 미약하게 어두워지고 노을이 천천히 요동했다.

"저렇게 에너지를 공급받는 거였구나. 다이슨 스피어를 활용하는 존재가 정말 있었다니. 3년 동안 에너지를 모은 다음 초광속으로 다른 곳으로 가겠지 아마. 달려오는 거품을 뒤에 두고."

신시아가 노을빛에 눈을 찌푸리며 말했다.

"거품이 시작된 곳의 방향이 적위 -35도, 적경 20시라고 했죠? 왠지 익숙한 숫자였는데 이제 기억이 났어요."

상미가 덧붙였다.

"제가 감광 현상을 관측한 별 중 가장 멀리 있었던 글리제 783이 대충 그 정도에 있었어요. 어쩌면 저…… 호버만-다이슨 스피어를 만든 존재들이 진공 붕괴를 일으킨 거 아닐까요? 자기들이 붕괴를 일으켜놓고 도망 다니고 있는 거죠."

먼저 그런 예상을 내놓은 사람이 있었지. 상미는 조슈의 마른세수를 떠올렸다. 그동안 여섯 개의 고리로 둘러싸인 태양이 검은 지평선 아래로 조금씩 가라앉았다.

"그게 사실이라면…… 우린 운 나쁘게 히로시마 근처에 살던 개미이고 저 외계 물체는 폭탄 떨어뜨리고 도망가는 에놀라 게이 같은 걸지도 모르겠네."

상미는 소리 없이 웃었다. 들어본 적 있는 비유였으니까. 태양은 완전히 졌지만 고리의 일부는 여전히 붉은빛을 반사하며 지평선 위에서 회전하고 있었다. 두 사람은 고리도 완전히 사라질 때까지 서쪽 하늘을 바라봤다. 지금까지 본 어떤 것보다도 비일상적인 풍경이었지만 그들을 둘러싼 세상은 아무렇지 않다는 듯 조용했다.

✤ ✤ ✤

"……시아 ……신시아, 들려?"

상미가 먼저 잠에서 깼다. 위성 전화에서 들리는 소리였다. 설마 저게 진짜 작동할 줄이야. 인공위성들은 언제쯤 다 떨어질까? 그리 오랜 시간이 걸리지는 않을 것이었다. 상미는 침낭에서 나와 위성 전화의 통화 버튼을 눌렀다. 그리고 목소리의 주인공을 불렀다.

"피어스, 반가워요. 해안 날씨는 어때요?"

"상미! 오랜만이야. 반가워. 무사했구나. 신시아는?"

"아직 자고 있어요. 오늘 계단을 많이 올랐거든요. 호버만-다이슨 스피어는 봤어요?"

"우리도 봤어. 맙소사. 할 말을 잃었지. 이동형 다이슨 스피어라니. 그것보다 얼른 신시아를 깨워줘."

"일어났어. 무슨 일이야?"

신시아가 허물을 벗듯 침낭에서 나오며 말했다.

"기생선이 내려오고 있어. 그것도 여러 대!"

"기생선?"

"상미의 전 애인이 말했던……."

"배신자라니까, 배신자."

상미가 피어스의 말을 자르며 정정했다.

"그래, 그 배신자가 말했던 프록시마센타우리에 대한 이야기가 사실이었나 봐. 호버만-다이슨 스피어가 이동할 때 그 옆에 달라붙어서 같이 이동해온 거 같아."

"그래서 기생선이라고 한 거군요."

"본인들이 직접 그렇게 얘기하고 있어."

"본인들이라고?"

상미와 신시아가 동시에 놀라 물었다.

"놀랍게도 프록시마센타우리의 외계인들, 그냥 프록시만이라고 할게. 프록시만은 중국어로 교신을 하고 있어. 중국어를 할 줄 안다고. 물론 문자로만. 프록시만은 중국어가 지구어라고 생각하고 있는 것 같아. 중국하고만 교신해왔으니 그럴 만도 하지. 어쨌거나 프록시만의 기생선이 내려오고 있어. 그동안 교신하던 중국 정부가 사라진 걸 알고는 지구 곳곳에서 생존자를 찾고 있는 거 같아."

"하지만 우린 아무도 중국어를 못하잖아요?"

"기계 번역은 반세기 전에 완성됐어, 상미 아가씨. 기생선 하나가 우리를 발견해서 내일 아침엔 데리러 올 거 같아."

상미는 잠시 말을 잃었다. 그 틈에 신시아가 말했다.

"유토피아는 어쩌고?"

"우리도 아직 고민 중이야. 원한다면 우릴 오스트레일리아에 내려주겠다고는 하는데…… 어쨌거나 내일 기생선에 올라탈 거야. 그리고 너희가 있는 곳으로도 갈 거고. 내일까진 이동하지 말고 거기서 기다려. 다시 전화할 테니까 배터리는 아껴두고."

짧은 기계음과 함께 피어스의 목소리가 사라졌다. 상미와 신시아는 기대감과 당혹감 사이에서 잠시 서로를 바라보다 허탈하게 웃음을 터뜨렸다.

✧ ✧ ✧

태양이 중천에 떴다. 이젠 태양이라고 부르기에도 어색했다. 위치에 따라 조금씩 달리 보이는 고리들은 마치 태양에서 뻗어 나온 기다란 다리처럼 보이기도 했다. 상미는 빛나는 문어를 떠올렸다.

"기생선이야."

신시아의 손가락 끝이 가리킨 곳에서 기이하게 생긴 비행체가 다가오고 있었다. 비행체는 공기역학적으로 도무지 효율적이지 않은 모양을 한 채 아무렇지 않게 하늘을 가로지르고 있었다. 멀리 있을 때는 윤곽만 보여 그저 벽에 걸린 그림 같았지만 가까이 오면 올수록 인간이 만든 가장 큰 도시 정도는 가뿐히 압도할 만큼 거대했다. 상미는 그런 물체가 놀라울 만큼 매끄럽게 비행하는 모습을 보고 입을 다물 수 없었다.

하늘에서 천천히 내려온 기생선은 상미와 신시아가 있는 건물의 옥상 바로 옆에서 멈췄다. 머리카락을 조금 흩뜨릴 정도의 가벼운 바람만이 불었다. 반중력 장치라도 사용하는 걸까. 프록시만이 인류 문명을 아득히 넘어설 만큼의 문명을 구축한 게 틀림없다고 상미는 생각했다. 기생선 옆에 구멍이 하나 생기더니 거기서 난간이 달린 기다란 다리 하나가 뻗어 나왔다. 한 사람이 오르기 딱 좋은 폭이었다. 기생선이 그들을 초대하고 있었다. 상미와 신시아는 눈빛을 한번 교환하고는 다리 위로 올라갔다. 두 사람이 걷는 속도에 맞춰 다리가 조금씩 접혀 들어갔고 어느새 옥상에서 사람의 그림자도 사라졌다.

✣ ✣ ✣

"프록시만도 호버만-다이슨 스피어를 만든 존재들에 대해서는 잘 모르는 거 같아."

피어스는 소리가 전혀 울리지 않는 알 수 없는 재질의 바닥을 걸으며 말했다.

"알파센타우리 A에 호버만-다이슨 스피어가 도착했을 때부터 스피어와 교신을 시도했지만 아무런 답을 듣지 못했나 봐. 대신 스피어가 알파센타우리 B로 이동할 때 그 주변의 공간이 함께 움직인다는 걸 알고는 기생선을 만들기로 했대. 자신들의 기술로는 광속의 절반도 따라잡지 못하니 진공 거품에 묻혀 죽지 않으려면 스피어에 기생해서 이동할 수밖에 없다고 판단한 거지."

주변이 점차 밝아지면서 넓은 공간이 나타났다. 끝이 보이지 않을 만큼 광활했다. 눈이 적응하자 빛 속에 숨어 있던 사람들이 모습을 드러냈다. 그들은 마치 재난 현장의 피난민처럼 여기저기서 대여섯 명씩 모여 있었다. 평화로운 얼굴도 있었고 절망적인 얼굴도 있었다.

"여기 있는 사람은 대부분 전쟁 생존자야. 전쟁의 진짜 이유도 모르고 지금 무슨 일이 일어나고 있는지도 몰라. 진공 거품에 대해서도, 호버만-다이슨 스피어에 대해서도 당연히 모르고. 알고 싶어 하지도 않을 거야. 대부분 오스트레일리아의 유토피아로 가겠다는 사람들이고."

피어스는 상미와 신시아를 안내하며 말했다. 멀리서 그들을 발견한 한 사람이 손을 흔들며 다가왔다.

"로렐린!"

상미가 달려가 로렐린을 껴안았다. 로렐린은 수용소에서 유일하게 상미와 나이가 같았던 친구다. 상미는 로렐린의 이마에 입을 맞췄다.

"다시 만나게 돼서 기뻐."

로렐린이 말했다. 상미는 고개를 격하게 끄덕였다. 하지만 어딘가 허전해 주변을 살폈다.

"조슬린이랑 펑은?"

"둘 다 타지 않았어. 지구를 떠날 생각도 유토피아로 갈 생각도 없다면서. 자기들은 서로만 있으면 어디서든 살아갈 수 있다고."

"그렇구나……."

피어스가 상미와 로렐린의 어깨에 손을 얹었다.

"너희도 결정해야 해. 유토피아로 갈 것인지, 아니면……."

신시아가 피어스의 말을 이었다.

"기생선에 남아 호버만-다이슨 스피어와 함께 이동할 것인지. 유토피아에 가면 아마 충분히 좋은 여생을 보낼 수 있을 거야. 우리만 입을 다물고 있으면 140년 뒤에 진공 거품이 지구를 분해해버릴 거라는 건 아무도 모를 거고, 그렇게 무지의 평화가 이어지겠지. 적어도 우린 거품이 도착하기 한참 전에 생을 마감할 테고."

신시아의 말에 로렐린이 흥분하며 물었다.

"아이들은? 아무것도 모르는 이들 중엔 아이를 낳는 사람도 있을 텐데. 우린 그들에게, 그들의 아이의 아이들에게 미래가 없다는 걸 알면서도 입을 다물고 있어야 하나요?"

상미는 오랜만에 조슈의 말을 떠올렸다. 유토피아 자체가 거대한 기만이라던. 상미는 여전히 그 말에 동의했다.

상미의 표정을 읽은 신시아가 말을 돌렸다.

"기생선에 남아서 우주를 떠도는 것도 하나의 선택지지. 호버만-다이슨 스피어가 멈추는 행성에 문명이 있다면 거기서 식량과 자원을 조달하면서. 문제는 언제까지 이렇게 이동할 거냐는 거지. 한번 발생한 진공 거품은 결코 멈추지 않고 퍼져나갈 테니 호버만-다이슨 스피어도 영원히 거품으로부터 도망 다니게 될 텐데. 그렇다면…… 후대 인류는 결국 우주적 기생 종족이 될 테고 지구에 대해서도 잊어버리겠지. 이제까지와는 전혀 다른 존재가 될 거야."

침묵이 이어졌다. 침묵을 깬 것은 허공에 나타난 낯선 문자였다.

已经出发前往乌托邦, 预计10分钟后到达。

"프록시만이야. 직접 모습을 드러내진 않고 항상 메시지만 보내. 서로의 모습은 보지 않는 게 좋을 거라면서."

피어스의 말대로 메시지는 중국어였다. 피어스가 손바닥 크기의 태블릿을 꺼내 허공의 글자를 비추자 번역문이 화면에 나타났다.

─유토피아를 향해 출발했습니다. 도착은 10분 뒤입니다.

"이 거대한 비행체로 지구 반 바퀴를 이동하는 데 고작 10분밖에 안 걸린다니."

상미가 놀라움과 공포가 섞인 목소리로 말했다.

你们会留在乌托邦吗?

―당신들은 유토피아에 남을 것입니까?

"여기 있는 모두에게 묻고 있는 건가요?"

상미가 피어스에게 물었다. 피어스는 고개를 저었다.

"아니. 아까 말했던 것처럼 여기 있는 사람은 모두 진공 거품의 존재를 몰라. 그저 큰 전쟁에서 살아남았고 이제는 안전한 피난처를 원할 뿐이지. 기생선의 정체에도 관심 없고. 프록시만은 오직 우리에게 묻고 있는 거야."

피어스가 태블릿을 만지작거리며 메시지를 입력했다. 이들에겐 시간이 필요해. 메시지는 곧 중국어로 번역되었다. 피어스가 태블릿 화면을 허공에 들어 올렸다.

好的。

―알겠습니다.

"프록시만도 유토피아의 취지를 이해하고 있어. 거기에 진공 거품의 접근에 대해 아는 사람이 있어서는 안 된다는 걸 말이야. 그리고……."

피어스가 주변을 둘러보며 말을 이었다.

"기생선이 인류가 살아가기에 적합한 환경이 아닌 것도 사실이니까. 그야말로 텅 빈 공간일 뿐이지. 프록시만이 어떻게 살아가고 있는지는 모르겠지만. 여기 남길 강력히 원하는 사람이 아니라면 유토피아에 내려주는 게 맞다고 생각하는 거 같아."

"피어스는 어느 쪽을 원하나요?"

상미가 물었다. 피어스는 대답하지 않았다. 피어스는 전쟁이 끝난 후 수용소를 벗어나자마자 로렐린과 유토피아를 향해 길을 떠났었다. 상미는 피어스와 로렐린의 대답을 이미 알고 있었다. 문제는 신시아와 상미 자신이었다.

✢ ✢ ✢

"지금 움직이고 있는 거야?"

신시아가 말하자 벽에 커다란 창문 하나가 생겼다. 놀라울 만큼 평탄한 바다와 그 위에 평온한 그림자를 드리우는 구름들이 보였다. 출발 이후 진동은커녕 미동조차 느끼지 못했지만 기생선은 어느새 200킬로미터 상공에서 태평양을 가로지르고 있었다. 그리고 천천히 속도를 줄이더니 고도를 낮추기 시작했다. 창문 가장자리로 오스트레일리아 대륙이 모습을 드러냈다.

"맙소사. 인류도 만만찮게 일을 저질러놓았네."

신시아가 말했다. 해안가에서 수 킬로미터 떨어진 곳에서부터 거대한 하얀 벽이 솟아 있었다. 얼핏 보기에는 수직으로 올라와 있는 것 같았지만 벽은 조금씩 기울어져 있었고 그 끝은 거대한 돔 형태를 띠었다. 돔 하나의 직경은 100킬로미터가 넘어 보였고 그런 돔 수백 개가 대륙을 뒤덮고 있었다. 기생선의 기묘하고 매끄러운 움직임 덕분에 창가에 선 모든 사람이 하얀 벌집 같은 오스트레일리아 대륙의 전경과 돔 벽의 상세한 디테일을 전부 빠르게 훑어볼 수 있었다. 뉴턴의 물리학을 완전히 무시하는 기생선의 움직임에 상미는 여전히 놀라움을 느꼈지만 그 감정도 오래 가지는 않았다. 조금만 시선을 돌리면 훨씬 더 초월적인 물체가 태양을 둘러싸고 있었기 때문이다. 기생선은 순식간에 심상하게 느껴졌다.

기생선의 움직임이 조금씩 느려졌다. 창밖에 보이던 매끄러운 돔 벽면이 조금씩 울퉁불퉁해지더니 어느새 고층 빌딩의 단면을 보는 것처럼 복잡해졌다. 곧 커다란 터널 하나가 나타났다. 유토피아로 들어가는 입구였다.

기생선 내부에 크고 작은 통로가 생기더니 드문드문 모여 있던 사람들이 그곳을 통해 사라지기 시작했다. 그들은 어느새 유토피아 입구에 가 있었다. 모든 사람이 떠나가고 상미의 일행만 남았을 때 다시 프록시만의 메시지가 나타났다.

如果打算和我们一起离开, 请在两年内联系。

―우리와 함께 떠날 생각이 있다면 2년 안에 연락을 주세요.

그때 바닥에 자그만 구멍이 하나 생기더니 손가락 크기의 막대기 두 개가 박물관의 전시품처럼 올라왔다. 막대기 끝에는 작고 동그란 버튼이 달려 있었다.

"기생선을 호출하는 송신기…… 뭐 그런 건가."

상미는 프록시만이 준 두 개의 송신기를 집어 들어 하나는 신시아에게 건네고 다른 하나는 자기 주머니에 넣었다. 이제 그들 앞에도 터널이 하나 생겼다. 네 사람은 서로 눈빛을 교환한 뒤 그 안으로 걸어 들어갔다. 분명 앞으로 걸었을 뿐인데 터널을 다 빠져나왔을 때는 벌써 지면에 와 있었다. 묘한 기분이었다. 상미는 기생선이 심상하다고 생각했던 걸 후회했다. 조금 더 살펴봤다면 더 좋았을걸.

유토피아 거주민들이 입구로 나왔다. 환호하고 있었다. 기생선에서 내린 사람들을 기다리고 있었다는 듯이. 방문자들을 인도하는 그들의 움직임은 능숙했다. 이미 여러 번 해본 것 같았다. 기생선이 생존자들을 내려준 게 이번이 처음은 아니겠지. 상미는 그렇게 생각하고선 주민들의 축복을 받으며 입구로 다가갔다.

입구를 통과하자마자 스스로를 관리국장인 지소라고 소개한 남자가 상미와 친구들을 이끌었다. 지소는 다른 생존자들에게는 관심이 없어 보였다.

✣ ✣ ✣

"유토피아에는 당신들이 필요합니다."

지소가 말했다. 국장이라는 그의 직함에 어울리지 않는 좁은 사무실에 지소와 상미의 일행이 옹기종기 모여 앉아 서로의 얼굴을 살폈다. 지소가 말을 이어나갔다.

"여러분에 대해선 잘 알고 있습니다. 수용소에서 나오신 분들이죠. 진공 거품과 유토피아의 진짜 목적을 알고 계신 분들이고요. 어떻게 아느냐고요? 유토피아 건설이 시작된 이후 지구상에 존재했던 거의 모든 사람의 정보가 여기에 있거든요. 유토피아 적응기에 적합한 사상과 가치관을 지닌 사람들을 선별해내기 위함이었는데, 뭐, 이젠 선별의 의미가 없어졌지만요. 대신 지금은 여러분처럼 진실을 알고 있는 분들을 찾는 데 그 정보를 활용하고 있답니다."

지소는 양손의 엄지와 검지로 사각형을 만들어 사람들의 면전에 차례로 드리웠다. 상미는 주변을 둘러봤지만 카메라처럼 보이는 건 없었다. 그렇게 대놓고 지켜보진 않을 터였다.

"전 얼마 없는 세계대전의 생존자입니다. 제가 살아남은 건 기적이었어요. 지난 세기에는 상상도 못 했던 무기들이 도시를 휩쓸었죠. 당시를 다시 떠올리고 싶진 않네요."

지소는 냉장고에서 작은 음료수 팩을 꺼내 모두에게 돌렸다. 바깥세상에서 마시던 빗물과 강물이 지긋지긋했던 상미는 음료수를 단숨에 들이켰다.

"다행히 유토피아는 거의 완성된 상태였어요. 하지만

완벽하지는 않았죠. 지금도 시스템이 허술합니다. 그걸 저 같은 세계정부 생존자들이 보강할 생각이에요. 다만 일손이 부족해요. 그렇다고 아무것도 모르는 사람들에게 부탁할 수는 없고요. 그래서 여러분을 만나게 된 게 이리 반가운 겁니다."

"140년 뒤면 세상이 사라질 거라는 걸 모르는 사람들을 위한 가짜 요람을 만드는 일에 힘을 보태달라는 건가요?"

상미가 빈 음료수 팩을 지소에게 넘기며 말했다. 지소는 음료수 팩을 곧장 옆에 있던 쓰레기통에 던져 넣었다.

"거짓말은 하지 않겠습니다. 최소한의 인류만을 생존시켜 남은 기간 동안 최대한의 행복을 누리게 한다. 그게 원래 유토피아의 목적이었죠. 결과적으로 최소한의 인류를 남긴 결정적 행위를 우리가 하진 않았지만요."

지소의 손이 상미를 향했다.

"당신과 당신 애인이 했죠."

신시아가 뒤에서 상미를 붙잡지 않았다면 상미의 발이 지소를 짓밟았을 게 분명했다. 지소는 그런 상미를 보며 가볍게 웃었다.

"농담이 지나쳤군요. 죄송합니다. 전쟁은 그렇게 한두 사람의 실수로 일어나지 않잖아요. 그러니 죄책감 느끼지 마시길. 조슈도 잘 극복하고 있어요."

"조슈가 여기 있다고요?"

상미의 인상이 일그러졌다.

"조슈 역시 전쟁 생존자입니다. 그는 당신마저 동정하게 될 만큼 많은 고생을 했어요. 덕분에 사람이 완전히 달라졌죠. 지금은 유토피아의 통신 시스템을 손보고 있어요. 유능해요. 유토피아 전체를 완벽하게 커버하는 방송 통신 환경을 거의 완성했지요."

"그 개새끼 어딨어요?"

상미는 지소를 노려보며 물었다.

"진정해요. 지금의 그는 매우 진실되고 성실한 사람이니까. 유토피아는 이미 부분적으로 가동이 시작됐어요. 사람들은 낙원에 들어와 자기 집을 찾고 거기서 생각 없이 행복하게 살기만 하면 되죠. 하지만 조슈는 우리와 함께 일하기로 했어요. 원한다면 거품과 유토피아에 대한 기억을 지워주겠다고 했는데도."

울분을 삭이지 못하는 상미를 달래던 신시아가 지소 앞으로 다가와 물었다.

"그래서 우리에게 원하는 게 뭐죠?"

"여러분 각자에게 어울리는 일을 부탁드릴 겁니다. 부담스럽게 생각하지 마세요. 그냥 공무원이 된 거라고 생각하세요. 물론 여러분도 유토피아의 풍요로운 삶을 누릴 수 있을 겁니다. 보안을 위한 약간의 감시는 있겠지만. 진공 거품 이야기가 퍼져나가선 안 되니까요."

"우리가 떠나겠다고 한다면요?"

"어디로? 기생선으로? 거기엔 아무것도 없어요. 그저 공간만 제공될 뿐이죠. 거긴 사람 살 곳이 아니에요. 그런 곳에서 3년마다 별 사이를 이동하며 우주를 떠돌아다닐 건가요? 진동조차 없는 초광속 비행이 짜릿하기는 하겠네요."

지소는 일부러 더 껄껄거리며 웃었다. 곧이어 숨이 찼는지 가슴을 다독이고는 다시 말했다.

"고민할 필요가 있나요? 여기선 모두가 행복해질 수 있어요. 마지막 순간까지. 그 누구도 고통받지 않을 거라고요. 140년 뒤에 세상이 망하는데 저들은 그걸 모르지 않느냐고요? 언제는 사람들이 미래의 재난을 알았나요? 우리만 알고 있기 때문에 그들의 행복이 보장될 수 있는 겁니다. 스스로 고통스러운 삶을 추구해서 떠나겠다고 하면 말리지 않겠어요. 기생선으로 가세요. 하지만 남겨진 사람들의 운명을 이미 다 알고 있으면서 그들을 속이지 않겠답시고 유토피아의 의미를 부정하는 건 자기기만일 뿐이에요."

지소가 음료수로 목을 축이며 덧붙였다.

"시간은 충분히 드리죠. 여러분에게도 적응할 시간이 필요할 테니까요."

❖ ❖ ❖

신시아는 바로 다음 날 송신기의 버튼을 눌렀다. 그러자 10분이 채 지나지 않아 기생선이 나타났고 신시아는 상미와 로렐린, 피어스에게 작별 인사를 하고 떠났다. 로렐린과 피어스는 지소의 제안을 받아들였다. 그들은 유토피아인의 교육과 정신 건강을 관리하는 시스템 구축 업무를 맡았다. 두 사람은 곧 결혼했다.

상미는 여전히 갈등 중이었다. 지소는 그런 그에게 천천히 생각하라며 돔 벽 가까이에 있는 작은 집을 제공했다. 그곳은 관리국 관계자들의 가족이 사는 곳이었다. 아름답고 평화로웠다. 상미는 그곳이 마음에 들었다. 가끔 신시아가 그리웠다. 따분한 걸 싫어하는 신시아에게 유토피아는 그다지 유혹적인 장소가 아니었을지도 몰랐다. 상미는 그곳이 따분하지 않았다.

❖ ❖ ❖

이듬해, 로렐린이 출산했다는 소식이 적힌 엽서가 도착했다. 상미가 정원에서 어린 사과나무를 다듬고 있을 때였다. 상미는 나무 아래에 앉아 엽서에 붙은 아기의 사진을 물끄러미 들여다봤다. 예뻤다. 상미의 새로운 애인도 아이를 원했지만 아이를 갖지 않겠다고 마음먹은 상미의 결심을 꺾을 수 없었다. 하지만 하얗고 깨끗한 천에 싸여 잠자고 있는 작은 아기의 모습은 굳은 마음을 흔들었다.

인공 태양의 위치가 바뀌면서 나무 그늘이 상미에게서 달아났다. 상미는 엉덩이를 털고 일어나 집으로 향했다. 조립식으로 지어진 집은 언제든 구조를 바꿀 수 있었지만 상미는 지난 1년 반 동안 책상 위치조차 바꾸지 않았다. 상미는 책상 옆 작은 액자 뒤에서 프록시만이 준 송신기를 꺼냈다. 상미는 송신기의 버튼을 손가락 끝으로 어루만졌다. 조금만 힘을 주면 버튼이 눌리고 프록시만의 기생선이 자신을 데리러 올 것이었다. 이곳에서 송신기를 갖고 있는 사람은 얼마나 될까? 유토피아는 행복했다. 어쩌면 유토피아에 남는 게 나쁘지 않을지도 몰라. 상미는 송신기를 다시 액자 뒤에 붙였다. 한 달에 한 번씩은 반복하는 행동이었다.

노크 소리가 들렸다. 상미는 액자 위치를 바로잡고 현관으로 걸어갔다. 걸음걸이는 가벼웠고 경첩 소리는 경쾌했지만 상미의 표정은 그렇지 못했다.

"오랜만이야."

조슈였다. 상미는 도로 문을 닫으려고 했지만 조슈의 손이 더 빨랐다. 조슈의 힘에 밀려 상미는 문을 열어줘야 했다. 조슈는 문 모서리에 살짝 긁힌 손바닥을 문지르며 집 안으로 들어섰다.

"지소에게 네가 여기 있다는 얘길 듣고 찾아왔어."

"무슨 면목으로."

"용서를 빌기 위해."

조슈가 말했다.

"뭐?"

"여긴 유토피아야. 모든 게 갖춰진 곳. 처음엔 거대한 기만이라고 생각했지만 그게 아니었어. 여기에 있는 동안은 욕심도 사라지고 분노도 사라져. 과거도 잊게 되지. 하지만 지소가 넌 아직 옛일을 잊지 못하고 있다고 하더라고. 그래서 찾아온 거야. 널 과거에서 해방시켜주려고. 상미야, 너한텐 아무 잘못도 없어. 잘못은 내가 너한테 저질렀지. 그 잘못 덕분에 여기 있기도 해. 그 점에 대해서는 감사하게 생각하고. 이제 모든 게 잘 해결되었고 앞으로도 그럴 거야."

도무지 이해할 수가 없었다. 나를 전쟁의 도화선으로 만들고 도망갔던 남자가 뜬금없이 찾아와서는 잘못을 빌고 있다. 그러면서도 그 덕분에 여기에 있게 되었다며 바란 적도 없는 감사를 건네고 있다. 이 새끼가 약을 했나. 상미는 조슈의 동공을 살폈다. 들여다본들 상미가 이해할 수 있는 건 없었다. 하지만 지소가 말한 것처럼 눈앞에 있는 조슈는 상미가 알던 조슈가 아니었다. 전혀 다른 사람 같았다.

문득 떠오른 것이 있었다. 기생선에서의 대화.

아무것도 모르는 이들 중엔 아이를 낳는 사람들도 있

을 텐데. 우린 그들에게, 그들의 아이와 그 아이의 아이들에게 미래가 없다는 걸 알면서도 입을 다물고 있어야 하나요?

로렐린의 말이었다. 상미는 조금 전에 본 로렐린의 딸의 모습을 떠올렸다. 로렐린은 무슨 생각으로 아이를 낳은 걸까. 그 아이의 아이들에게 미래가 없다는 걸 누구보다도 잘 알고 있으면서. 조슈는 왜 나를 찾아와 용서를 구하는 걸까. 용서받지 못하리라는 걸 알면서. 그런데 나는 정말 조슈를 용서할 수 없을까?

상미는 조슈를 용서할 수 있을 것도 같았다. 상미의 마음을 두 번이나 짓뭉개놓았던 그를. 인류의 대부분을 희생시킨 전쟁의 시작점에 상미의 이름을 새겨 넣은 그를. 어떻게.

유토피아에 취하고 있었다. 유토피아는 사람들의 마음을 움직이는 것처럼 상미의 마음도 바꿔놓고 있었다. 매일 이어지는 고만고만한 행복은 과거의 고통이 잊히게 했고 미래에 대한 걱정도 사라지게 했다. 상미는 그제야 유토피아가 자기 생각보다 더 정교하게 설계되었다는 걸 깨달았다. 유토피아는 사람들의 과거와 미래를 조금씩 재단하고 있었다. 과거의 고민과 철학을 잊고 현재의 안락에 빠져들어 미래의 파멸을 생각하지 못하도록.

상미는 책상 위에 있던 액자로 있는 힘껏 조슈의 머리를 내리쳤다. 나무 프레임과 유리가 깨지면서 조슈의 두피를 찢었다. 바닥에 피가 쏟아졌다.

"난, 절대, 용서하지, 않아!"

상미는 부서진 나무 프레임을 쥐고 조슈의 머리를 계속 때리면서 소리쳤다.

"망할 개새끼들! 나한테 무슨 짓을 한 거야!"

시뻘겋게 젖은 송신기가 조슈 옆으로 굴러떨어졌을 때 비로소 상미의 팔이 멈췄다. 신음하는 조슈를 밀쳐두고 상미는 송신기를 집어 들었다. 온몸에 흥분이 차올랐다. 간만에 정신이 번쩍 들었다. 지구는 사라진다. 태양도 사라진다. 이 빌어먹을 행성을 떠나야 한다. 유토피아는 거대한 기만일 뿐이다.

상미는 손에 묻은 피를 옷에 문질러 닦으며 집을 나와 돔의 출구를 향해 걸었다. 파멸을 전제로 만들어진 유토피아는 있을 수 없었다. 거기 있는 건 자비로운 기만자와 원자폭탄을 이해하지 못하는 개미들뿐이다. 상미는 신시아의 말을 다시 한번 떠올렸다. 우린 운 나쁘게 히로시마 시내에 살고 있던 개미이고 저 외계 물체는 폭탄을 떨어뜨리고 달아나는 에놀라 게이 같은 걸지도 모른다던. 머리 위의 화구를 바라보며 사과나무 아래 개미굴에서 꿀을 나누고 있을 바엔 에놀라 게이에 올라타는 것이 나았다. 그리고 상미는 에놀라 게이에 올라탈 방법을 알고 있었다.

상미는 송신기의 버튼을 눌렀다.

✣ ✣ ✣

　우주 공간에서 보는 호버만-다이슨 스피어는 상미의 상상을 초월하는 광경을 만들어내고 있었다. 거대한 여섯 개의 고리가 태양을 둘러싸고 당장이라도 그것을 삼킬 것처럼 빠르게 회전하고 있었다. 고리 틈으로 빠져나온 코로나✢는 살려달라며 아우성치는 태양의 손끝처럼 보였다. 고리가 움직일 때마다 코로나는 고리 안으로 말려들어갔다 뻗어 나오기를 반복했다. 고리는 단순히 태양광을 흡수하고 있는 것이 아니라 태양 내부의 물질도 빨아들이고 있었다. 태양의 비명이 들리는 것만 같아 공포스럽기도 했다. 창틀을 붙잡고 있는 상미의 손에서 땀이 잔뜩 배어 나왔다. 무중력은 이미 충분히 경험했기에 상미는 삐끗하지 않도록 한 손씩 번갈아 가며 땀을 닦았다.

　기생선이 호버만-다이슨 스피어에 다가갈수록 상미는 느껴본 적 없는 경이감에 압도되었다. 고리 하나의 두께가 목성보다도 더 두꺼웠다. 그럼에도 질량조차 없는 것처럼 빠르고 매끄럽게 움직여서 눈앞에 있는 게 지름 1000만 킬로미터 규모의 구조물이라는 걸 잊게 했다. 도대체 누가 어

✢ 수백만 도의 뜨거운 플라스마로 이루어진 태양의 가스층.

떻게 이런 걸 만든 걸까. 대답을 듣는다고 한들 이해할 수 없을 거라는 걸 상미도 알았다. 에놀라 게이에 올라탄 개미일 뿐이었기에.

기생선은 거대한 고리 중 하나에 접근했다. 고리 주변에선 빛나는 물체들이 천천히 돌아다니고 있었다. 상미는 과일 주변에 모여드는 초파리 무리를 떠올렸다. 곧 그것들이 다른 기생선이라는 걸 알게 되었지만 그래도 자기 느낌이 틀린 것만은 아니라고 생각했다.

기생선처럼 생겼지만 크기가 훨씬 더 큰 우주선이 상미를 태운 기생선 쪽으로 다가왔다. 그러고 보니 유독 크기가 큰 우주선이 주변에 몇 개씩 있었다. 그 주변을 비교적 작은 우주선들이 맴돌고 있었다. 상미는 곧 자기가 타고 온 것이 단순 수송선에 불과하다는 걸 깨달았다. 눈앞에 나타난 거대한 우주선이 진짜 기생선이었다.

두 우주선 사이에 통로가 생겨났다. 상미는 창틀을 밀치며 몸을 날렸다. 포물선이 아닌 직선으로 날아가는 몸은 여전히 어색했고 당장이라도 중력이 몸을 잡아당길 것 같아 조금 무섭기도 했지만 어디가 아래인지 알 수 없으니 몸이 떨어지는 구체적인 그림도 그려지지 않았다.

통로 내부에는 돌기가 있는 사다리가 있었다. 상미는 그 돌기를 하나씩 붙잡으며 이동했다. 이동하면 이동할수록 몸이 무거워지는 게 느껴졌다. 저쪽에는 인공 중력 비슷한 게 있는 게 틀림없어. 관성을 다룰 줄 아는데 중력을 만들어내는 것 정도는 아무것도 아니겠지. 상미는 그렇게 스스로를 이해시켰다. 이 새로운 세상에서 표면적으로나마 자기가 이해할 수 있는 게 있어 기뻤다.

"상미!"

반가운 목소리가 들렸다. 반대편 통로 끝에서 얼굴을 내민 건 신시아였다. 상미는 자기 쪽으로 뻗은 신시아의 팔을 붙잡고 통로를 빠져나왔다. 예상대로 중력이 있어서 상미는 두 발을 딛고 일어설 수 있었다.

"신시아, 여긴……."

상미는 말을 잇지 못했다. 그곳에는 어림짐작으로도 1만 명은 훨씬 더 넘는 사람이 있었다. 간단한 주거 시설과 음식을 배분하는 식당도 보였다. 심지어 개나 고양이 같은 동물들도 있었다. 아이들은 뛰어놀고 있었고 어른들은 서로 진지한 표정으로 대화를 나누거나 나무와 천으로 간단한 집을 만들고 있었다.

"유토피아에 남지 않기로 한 사람들이야. 일부는 유토피아에 들어가보지도 않은 사람들이고. 생각보다 많지?"

신시아가 상미의 등을 부드럽게 감싸며 말했다. 상미는 여전히 입을 열지 못했다.

"인류의 새로운 생존 방법을 받아들인 사람들이기도 해. 더 이상 한 행성의 정복자가 아니라 더 거대한 세상의 일부로 떠돌아다니며 살아가기로 한 거지. 호버만-다이슨 스피어와 함께 이동하며 적당한 행성이 있으면 거기서 식량과 자원을 가져오고 불필요한 건 기꺼이 버리며 사는 거야. 뭐, 원한다면 기생이라는 단어를 써도 좋아. 우리와 프록시만만 있는 것도 아니야. 다른 고리의 다른 부분에는 전혀 다른 행성의 생존자들이 있어. 그들은 우리나 프록시만보다 더 오래전부터 이런 생활을 해왔고. 그들 중 일부가 우리에게 적응 방법을 가르쳐주기로 하기도 했어."

신시아는 주머니에서 정성스럽게 싼 쿠키를 꺼내어 상미에게 건넸다. 상미의 손에 힘이 들어가지 않자 신시아는 직접 상미의 손바닥에 쿠키를 쥐여줬다.

"호버만-다이슨 스피어는, 말하자면 우주적 노아의 방주 역할을 하고 있어."

노아의 방주라. 상미는 살짝 웃음이 나왔다. 거대한 존재가 모두를 몰살하기 위해 일으킬 홍수를 앞두고 자비의 손길을 내미는 노아의 모습이 떠올랐다. 노아는 스피어를 만든 존재일까? 아니면 프록시만일까?

"누가 만든 걸까요?"

상미가 물었다. 신시아는 고개를 갸우뚱했다.

"호버만-다이슨 스피어요."

"아무도 모른다는 거 알잖아."

"진공 붕괴는 누구 때문에 시작된 걸까요?"

신시아는 대답하지 않았다.

"얘기했던 것처럼…… 호버만-다이슨 스피어를 만든 존재가 초광속 비행 기술을 개발한 대가로 진공 붕괴라는 재앙을 맞은 건 아닐까요?"

갑자기 눈앞에 있는 모든 게 상미에게 무의미해 보였다.

항성을 포식하며 초광속 비행을 하는 구조물을 만든 존재가 실수로 진공 붕괴를 초래한 게 아닐까. 그래서 이 별에서 저 별로 도망 다니고 있는 게 아닐까. 초월적 존재들은 실수마저 초월적으로 하는 걸까. 아니면 그들마저도 누군가가 일으킨 진공 붕괴의 피해자일까. 우릴 구해준 프록시만처럼 그들도 그저 정처 없는 피난민일 뿐인 걸까.

신시아는 상미를 다시 품에 안고 얼굴을 맞대며 말했다.

"상미야, 더 이상 생각하지 마. 이제 아무 의미도 없어."

상미도 신시아를 마주 안았다. 신시아의 뜨거운 체온과 거칠게 뛰는 심장이 느껴졌다.

조슈의 말이 다시금 떠올랐다. 모든 건 거대한 기만일 뿐이었다.

✤ ✤ ✤

고리들의 회전이 멈췄다. 호버만-다이슨 스피어는 천천히 옆으로 이동하며 중심에 있던 태양을 바깥으로 뱉어냈다. 고리들은 기묘한 모양으로 갈라지고 합쳐지더니 중심을 향해 모여들면서 부피가 점점 줄어들었다. 잠시 뒤 태양 옆에는 매끄러운 표면을 가진 거대한 구체 거울이 남았다. 구체는 천천히 태양에서 멀어졌다. 구체가 지나간 공간이 휘면서 배경의 별빛이 일렁거렸다. 별빛이 다시 원래대로 돌아왔을 때 구체는 이미 태양계에서 사라지고 없었다.

✧ ✧ ✧

140년 뒤, 진공 거품의 빛나는 벽이 태양계를 휩쓸었다. 지구를 구성하던 모든 소립자가 붕괴되어 사라지는 데는 0.05초밖에 걸리지 않았다. 가짜 진공이 사라지고 진정으로 아무것도 없는 진짜 진공이 공간을 차지했다.

마리 멜리에스

엘리스-수 연구소에서 서쪽으로 5킬로미터 정도 떨어진 곳엔 화강암 절벽으로 둘러싸인 마리 멜리에스 계곡이 있다. 그리 큰 규모는 아니었지만 계곡 밑을 조용히 흐르는 얕은 강물과 그 옆에 조성된 조그맣고 새카만 숲도 있었다. 숲은 아름다웠다. 특히 해 질 녘이 되면 울라토 마을의 평원을 가로지르는 붉은 노을빛이 계곡을 가득 채웠고 마을 주민들과 관광객들은 그 광경을 보기 위해 저녁마다 마리 멜리에스의 가장 높은 언덕으로 모였다.

구름 한 점 없는 하늘이 따뜻한 빛으로 물든 어느 날, 언덕 위로 모여든 열댓 명의 사람이 서쪽 하늘을 보며 감탄을 쏟아내고 있었다. 그리고 무리 가장자리에는 계곡의 동쪽을 홀로 내려다보는 사람이 있었다. 한때 엘리스-수 연구소의 직원이었던 유진이었다. 유진은 화강암 절벽을 사선으로 나누는 붉은 빛과 그림자의 경계를 말없이 바라보고 있었다.

유진은 귀를 기울였다. 뒤에서 웅성거리는 사람들의 목소리가 계곡 아래에서 조용히 메아리치며 퍼져나갔다. 마리 멜리에스에서 울려 퍼지는 메아리는 들어보지 못한 사람은 상상할 수 없을 만큼 선명했고 생명력이 있었다. 하지만 마을 사람들과 관광객들에겐 붉은 노을이 비친 계곡의 광경만이 중요했다. 한때 유진은 이곳에 올 때마다 그 아래로 내려가 노래를 부르고 소리를 치며 대화를 했다. 유진은 마리 멜리에스의 살아 있는 듯한 메아리를 사랑했다.

지금의 유진은 아무 말도 없이 언덕 위에서 계곡을 내려다보고만 있었다. 입을 열면 당장이라도 마리 멜리에스가 그에 화답하며 대화가 시작됐겠지만, 유진은 입을 굳게 다물고 곧게 서 있을 뿐이었다. 마치 자기가 작은 소리라도 내면 마리 멜리에스가 알아채기라도 할 거라는 듯이.

해가 완전히 사라지고 하늘도 차가움을 되찾자 사람들은 조용히 언덕 아래로 내려가 집과 호텔로 흩어졌다. 이제 언덕 위에 남은 건 유진뿐이었다. 유진의 시선은 동쪽의 낮은 하늘로 향했다. 보름에서 며칠이 지나면서 오른편 가장자리가 검게 그은 커다란 달이 지평선 위로 반쯤 모습을 드러냈다.

유진은 허리춤에 걸려 있는 투박한 쌍안경을 어루만지며 생각에 잠겼다.

지나간 일들이 달빛과 함께 유진에게 다가왔다.

✣ ✣ ✣

3년 전.

엘리스-수 연구소 기계화학연구실의 핵자기유도실험실은 두 개의 공간으로 나뉘어 있었다. 안쪽 공간에는 사람 한 명이 누우면 꽉 들어찰 만한 크기의 구멍이 뚫린 새하얀 장비가 있었다. 복잡하게 얽힌 금속 풀러렌✣ 케이블이 구멍 주변을 둘러싸고 있었다. 케이블들이 만나고 교차하는 모습은 마치 하나의 기하학적인 예술작품처럼 보였다. 유리 벽을 사이에 두고 그 너머에 있는 바깥 공간에선 컴퓨터 세 대가 놓인 나무 책상 하나가 자리를 지키고 있을 뿐이었다. 그리고 그곳에 유진과 탈레브가 있었다.

"외할아버지가 지난달에 돌아가셨어. 38만 킬로미터 떨어진 곳에 계시던 분이라 장례식에 갈 수도 없었지만. 달에서 죽는 사람들, 애매하더라. 거기서 태어나는 세대야 이제 겨우 10대라 걱정 없겠지만 나머지는 전부 고향을 떠난

✣ 탄소 원자가 구, 타원체, 원기둥 등의 모양으로 배치된 탄소 동소체. 60개의 탄소 원자가 축구공 모양으로 연결된 C60이 대표적이다. 인공 뇌를 만들기 위한 매질로 고려되기도 한다.

사람들이고 한창 야단스럽게 개발 중인 달에 묻히고 싶지도 않을 텐데."

탈레브가 말했다.

"지난달에 돌아가신 걸 왜 이제야 얘기해?"

유진은 고개도 돌리지 않고 물었다.

"어제 변호사가 찾아왔어. 외할아버지가 나한테 재산을 꽤 남기셨다고 하더라고. 안 본 지 10년은 넘은 거 같은데 후손 중에 제대로 공부하고 일해서 먹고사는 애는 나밖에 없다나. 대신 그 재산으로 달에서 사업을 하는 게 조건이래. 후계자를 원한 거지."

유진은 여전히 고개를 움직이지 않았다.

"……가려고?"

"생각 중이야. 수 박사가 죽고 이제 밀어줄 인맥도 없는데 우리가 아직 여기 남아 있는 것도 기적이지. 뭐, 어떻게 되건 외할아버지에게 감사할 일이기는 하니 지난주에 오랜만에 기도실에 가서 명복이나 빌어드렸지. 한 시간쯤 기도를 하고 나오니까…… 그…… 문 앞에서 기다리고 있더라고. 해맑게 웃으면서 나한테 다짜고짜 이것저것 묻는데……."

"혼자 돌아다니지 말라고 일러뒀었는데."

"내가 신앙심이 충만한 사람은 아니지만 그래도 기도하고 나온 직후에는 거짓말하기 어렵더라고. 아무리 일이라고 해도. 언제까지 감추고 있을 생각이야?"

"얘기했잖아. 때가 될 때까지라고."

탈레브는 유진의 대답을 듣고 한숨을 내뱉으며 키보드를 두드렸다. 마지막으로 손가락 하나를 뻗어 엔터 키를 누르자 안쪽 공간에서 웅웅거리는 소리가 들려오기 시작했다. 탈레브는 안경과 유리 벽 너머로 어두운 구멍 속을 살폈다. 그곳을 메우고 있을 복잡한 전자기장의 얽힘이 보이기라도 한다는 듯.

탈레브는 안경을 벗어 내려놓으며 말했다.

"이제 얼마 안 남았어. 실패했다고. 사실대로 얘기할 때가 온 거야. 물론 아무 말도 하지 않는다면 아무것도 모르는 상태에서 조용하게 끝나겠지만……."

"아니. 그럴 일은 없을 거야."

유진이 탈레브의 말을 끊으며 대답했다. 탈레브는 다시 한숨을 쉬었다.

"나도 알아. 우리가 그럴 수는 없지. 그러니까 모두를 위해서라도 조금이라도 일찍 말해야 해."

"……나도 알아."

탈레브가 의자에서 일어났다. 기지개를 켜며 말했다.

"이제 완전 여름이더라. 그 변호사랑 좀 친해져서 밤 산책하러 나갔거든? 근데 은하수를 보고는 입을 못 다무는 거야. 처음 본다면서."

"도시에서 온 손님이었나 보네. 네가 산책을 다 나가다니 변호사가 네 스타일이었나 봐."

유진은 별것 아니라는 듯 담담하게 응수했다.

"아, 뭐, 그런 셈이지. 아무튼 그래서 말했어. 올라토에선 은하수로 머리를 감을 수도 있다고."

탈레브가 유진의 눈치를 살피며 계속 말을 이어나갔다.

"오랜만에 생각이 나더라. 서월이 울라토에 처음 와서 했던 말이잖아. 은하수로 머리를 감아보고 싶다고. 왜 어제 갑자기 생각난 건지."

유진이 아무런 반응도 보이지 않자 탈레브는 그제야 입을 다물었다.

유진은 컴퓨터 화면을 조용히 바라봤다. 풀러렌 케이블이 만들어내는 날카로운 자기장이 화면 위에 그려지고 있었다. 그 옆에선 적외선 카메라의 녹색 영상이 구멍 속을 비추고 있었다. 그곳에 눈을 감고 평화롭게 누워 있는 사람이 있었다. 마치 잠을 자는 것 같은 표정으로. 유진과 탈레브는 그 사람을 마리라고 불렀다. 마리 멜리에스 계곡에서 따온 이름이었다.

처음 그 이름을 붙였을 때, 별다른 의미는 없었다.

하지만 그 이름이야말로 마리의 상징이었다는 것을 유진은 나중에야 깨달았다.

연구소 720호실은 마리의 방이자 회복실이었다. 오늘도 마리는 그곳의 침대 위에서 눈을 비비며 잠에서 깼다. 언제나처럼 지난밤의 일을 떠올리려고 했지만 기억은 흐렸다. 연구소 식당에서 저녁을 먹고 도서관에서 빌려온 책을 읽었다. 감기는 눈꺼풀을 억지로 붙들며 끝까지 읽었지만 마지막 페이지를 덮을 땐 바로 걷기 힘들 만큼 졸음이 쏟아졌다. 그걸 본 유진이 허겁지겁 달려와서는 그녀를 부축했다. 그리고…… 실험실. 핵자기유도실험실의 풍경이 마리의 기억 끝자락에 어렴풋하게 남아 있었지만 그거야 매일 밤 보는 풍경이니 진짜 어제의 기억인지는 확실하지 않았다.

하지만 저녁을 먹기 전까지의 기억은 여전히 선명했고 생각할수록 가슴이 따뜻해졌다.

노크 소리.

"일어났어요?"

유진의 목소리.

"네, 방금 일어났어요."

마리의 목소리.

마리를 위한 아침 식사를 든 유진이 문을 열고 방 안으로 들어왔다. 유진은 식판을 마리의 두 손에 들리고 마리의 이마에 가볍게 입을 맞췄다가 문득 시선을 내려 눈을 바라봤다. 마리는 부끄러운 듯 얼굴을 붉혔지만 표정만큼은 그저 반갑다는 듯 싱글벙글 웃고 있었다.

"어때요? 제 머릿속에 무슨 진척은 있었어요? 유진에 대한 기억 같은 게 나왔나요?"

마리가 식빵에 크림치즈를 바르며 물었다.

"딱히 그런 건 없고. 뭐, 평소랑 똑같죠."

"아, 항상 하는 말. 재미없다."

식빵을 한입 베어 물자 바삭 소리와 함께 부스러기가 이불 위로 떨어졌지만 마리는 전혀 신경 쓰지 않았다. 입을 크게 벌려가며 빵을 해치운 마리는 식판에 있던 커피를 마시며 말했다.

"오늘 초승달이 뜨죠? 저녁에 마리 멜리에스에 갈 거예요. 유진도 같이 갈래요?"

"전 어차피 따라갈 수밖에 없다는 거, 알잖아요."

"알아요. 그래도 묻고 싶었어요. 유진도 이럴 때 갈 수밖에 없어서 가는 게 아니라 가고 싶어서 가는 거라고 대답해주면 좋을 텐데. 한 번도 그렇게 안 해주네."

유진은 조용히 웃었다. 마음속 깊은 곳에서 흔들리는 감정을 억지로 붙드느라 변명할 여유가 없었다. 마리는 그런 유진의 표정을 잠시 살피더니 커피 잔을 내려놓고 침대에서 내려와 세면실로 향했다. 문득 세면실 문 앞에서 마리가 뒤돌아보며 말했다.

"마리 멜리에스에 가기 전엔 도서관에 갈 건데……."

마리가 말을 줄이며 유진의 반응을 살폈다. 유진은 잠

시 머뭇거리다가 대답했다.

"저도 같이 가요."

마리의 시원스러운 입꼬리가 조용히 올라갔다.

"좋아요. 거기라면 유진도 자기 할 일을 할 수 있겠죠."

마리는 가벼운 발걸음으로 세면실로 들어갔다. 유진은 침대 옆에 홀로 남았다. 문틈으로 물소리가 새어 나왔다.

엘리스-수 연구소의 도서관은 울라토 마을 주민을 위한 복지시설이기도 했기에 일반적인 연구소 부속 도서관과는 달랐다. 게다가 인공 신체 사업으로 큰돈을 번 울라토 출신 과학자 엘리스 파커의 든든한 재정 지원 덕에 작은 마을임에도 도서관만큼은 큰 도시 못지않게 웅장했다. 두꺼운 유리로 된 외벽이 자연광을 여과 없이 통과시켰고, 높다란 책장들이 1층부터 꼭대기 층까지 이어지는 탁 트인 로비를 굽이굽이 연이으며 마리 멜리에스 계곡을 재현하고 있었다. 종이로 된 책은 사치품이면서도 가장 많은 사람이 즐겨 찾는 공공재였다. 도서관은 그렇게 제 가치를 지켜내고 있었다.

로비 창가의 열람석은 언제나 사람들로 붐볐다. 하지만 그 속에서도 유진의 모습은 쉽게 눈에 띄었다. 커다란 노트북과 그보다 더 두꺼운 재생지 논문 뭉치를 책상에 올려놓은 유진은 메모와 타이핑을 반복하고 있었다. 옆을 지나가던 아이들은 처음 보는 노트북에 신기하다는 시선을 보냈고, 그에 대해 조금 알고 있는 아이는 그것이 구시대의 유물이라는 설명을 늘어놓았다.

마리는 그 옆에서 쥘 베른의 《지구에서 달까지》를 읽었다. 책에는 소설이 쓰이고 100년 뒤에 이루어진 달 탐사와 그다음 세기에 이루어진 달 개척을 비교한 주석이 실려 있었는데, 마리는 주석이 하나씩 튀어나올 때마다 그 페이지에 가는 손가락을 끼워 넣고 책 뒤로 넘어가 해당 내용을 빠짐없이 찾아 읽었다.

"달에서 엘리베이터를 타보고 싶어요. 어떤 느낌일까."

마리가 여전히 손가락을 끼운 채 책을 덮고 속삭였다.

"글쎄, 별 느낌 없을걸요. 그저 사람을 위한 것도 아니니까."

"사람은 못 타요?"

유진은 키보드 위에서 바쁘게 움직이던 손가락을 잠시 멈추고 말했다.

"못 타는 건 아닐 거예요, 아마. 근데 달 엘리베이터는 탐사선 궤도 진입용으로 사용되는 거라서 사람이 타는 걸 전제로 만들어지지 않았어요. 차라리 탐사선을 쏘아 올리는 레일에 더 가깝죠."

"400킬로미터까지 올라가는 500킬로미터 길이의 롤러코스터라니, 타보고 싶지 않아요? 어떻게 이런 걸 만들었을까요?"

"MLCNT가 그 뼈대예요."

마리의 눈동자가 커지는 걸 볼 때마다 유진은 설명을 짧게 하자는 생각을 내려놓을 수밖에 없었다.

"멀티레이어 탄소나노튜브✢라고, 지금까지 인간이 만든 것 중 가장 강한 재료 중 하나예요. 탄소 몇 개를 질소로 바꿔서 탄소나노튜브를 직물처럼 묶거나 엮은 건데……."

"유진이 예전에 연구하던 것도 CNT 아니었어요?"

"아니, 그건 아니고요. CNT를 썼을 뿐이지 그게 연구 대상은 아니었어요. 연구했던 건 CNT와 풀러렌으로 뇌의 시냅스를 재현하는 거였고. 요즘 CNT나 풀러렌은 어디서나 쓰이고 있으니까요. 특별한 건 아니에요. 심지어 지금 쓰고 있는 이 컴퓨터 안에도 CNT 프로세서가 들어 있는 걸요. 그래서 연구용이긴 하지만."

유진은 노트북을 천천히 닫으며 마리에게 말했다.

"연구 내용에 대해서는 자세히 묻지 말라고 했잖아요. 달 엘리베이터에 관한 얘기도 일부러 꺼낸 거죠? CNT를 은근슬쩍 물어보려고."

✢ 탄소 원자가 원기둥 구조로 연결된 탄소 동소체. 특이한 성질을 많이 갖고 있어 활용도가 높을 것으로 기대된다. CNT(Carbon Nanotube)라고도 한다.

마리는 유진의 시선을 어색하게 피하더니 책을 도로 펴고 마지막 페이지까지 가볍게 훑었다. 마지막 페이지에는 노란색의 낡은 대출 카드가 끼워져 있었다. 시대에 어울리지 않는 물건이었지만 그 책이 이 도서관에 오기까지 겪어온 역사를 보고 싶게 만드는 것이기도 했다. 대출 카드에는 마리의 이름이 이미 세 번이나 적혀 있었다.

마리는 유진의 펜을 뺏어 들고는 카드에 이름을 추가했다. 마리 멜리에스. 그리고 말했다.

"일부러 그런 것도 맞긴 하지만 달 엘리베이터를 타보고 싶은 건 진심이에요. 달을 볼 때마다 왠지 설레지 않아요? 물론 요즘 제가 볼 수 있는 건 낮에 뜬 달뿐이지만……. 어린 시절 쌍안경으로 보름달을 봤을 때의 기억이 흐릿하게 남아 있어요. 아무것도 없는 컴컴한 허공에 밝고 못생긴 커다란 공이 떠 있는 거예요. 정확히 말하면 보름달은 아니었어요. 보름에서 며칠 지났을 때였는데, 그거 알아요? 그럴 때 달의 지형이 더 잘 보여요. 태양 빛이 비스듬하게 들어와서 그림자가 생기니까. 운석 구덩이나 산맥, 계곡. 38만 킬로미터밖에 떨어지지 않은 곳에 전혀 다른 세상이 있는 거예요. 달을 볼 때마다 다른 차원으로 향하는, 우주에 뚫린 구멍을 보는 것 같아요."

황홀경에 젖어 말을 잇는 마리를 유진은 잠시 넋 놓고 바라봤다. 마리가 창밖으로 시선을 돌리자 햇빛이 마리의 눈동자를 비췄다. 밝은 갈색 눈동자가 빛났다. 유진은 그제야 정신을 차렸다.

"다 옛날 얘기예요. 지금은 달에도 사람이 살고 심지어 요일에 맞춰서 달로 출퇴근까지 하고 있잖아요. 이제 사람들에겐 그곳도 지긋지긋한 장기 출장지일 뿐이에요. 월요일마다 달로 출장을 가거나 돌아오는 사람들 때문에 지구공항은 흙먼지로 가득하고요."

마리가 의자를 뒤로 밀면서 일어섰다. 시선은 여전히 창밖을 향해 있었다.

"달이 보여요. 나가요. 마리 멜리에스로."

유진도 창밖을 봤다. 군청색의 하늘 위로 옅은 청회색 빛의 초승달이 떠 있었다.

"정말 걸어서 가려고요?"

유진이 물었다. 엘리스-수 연구소와 마리 멜리에스 계곡은 5킬로미터 떨어져 있었다. 곧게 뻗은 길이 있어서 산책이나 드라이브 코스로 나쁘지 않았지만 연구소에서 근무 중인 사람이 대낮에 걸어서 다녀오기엔 다소 망설여지는 거리였다.

"유진은 절 살피는 게 일이잖아요? 그러니까 그냥 따라와요. 얘기나 해요. 평원에 부는 바람만큼 조용한 말동무도 없다잖아요."

마리는 유진의 손을 붙잡고 성큼성큼 걸었다. 유진은 넘어지지 않기 위해 비틀거리다가 겨우 균형을 잡고 마리를 따라 걸었다. 마리의 손은 유진의 손가락 하나하나를 놓칠 수 없다는 듯 강하게 움켜쥐고 있었다. 유진의 팔에 어색한 힘이 들어갔다는 걸 마리는 금방 알 수 있었다.

마리는 유진의 팔을 앞으로 잡아당기며 물었다.

"왜 그래요? 어제 아무 일도 없었던 것처럼."

"아무 일 없었던 걸로 해요."

"그럼 오늘 아침엔?"

"그것도."

유진은 발걸음을 늦춰 마리보다 조금 뒤에서 걸었다. 마리는 이번엔 팔을 당기지 않았다.

"입 좀 맞춘 거 가지고."

마리가 말했다.

"그러면 안 되는 거였어요."

"왜요?"

"당신은 지금 최대한 평온한 상태를 유지해야 하니까요. 감정의 동요 같은 게 일어나면 안 돼요. 기억을 회복하는 데 더 오랜 시간이 걸리게 돼요. 시냅스 구성이 늘어나면 작업량도 많아지고······."

"차라리 사랑에 빠지면 안 된다든지 하는 그런 좀 멋있는 말을 하면 안 될까요? 저 그러고 싶은데."

유진은 입을 다물었다. 마리는 뒤를 살짝 돌아보며 말했다.

"매일 아침, 여기 처음 왔을 때가 떠올라요."

마리의 발걸음이 조금 느려졌다. 유진이 옆으로 다가왔다.

"조금 전까지 학생들에게 망원경 조작 방법을 가르치고 있었던 것 같은데 정신을 차려보니 처음 보는 마을의 여관방이었죠. 나이는 갑자기 10년이나 더 들어 있었고요. 10년 이상 된 기억은 어렴풋하게만 남아 있었던 데다 이름조차 기억나지 않는다니. 마을 사람들의 도움으로 연구소까지 찾아가고 경찰도 만났죠.

이상하게도 내가 누구였는지 별로 궁금하지 않았어요. 울라토 마을이나 엘리스-수 연구소가 기억은 안 났지만 낯설지도 않았기 때문일지도 모르겠어요. 가끔 그럴 때 있지 않아요? 생각과 감정이 너무 복잡해서 머릿속이 오히려 비어버린 것 같을 때. 그런 느낌이었어요. 기억을 잃은 게 아니라 내려놓은 것 같은 느낌…….

저에 대한 기록이 어디에도 남아 있지 않다는 걸 알았을 땐 조금 궁금해지기는 했어요. 그래서 연구소에서 기억을 복구하는 임상 시험을 제안해왔을 때 받아들인 거예요."

마리가 발을 멈췄다. 유진은 거기서 두 발짝 더 앞으로 나가서야 마리의 손에 당겨지며 멈췄다. 마리는 유진의 손을 놓고 유진에게 한 발짝 다가서며 말했다.

"그리고 유진을 만났죠. 유진을 보자마자 확신했어요. 당신을 알고 있었다고. 그것도 굉장히 좋은 감정으로. 완전히 사라진 10년간의 기억 속에 당신이 있을 거라 확신했어요. 하지만 그렇게 생각할수록 이상했죠. 그렇다면 나는 왜 기억을 내려놓은 걸까. 유진은 왜 아니라고 하는 걸까. 사실은 모두 날 알고, 날 속이고 있는 건 아닐까."

마리가 유진에게 또 한 발짝 다가갔다. 두 사람의 가슴이 비스듬히 닿았고 부드러운 천 너머로 체온이 전해졌다.

"사실을 말해봐요. 유진의 기억 속에 있는 저를 불러봐요."

평원을 더듬던 바람이 멈췄다. 마리의 두 손이 유진의 양어깨 위로 올라갔다. 얕게 발돋움한 마리가 콧등으로 유진의 입술을 더듬었다.

"유진을 만나기 전부터 제 속에서는 유진에 대한 기억이 메아리치고 있었어요. 곧 사라질 것 같은 먼 목소리로. 지금도 남아 있지만 잡을 수가 없어요. 얘기해줘요. 당신은 제게 누구였나요?"

다시 불어온 바람이 두 사람 사이를 파고들었다. 유진은 고개를 들어 하늘을 올려다봤다. 마리의 입술을 피하려는 듯, 또는 달을 보려는 듯.

"천천히 가죠."

유진은 그렇게 말하며 어깨 위에 있던 마리의 손을 붙잡고 두 사람의 가슴 사이로 내렸다. 유진이 마리의 손을 먼저 잡은 것은 처음이었기에 '네?'라고 말하려던 마리의 입은 아무 소리도 내지 못했다.

"천천히 걸으면 마리 멜리에스까지 한 시간 반 정도 걸릴 거예요. 그때쯤이면 달이 남중(南中)✢하겠죠."

유진이 시선을 내려 마리의 눈을 바라봤다. 마리의 동그란 눈동자 속에 비친 자기 모습을 보며 마음먹었다. 때는 지금이라고.

"밥 먹을 때네요. 배고프지 않아요?"

여전히 아무 말도 하지 못하고 있는 마리를 앞에 두고 유진은 백팩을 뒤져 투명한 비닐로 싼 샌드위치 두 개를 꺼냈다. 빵과 채소 사이로 치즈가 띄엄띄엄 녹아 있었다. 유진은 그 두 개를 잠시 비교하더니 그나마 모양이 잘 보존된 걸 마리에게 건넸다. 마리는 신기하다는 듯 샌드위치를 받아들고는 이리저리 살폈다.

"고마워요. 직접 만든 거예요?"

마리가 물었다. 유진은 미소를 띠며 대답했다.

"설마 이렇게 허접한 걸 파는 곳이 있겠어요? 오늘 아

✢ 해나 달, 별 등 천체의 고도가 가장 높아지는 것. 남반구에서는 북중(北中)이라고 한다.

침에 만든 거예요. 마리 멜리에스 쪽엔 식당이 없으니까."

"의외예요. 이런 것도 할 줄 알았다니."

"먹으면서 가요."

"괜찮을까요? 먹으면서 걸으면 보기 안 좋을 텐데."

"배고픈 상태로 긴 이야기를 할 순 없으니까."

다시 마리의 시선이 유진의 얼굴을 향했다. 유진은 긴 이야기를 하는 편이 아니었다. 지금의 유진이 평소와 다르다는 걸 마리는 알 수 있었다. 항상 유진이 먼저 다가오기를, 원해서 다가오기를 기다리고 있었으니까. 하지만 이 순간 마리는 기대와 함께 긴장과 두려움도 느꼈다. 무언가가 달랐다. 일상 속에서 많은 말을 주고받는 것과 아무 말도 하지 않다가 갑자기 많은 말을 주고받는 건 분명 다르니까.

그래도 마리는 좋았다. 사람과 사람의 관계는 변화하면서 깊어진다. 지금은 기억도 나지 않는 경험 속에서 배운 것이었다.

"엘리스-수 연구소는 서던캘리포니아대학의 엘리스 파커 박사와 시시에 수 박사가 세웠어요. 두 사람 모두 이 마을 출신의 동문이었어요. 파커 박사가 만든 인공 신체 기술은 대량생산을 가능케 하면서 장기 기증을 옛말로 만들어 버렸고, 수 박사는 거의 완벽한 인공 뉴런을 만들어서 뇌 질환 연구의 패러다임을 바꿨죠. 엘리스-수 연구소는 두 사람의 마지막 궁금증을 해결하기 위한 곳이에요. 인공 뇌를 만들어 거기에 완전한 의식을 부여하는 것이 가능한가, 하는.

맞아요. 불가능해요. 적어도 지금까지는. 그리고 앞으로도 당분간은.

파커 박사와 달리 수 박사가 원한 건 뇌라는 생물학적 장기의 복제가 아니었어요. 인공 물질로 만든 인공 뇌여야 했죠. 수 박사가 젊은 시절 만들었던 인공 뉴런도 CNT와 풀러렌으로 모든 종류의 뉴런과 시냅스의 작동을 재현한 거였고요. 처음엔 가능해 보였어요. 302개의 인공 뉴런으로 꼬마선충✢의 행동을 완벽하게 구현했고, 그 뒤로 인공 뉴런 850억 개로 인간의 뇌 기능을 재현하기까지는 10년도 걸리지 않았거든요.

하지만 그 뇌에 무언가를 담아내는 건 별개의 문제였죠. 우리 뇌는 불완전하게 태어나 경험 및 기억과 함께 성장하지만, 만들어진 뇌는 처음부터 완벽했거든요. 여기서 재료의 이점이 활용되었어요. 풀러렌은 축구공 모양의 탄소 동소체예요. 그 안에 특정 물질을 집어넣거나 표면의 탄소 일부를 다른 원소로 바꾸거나 하는 식으로 성질을 자유롭게 바꿀 수 있어요. 그래서 특정 자기장에서 정해진 방식대

✢ 선형동물의 일종. 신경계가 매우 단순하기 때문에 암, 알츠하이머병, 헌팅턴병, 파킨슨병 등 신경 분해성 질환 연구에 자주 활용된다.

로 움직이도록 개조된 풀러렌으로 인공 뇌를 재구성했고 이제 원하는 정보를 심을 수 있게 되었죠."

"그 실험실……."

"맞아요. 핵자기유도실험실이 그걸 위한 곳이에요. 재밌게도, 아니, 재밌는 건 아니지만, 거기서 미세한 영역의 자기장을 조절하기 위해 사용되는 것도 풀러렌 전도체로 만든 전자석이에요. 제가 탄소나노튜브나 풀러렌 따위를 뒤지고 있던 것도 그게 어디서나 쓰여서였고."

"그럼 제가 인조인간이라는 건가요?"

"아뇨, 아직. 기다려요. 조금만 더.

우린 아직도 뇌보다 달에 대해서 더 많이 알아요. 뇌는 여전히 미지의 세계이고 앞으로도 계속 그렇겠죠. 단순히 도구로서의 뇌를 만드는 것과 그걸 진짜 뇌처럼 의식을 가지고 활동하게 만드는 건 별개의 문제였어요. 한때는 10나노미터 해상도로 뇌를 스캔할 수 있다면 모든 걸 밝힐 수 있을 것이라고 했는데 그다음엔 5나노미터로 조건이 까다로워졌죠. 지금은 1나노미터 해상도로 뇌를 그려낼 수 있게 됐지만, 여전히 의식이 움직이는 방식은 아무도 이해하지 못해요. 뇌의 작동은 우리가 생각하는 것 이상으로 복잡하고 확률적이며 비선형적이라 카오스에 가까워요.

그래서 우린 블랙박스를 이용하기로 했어요. 한때 기계 학습이라고 불렸던 기술이에요. 인공지능이 끊임없는 학습을 통해 대상의 입력과 출력을 추측하는 거죠. 이걸 블랙박스라고 부르는 건, 대상의 행동을 거의 완벽하게 예측하고 재현할 수 있다고 하더라도 그 이면의 과정은 여전히 이해할 수 없기 때문이에요. 인공지능이 만들어낸 블랙박스 속을 역으로 분해한다고 한들, 그 안에 맥스웰 방정식✢ 같은 게 들어 있지는 않아요. 그저 어마어마하게 복잡해서 누구도 이해할 수 없는 경험식이 있을 뿐이죠.

어쨌거나 우린 살아 있는 사람의 뇌를 인공지능에 1나노미터 스케일로 학습시키기로 했어요. 만만찮은 일이었죠. 모든 경우의 수를 완벽하게 학습하기 위해선 적어도 15년 동안, 거의 매일 밤을 핵자기유도실험실에서 보내야 했으니까."

"지금 제가 하고 있는 것처럼?"

"……제 아내가 자원했어요. 아니, 그땐 그저 동료 연구원이었지만."

"……아……."

"어렸어요. 겨우 스물두 살. 하지만 똑똑했고, 엘리스-수 연구소에서 인턴으로 지내는 동안 정식 연구원으로의 전환을 약속받은 상태였죠. 아내는 매일 밤 핵자기유도실

✢ 전하와 전류, 전기장과 자기장을 서술하는 방정식. 굉장히 간단히 표현되어 있어 아름다운 물리 공식 중 하나로 꼽힌다.

험실에서 시간을 보냈고, 그곳이 연구실이자 침실이었어요. 쉬운 일이 아니었어요. 행복할 때, 불행할 때, 우울할 때, 그 어떤 때도 스캐닝에 필요하다면 모두가 지켜보는 앞에서 침착하게 장비 안으로 들어가야 했어요. 심지어……."

"심지어……?"

"사랑을 나눌 때도. 어쩌면 가장 중요했을지도 모르죠. 실제로 뇌에서 가장 많은 변화가 일어나는 때니까. 저와 아내는 차가운 장비의 어두운 터널 안에서 사랑을 나눴어요. 그동안 아내의 뇌세포는 분자 단위로 분석됐고요. 나중엔 그것마저 익숙해져 필요에 따라 체위마저 바꿔야 했죠."

"……."

"그렇게 10년이 지났어요. 그사이에 결혼도 했죠."

"지금 아내는 어디 있어요? 10년이면, 그게, 혹시……."

"작년에 죽었어요. 마리 멜리에스 절벽에서 차와 함께 계곡 아래로 추락했어요."

"……차에 문제가 있었나 봐요……?"

"모르겠어요. 다들 사고라고 하는데 저는 모르겠어요. 계곡 위엔 브레이크를 밟은 흔적도 없었고 아내가 절벽의 위험을 모른 것도 아니었으니까."

"자살이라고 생각해요?"

"힘들어했어요. 연구 초기에는 컴퓨터에 구현된 자기의식의 샘플들을 들여다보며 흥분했지만, 시간이 갈수록 혼란스러워했죠. 자기가 인간 이하의 무엇으로 분해되는 것 같다면서. 자기 삶마저 페트리접시 위에서 연구되는 것 같다고요. 연구실의 컴퓨터들이 자기보다도 자기 자신을 더 자세히 알아가자 살아 있는 사람으로서의 가치를 잃은 것 같다고 했어요."

"그럼에도 유진은 설득했군요. 계속해야 한다고요."

"맞아요. 이게 성공하면 우린 인식에 대한 새로운 영역을 확인하게 될 거고, 이 분야에 우리의 이름이 영원히 남을 거라고. 하지만 어느 날 밤 아내는 결국 더 이상은, 적어도 당분간은 못 하겠다고 했어요. 전 아내와 난처해진 동료들 사이에서 갈팡질팡했습니다. 그때 아내가 말했어요.

'하고 싶은 말이 있어요. 같이 마리 멜리에스에 가요. 오늘 밤만이라도.'"

"같이 갔나요?"

"……"

"……안 갔군요. 왜죠?"

"연구실엔 제가 필요했으니까. 이미 기계는 돌아가고 있었고 입력장치도 모두 열려 있는 상태였어요. 그 상태로 멈춰버리면 입력이 없는 것 자체가 새로운 입력으로 인식돼서 모든 게 망가져요. 최대한 안전하게 장비를 멈춰야 했고, 그건 제 일이었죠. 그것만 끝나고 따라나설 생각이었어요. 하지만 마무리하고 나갔을 땐 이미 아내가 떠난 뒤였죠.

그리고 그날 밤 사고가 일어났고."

"자책할 수밖에 없었겠네요."

"알고 싶었어요. 아내가 하려던 말이 도대체 뭐였는지. 마리 멜리에스에서 그날 밤 도대체 무슨 말을 하려고 했던 건지. 진짜로 자살인지. 그렇다면, 도대체 왜인지. 실험 때문이었을까? 아니면 내가 모르는 다른 이유가 더 있었던 걸까? 유서라도 나올까 아내의 책상을 뒤졌지만 아무것도 나오지 않았어요. 꼼꼼하게 쓴 실험 로그만 가득했죠. 젊은 시절 매일 쓰던 일기도 실험이 시작되고 얼마 지나지 않아서 멈춘 것 같았어요. 그래서 더 충격을 받았죠. 그제야 아내에겐 일기를 쓰는 일상이라는 게 의미를 잃었다는 걸 깨달았습니다.

견딜 수 없었어요."

"……."

"견딜 수 없었어요.

그대로는 아무것도.

아내가 마지막으로 하려고 했던 말을 알아야 했어요. 아내의 마지막 생각을 알아야만 했어요.

그래서."

"……그래서?"

"실험의 다음 단계를 시작했어요.

10년 동안 분석한 아내의 의식을 인공 뇌에 주입하기

로. 뇌의 의식 반응만 살피기로 했던 계획을 바꿔 그 뇌를 이식한 인공 신체 전부를 만들기로 했어요. 반대도 많았죠. 참가자가 사망한 상황에서 계획을 확장하면서까지 진행할 수는 없다고들 했어요. 그러나 정작 남편인 제가 가장 강력하게 추진했고, 결국 저와 탈레브를 빼고는 모두 떠났어요. 수 박사가 세상을 떠나기 전까지 전폭적인 지지를 보냈던 덕분에 그나마 계속할 수 있었죠. 그렇게 해서……."

"제가 태어난 거군요.

안타깝게도, 실패했고.

적어도 유진 당신이 바라던 목적으로는."

"네. 의식과 기억은 별개의 문제였어요. 마리는…… 당신은 의식을 가졌지만 기억은 불완전했습니다. 특히 지난 10년간의 기억은 전혀 갖고 있지 않았어요. 기억에 대한 걸 제외하면, 닮았어요. 너무나도. 아내와."

"당신을 만나기 전의."

"나를 만나지 않았더라면, 나와 함께하지 않았더라면."

"하지만 전 당신을 만난걸요."

"중요한 얘기가 하나 더 있어요."

"해봐요."

"가장 어려운 얘기예요."

"그럴 거 같아요."

"우리가 당신을 매일 핵자기유도실험실에 데리고 가는

이유. 처음 눈을 떴을 때, 당신은 탈출했어요. 그럴 만도 했죠. 물건 보는 듯한 눈으로 내려다보는 사람들과 웅웅거리는 낯선 기계 아래에 누워 있었으니까. 불안하고 혼란스러웠겠죠. 다음 날 마을 사람들이 당신을 데리고 왔을 때, 당신은 전날의 일을 전혀 기억하지 못했어요. 그제야 우리는 탄소나노튜브와 풀러렌으로 된 인공 뇌에서 의식은 길어야 하루 정도밖에 지속되지 않는다는 걸 알았죠. 원인은 우리도 아직 몰라요. 어쨌든 의식의 연속성을 유지하기 위해선, 밤마다 의식이 완전히 사라지기 전에 다시 의식을 주입해야 해요."

"의식의 연속성이라. 책에서 본 거 같아요. 어제의 나와 오늘의 내가 같은 나라는 걸 어떻게 확신할 수 있을까, 그런 얘기. 물론 책에서 본 거랑 지금 얘기하는 거랑은 다를 수도 있겠죠. 말을 끊었네요. 계속해요."

"우리의 이해가 여전히 불완전하다는 걸 알게 된 뒤, 여러 번 시뮬레이션을 했어요. 그랬더니 또 다른 문제가 발견됐어요. 의식을 재주입하는 횟수가 어느 정도를 넘어가면, 의식이 옅어지는 속도가 빨라지더라고요. 처음엔 늦은 밤까지 지속되다가 어느 날엔 이른 밤에 벌써 의식이 옅어지고, 그다음부터는 그 지속 시간이 더 빠르게 줄어들었어요. 그리고 언젠가, 더 이상 의식을 회복할 수 없을 때가 와요. 그때부턴 아무리 의식을 주입해도 깨어나지 않는 거죠."

"어제였군요. 시간이 짧아지기 시작한 게."

"정확히는 이틀 전이었어요. 평소보다 한 시간 정도만 짧아져서 알아채기 어려웠겠지만."

"그래서 어제 마음이 흔들렸던 거군요. 제가 입맞추는 걸 피할 수 없었던 거군요."

"글쎄요."

"그래서 표정이 슬퍼 보였던 거군요."

"그랬나요?"

"의식과 기억은 별개라고 했죠. 어쩌면, 기억과 감정도 별개일 수 있지 않을까요?

대답하지 마요."

"다들 연기를 너무 못해서 의심은 하고 있었어요. 내게 뭔가 거짓말을 하고 있다고. 특히 탈레브는 기도실에서 막 나왔을 때 연구에 대해 질문하면 항상 말을 더듬었어요. 그래서 연구 내용을 어깨너머로 몰래 살피곤 했어요. 물론 이해할 수 없는 언어들뿐이었지만. 유진의 진짜 아내였다면 다 알아봤겠죠."

마리는 마리 멜리에스의 언덕 가장자리를 따라 걸으며 말했다. 유진의 고백 이후 30분 동안 이어진 침묵을 깨는 말이었다. 하지만 30분 전과는 사뭇 달라진 두 사람의 눈빛은 그 공백마저 대화의 일부였음을 증명했다. 지금까지 마리가 본 적 없는 자유로운 표정을 한 유진이 자신을 바라보며 서 있었고, 마리는 그런 유진을 보며 과장 없는 미소를 지었다. 유진은 그런 마리의 미소가 가슴에 달린 추처럼 무겁게 느껴졌다. 유진의 표정이 미세하게 달라지는 걸 본 마리가 유진에게 다가갔다.

"미안해요."

유진이 말했다. 마리는 고개를 살짝 올려 유진의 얼굴을 보며 물었다.

"뭐가요?"

"모든 게. 아무것도 책임지지 못하면서 당신의 몸에 아내의 의식을 불어넣었어요. 지킬 수도 없는 의식을."

"지금 제 의식은 제 것이 아니라 그녀의 것이라고 말하는 건가요?"

"아니, 미안해요. 잘못 말했네요. 그런 뜻은 아니었어요."

"그게 아니라면 제 의식 역시 제 몸과 뇌처럼 가짜라는 건가요? 탄소나노튜브 속에서 울려 퍼지는 '그녀'의 메아리일 뿐이라는 건가요?"

"……모르겠어요. 그래서 미안해요. 아무것도 이해하지 못했으면서 무턱대고……."

"소리를 질렀죠."

"네?"

마리가 다시 언덕 끄트머리로 걸어갔다. 그리고 양손을 입 주위로 동그랗게 말고 소리쳤다.

"내 이름은! 마리!"

마리의 목소리가 계곡의 화강암 벽을 타고 반사를 거듭하며 울려 퍼졌다. 메아리가 완전히 사라질 때까지 마리와 유진은 계곡을 말없이 내려다봤다. 마리의 목소리는 조금씩 옅어지면서도 한참이나 이어졌다.

"저 목소리는 제 목소리인가요, 아니면 마리 멜리에스 계곡의 목소리인가요?"

마리가 돌아서며 물었다. 유진은 대답하지 않았다.

"미안해할 필요 없어요. 당신이 날 책임질 필요도, 지켜줄 필요도 없어요. 당신이 제 몸과 뇌를 구성하는 모든 탄소 동소체의 설계도를 가지고 있다고 해도, 짧은 제 기억과 의식이 얘기해주는 건 이거예요. 전 그저 낯선 여관에서 기억을 잃고 깨어난, 그러다가 도와주겠다는 사람을, 당신을 만난 서른두 살 여성일 뿐이라는 것. 연구소로 간 것도, 당신의 도움을 받기로 한 것도 제가 선택한 거예요. 모든 게 당신의 뜻이었다는 것처럼 말하지 마요. 그게 설령 마리 멜리에스라는 몸속에 울리는 메아리 같은 거였다고 해도. 곧 사라질 목소리였다고 해도."

마리는 선명하게든 희미하게든 항상 웃는 표정이었다. 마치 세상의 모든 걱정을 막 떨쳐냈다는 듯. 하지만 지금, 아주 짧지만 분명하게, 고개를 숙인 마리의 얼굴에서 미소가 사라졌다. 한 번도 본 적 없는 마리의 무표정이 유진에겐 영겁의 시간 동안 이어질 무언가로 비쳤다. 그러나 그 순간은 눈 깜짝할 사이에 지나갔고 마리는 다시 입꼬리가 살짝 올라간 얼굴로 유진을 향해 고개를 들었다.

"한 가지, 제 것이 아닐지도 모른다는 느낌이 드는 게 있어요."

바람이 마리의 머리카락을 살며시 흔들었다. 얼굴을 덮으며 춤추는 짙은 갈색 머리카락 사이에서도 마리의 시선은 유진을 향해 곧게 뻗어 있었다. 마리는 한 발짝씩, 천천히 유진에게 다가가며 말을 이었다.

"유진에 대한 감정. 당신을 처음 봤을 때부터 이미 내 속에 당신에 대한 무언가가, 커다랗고 무겁고 뜨거운 어떤 것이 있다고 느꼈어요. 따를 수밖에 없는 감정이었죠. 난 그걸 거부하지 않았고요. 그래서, 지금, 분해요. 나를 행복하게 했던 가장 큰 감정이, 나를 매일 아침 기대 속에서 일어나게 했던 가장 큰 감정이 사실은 누군가가 남겨놓은 걸 배턴터치하듯 이어받은, 오래된 컴퓨터 파일의 흔적일 뿐이라는 게. 내 의지와도 기억과도 무관하게 말이에요."

"마리, 그런 게 아니······."

"이름이 뭐였죠?"

유진은 잠시 뜸을 들이다 대답했다.

"서월."

"낯선 이름이네요. 대답해봐요. 내 의식은 기억을 잃은 서월의 의식인가요? 술 먹은 다음 날, 전날의 기억을 잃었더라도, 의식이 있는 한 전날의 나와 기억을 잃은 내가 같은 사람이란 걸 아무도 의심하지 않잖아요. 나는 서월인가요?"

"당신에겐 의식이 있어요. 그게 누구의 것에서 왔든, 그건 중요하지 않아요."

"내게 의식이 있다는 건 어떻게 확신해요? 내 속에 들어온 적도 없잖아요. 공장에서 만들어진 탄소 결정체 덩어리에 의식이 깃들 수 있나요?"

"마리의 뇌는 제 뇌가 할 수 있는 모든 기능을 그대로 할 수 있어요. 그게 탄소로 이루어졌건 알루미늄으로 이루어졌건 그런 건……."

"컴퓨터 속에서 폭풍우를 분자 하나까지 완벽하게 재현한들 컴퓨터 앞에 앉아 있는 사람을 젖게 만들 수는 없어요."

바람이 멎고 흩날리던 머리카락도 가지런히 가라앉았다.

"증명해봐요. 내가 지금 느끼는 감정의 덩어리가 누군가의 흔적이 아닌 내 의식의 일부이고, 그 의식이 당신을 흠뻑 젖게 만들 수 있다는 걸. 이 모든 게 진짜라는 걸."

"마리……."

"그 입 다물어요."

마리는 유진에게 틈을 주지 않았다. 가느다란 마리의 손가락이 유진의 목과 뒷머리를 감쌌고 마리의 입술이 유진의 입술을 덮었다. 마리의 혀가 유진의 입술을 비집고 들어갔다. 두 사람의 타액이 교차했다. 거친 숨소리와 침을 삼키는 소리만이 주변을 메웠다. 한참을 그렇게, 마리와 유진이 숨을 섞었다.

마리가 천천히 유진에게서 멀어졌다. 입술의 떨림은 금방 멎었다.

"모르겠어요."

마리가 말했다.

"모르겠어요."

마리가 웃었다.

"모르겠어요."

마리가 울었다.

"모든 게 진짜예요."

유진은 마리의 어깨를 감싸며 입을 뗐다.

"전 알아요. 누구보다도 잘 알아요."

유진이 마리의 이마에 입을 맞췄다.

"미안해요. 그동안 당신의, 마리의 감정을 피해왔어요. 이젠 그러지 않을게요."

"오늘 밤은 실험실에 가고 싶지 않아요. 함께 있어줘요."

마리가 부탁했다. 유진의 눈가가 살며시 젖어 들었다.

마리 멜리에스 끄트머리에 있는 낮은 언덕 뒤로 해가 반쯤 사라졌다. 붉고도 검푸른 하늘을 가로지르는 새들의 울음소리가 물과 풀 위로 내려앉았다. 새들은 늘어지는 햇빛을 등지고는 시커메진 날개를 퍼덕이며 계곡 너머로 사라졌다.

마리와 유진은 계속해서 마리 멜리에스의 가장자리를 걸었다. 두 사람의 왼쪽으로는 어둡고 가파른 화강암 절벽이 있었고, 오른쪽으로는 붉게 물든 평원이 펼쳐졌다. 바람은 불지 않았다.

오래된 재즈 음악이 울렸다. 유진의 바지 주머니에서. 달과 별 아래에서 누군가에게 마음을 전하는 기분 좋은 가사가 이어졌다. 가수는 부끄러운 듯, 마지막에야 '그러니까 다시 말해서'라며 진심을 고백했다. 유진은 전화를 받지 않았다. 받고 싶지 않아서이기도 했고 노래를 끝까지 듣고 싶어서이기도 했다.

"전화 받아요. 급한 일일지도 모르잖아요."

마리가 말했다. 전화는 곧 끊어졌다. 대신 메시지가 도착했다는 알림이 울렸다. 유진은 주머니에서 둥근 모서리를 가진 얇고 투명한 사각의 유리 조각을 꺼냈다. 유리는 주변 조도에 맞춰 밝기와 투명도를 자동으로 조절하더니 방금 도착한 메시지를 화면에 띄웠다.

―너무 늦었어. 또 의식 잃기 직전에 혼자 업고 올 생각이야? 그러다가 한 번이라도 놓치면 끝이라고. 알잖아. From:탈레브

문자가 연달아 도착했다.

―이제 몇 번 안 남았잖아. 너나 나나 끝나면 여길 떠날 거고. 그러니까 너무 미련 생길 짓 하지 마. From:탈레브

―오늘은 남은 시간이 아마.

유진은 다 읽지도 않고 유리 조각을 도로 집어넣었다.

"제가 사라지면 유진과 탈레브는 어떻게 되죠?"

마리가 발걸음을 늦추며 물었다.

"탈레브는 아쉬울 게 없어요. 외할아버지 유산도 받을 테니 아마 취미 생활이나 하면서 살겠죠."

유진이 마리와 걸음을 맞추며 말했다.

"유진은?"

마리가 물었지만 유진에게서는 답이 없었다.

"아깐 제 얘기만 해서 미안해요. 유진도 아내, 서월의 모습을 떠올리며 힘들었을 텐데. 서월의 생각을 알고 싶어 여기까지 왔는데, 저는 서월이 아니라고 부정을 했죠. 그러면서 당신에게 요구를 하고."

마리는 뒤로 길게 늘어진 두 사람의 그림자를 보며 말했다.

"뭘 기억하든, 뭘 느끼든, 제 몸에 울려 퍼지고 있는 의식이 서월에게서 왔다는 건 분명한 사실이었는데. 미안해요. 당신이 원하는 것, 아무것도 주지 못해서."

"아내는 죽었어요. 이제 어디에도 없어요. 그뿐이에요.

차라리 다행이에요. 마리가 서월이 아니라서. 사고의 원인이 무엇이든, 그게 사고였든 아니든, 이미 떠난 사람을 그저 묻고 싶은 게 있다는 이유로 되살리려고 한 게 실수였어요."

"……저는 정말 유진의 아내였던 사람이 아닐까요?"

마리는 살짝 고개를 들어 하늘을 봤다. 어느새 해는 사라지고 지평선 너머의 먼 하늘을 달려온 지친 빛만이 초승달을 붉게 물들이고 있었다. 붉은 달빛이 마리에겐 품고 잠들고 싶을 만큼 따뜻하게 느껴졌다.

유진은 말없이 걸었다. 마리는 대답을 기다리며 그를 따라 걸었다. 고요하게 이어진 두 사람의 발걸음은 마리 멜리에스의 가장 높은 지대에서 멈췄다. 서쪽 하늘에서는 박명이 완전히 사라지고 달도 지평선에 더욱 다가갔다.

"여기가 거긴가요? 그날 서월이 가고 싶어 했다던 곳, 사고가 있었던 곳."

마리가 물었다.

"아니에요."

유진이 대답했다. 마리는 조금 놀란 듯 고개를 돌려 유진을 바라봤다. 유진은 손가락으로 달이 반쯤 모습을 감추고 있는 서쪽을 가리키며 말을 이었다.

"아내가 가고 싶어 했던 곳은 계곡 반대편에 있어요. 도로와 가까워서 차를 타고 가기 쉬운 곳이라 가볍게 다녀올 수 있다며 좋아했어요. 아내는 걷는 걸 별로 좋아하지 않았거든요."

"그럼 여긴······."

"여긴 마리와 오고 싶었던 곳이에요."

유진은 손가락을 거두고 동쪽 하늘을 바라봤다. 울라토 마을에서 올라오는 빛이 짙은 보랏빛 밤하늘과 섞이고 있었다. 그보다 조금 위로는 밝은 여름 별이 가득했다.

"졸려요."

마리가 유진에게 몸을 기울이며 말했다. 그리고 물었다.

"얼마나 남았죠?"

유진이 잠시 머뭇거리는 사이 마리가 다시 말을 이었다.

"계산하지 마요. 의식의 메아리가 언제 멈추는지 묻는 게 아니에요."

유진의 어깨에 손을 올린 마리가 그를 눕히듯 뒤로 밀었다. 유진은 몇 걸음 뒤로 밀려나더니 균형을 잃고 넘어졌다. 풍성하게 자란 잔디가 소리 없이 두 사람의 몸을 받았다. 마리는 유진의 무릎 위에 앉아 그를 내려다봤다.

"당신에게 전 얼마나 남았나요? 오늘 밤이 지나면, 전 언제까지 당신 속에 있을 수 있죠?"

유진은 말없이 마리의 얼굴을 올려다봤다. 마리의 뒤로 여름 밤하늘의 은하수가 펼쳐지고 있었다. 헤아릴 수 없이 많은 별이 마리를 감싸듯 주변으로 범람했다.

"마······."

유진이 입을 열었다.

"말하지 마요."

마리는 열렸던 유진의 입을 막으며 다시 한번 키스했다. 가볍게. 마리의 입술은 유진의 턱과 목을 타고 가슴으로 내려갔다. 두 사람의 심장이 빠르게 뛰었다.

"안돼요. 이러면 남은 시간이 더 짧아져요."

유진이 마리를 멈춰세우며 말했다.

"어차피 이 안에 있는 건 메아리일 뿐인 걸요. 곧 사라지겠죠. 아쉽지 않아요. 한 시간 뒤에 사라지든 두 시간 뒤에 사라지든."

마리가 다시 몸을 일으켰다.

"하지만 당신 속에 남을 수 있다면, 그럴 수 있다면. 거기에서만큼은 조금이라도 더 오래 남아 있고 싶어요. 그리고……."

마리는 고개를 숙이며 말을 마저 이었다.

"거기에서라도 더 많은 얘기를 하고 싶어요."

그러고는 잠들 듯 유진 위로 몸을 뉘었다.

계곡에서 불어오는 가벼운 바람이 한참 동안 두 사람 곁을 맴돌았다.

"알 것 같아요."

마리가 손가락으로 별빛을 하나씩 가리며 말했다. 마리의 손끝을 따라가던 유진의 시선이 마리를 향했다.

"뭘요?"

"서월이 하고 싶어 했던 말. 서월은 그저……."

"말하지 마요."

유진은 시선을 다시 위쪽으로 옮겼다. 마리의 손가락은 이제 달을 가리키고 있었다. 하지만 전부 가리지는 않았다. 초승달의 오목한 곡선이 마리의 손끝을 포근하게 품었다.

"알고 싶지 않아요?"

"알고 싶지만 그건 아내에게 직접 들었어야 했던 얘기예요. 아내는 여기에 없고, 이제 와서 제가 그 말을 알 자격도 없어요."

"너무 엄격하네요. 스스로에게."

"뒤늦게 정신을 차린 거죠. 그게 사고였는지 아니었는지도 이젠 중요하지 않아요. 아니, 아마 사고였을 거예요. 까다로운 보험사도 의심하지 않았으니까."

"그럼 내가 하고 싶은 말을 들어줘요."

"아직 할 말이 남았어요?"

"하하, 농담도. 조금 전까지는 전희였죠."

"그런 것치고는 너무……."

"말하지 마요. 그냥 들어요."

마리는 잔디밭에 누워서 유진의 얼굴을 양손으로 감쌌

다. 그리고 옆으로 살짝 돌려 그의 귓가에 누구에게도 들리지 않을 만큼 작게 속삭였다. 유진은 살며시 눈을 감았다. 마리는 다시 고개를 들고 하늘을 올려다봤다. 그러곤 쏟아지는 별빛을 받으려는 것처럼 두 팔을 하늘을 향해 뻗쳤다.

"여름 밤하늘 아래에 있으면, 은하수로 머리를 감을 수 있을 것만 같아요."

마리는 그렇게 말하며 눈을 감았다.

마리의 두 팔은 힘없이 유진의 가슴 위로 떨어졌고 다시 움직이지 않았다. 바람 소리가 사라지고 계곡은 정적에 잠겼다.

마리를 업고 5킬로미터를 걸으면서도 유진은 무겁다고 느끼지 않았다. 오히려 허전할 만큼 가벼웠다. 무언가가 빠져나간 것처럼. 하지만 영혼의 무게라고 알려진 21그램을 의식할 만큼 유진은 비과학적이지 않았다. 그저 그런 이야기가 있었지, 하며 잠시 감상에 빠졌을 뿐이었다. 마리의 몸을 이루는 인공장기의 무게가 실제 장기보다 더 가볍기 때문이란 걸 유진은 알고 있었다. 유진의 어깨 위로 늘어진 마리의 머리만큼은 무거웠다. 다른 장기들과 달리 뇌는 실물 만큼이나 복잡한 구조였기에 결코 가벼울 수 없었다. 하지만 유진에게 무엇이 가볍고 무거운지는 중요하지 않았다. 가볍든 무겁든, 재질이 무엇이든, 구조가 어떻든 상관

없었다.

마리의 몸은 따뜻했다. 의식은 멈췄지만 다른 장기들은 여전히 제 기능을 하고 있었다. 유진은 땀에 젖은 등으로 마리의 심장이 뛰는 걸 느꼈다. 어깨에 닿는 마리의 숨을 느꼈다. 마리는 조용히 잠들어 있었다.

유진이 엘리스-수 연구소에 도착한 것은 자정이 훌쩍 지나서였다. 유진은 마리를 실험실 대신 빈 숙소로 데려가 침대에 눕혔다.

✤ ✤ ✤

다시 3년 후.

노을이 사라지자 사람들은 다시 언덕 아래로 내려갔다. 언덕 위에 남은 사람은 유진뿐이었다. 달은 어느새 고개를 힘껏 들고 봐야 할 만큼 높이 떠올랐다.

오래된 재즈를 편곡한 노래가 울렸다. 유진은 재킷 주머니에서 투명한 유리 조각을 꺼냈다. 표면을 살짝 건드리자 유리가 불투명해지더니 탈레브의 모습이 나타났다.

"준비됐어. 10분 정도 후에 출발할 거야."

텔레브가 말했다.

"아, 기다리고 있어."

유진이 대답했다.

"소식 들었어. 서월이 타고 있던 차, 제조사에서 결함을 인정했다고. 내부에서 원래 잡혀 있던 리콜 계획까지 묻어 버린 거였다면서?"

화면 속 탈레브의 반응은 3초 정도 느렸다. 유진과 38만 킬로미터 떨어진 곳에 있기 때문이었다.

"벌써 한참 전에 밝혀진 사실이야. 거긴 소식이 늦나 봐."

담담하게 대답하는 유진을 보고 탈레브는 가볍게 한숨을 내쉬며 소리 없이 웃었다.

"일이 너무 많아서 거기 소식을 챙길 틈이 없었어. 데브리[✢] 방지법 때문에 근지구 궤도 장례 허가를 받는 게 어려워졌거든. 그래서 최대한 고객이 HCO[✢✢]를 선택하도록 설득하고 있어. 지금은 달에서 오래 근무했던 사람들한테만 예외적으로 허가가 나고 있는 상태야."

"궤도 장례 시장이 태양계 규모로 커진 거지, 뭐."

"이러는 와중에 옛 친구는 아주 특별한 부탁을 하고 말이야."

"큰 빚을 졌다."

"아니, 사실 큰 빚이라고 할 것도 없는 게 달에서 궤도

✢ 우주 공간을 떠돌아다니는 사용되지 않는 인공물. 즉, 우주 쓰레기를 통틀어 이르는 말.
✢✢ 태양 중심 궤도(Heliocentric Orbit). 태양 주변을 공전하는 궤도.

마리 멜리에스

장례 사업을 하는 것 자체가 너한테서 나온 아이디어였으니까. 달 엘리베이터 덕분에 인프라를 새로 만들 필요도 없었고. 죽은 뒤에 지구와 태양 사이를 떠돌고 싶어 하는 사람이 이렇게 많을 줄 누가 알았겠어. 그것도 달에서 일하던 사람들 중에. 아, 그런데……."

탈레브가 작게 기침을 하고 말을 이었다.

"정말 괜찮겠어? 원한다면, 달에 보관해줄 수도 있어. 비용 없이. 언젠가 마리를 다시 깨울 수 있는 기술이 개발된다면, 의식 주입 횟수 문제가 해결된다면, 그때 다시 찾아와서……."

"설령 그게 내일 당장 가능해진다고 하더라도 깨울 생각은 없어. 마리는 스스로 떠나기로 한 거니까. 다시…… 그런 실험을 하고 싶지도 않고."

"알았어. 네가 얘기했던 대로 마리를 태운 캡슐은 적도에서 63.5도 기울어진 궤도를 돌 거야. 그럼 지구에서 볼 때 언제나 은하수 한가운데를 가로지르게 되지. 적어도 수만 년 동안은. 대신 거리는 좀 멀어. 평균 거리는 대충 90만 킬로미터 정도가 될 거야. 지구 힐 반경$^+$보다는 좀 더 안쪽이지만."

"고마워. 근지구 개발국하고 꽤나 옥신각신했겠네."

"아, 거기랑은 의외로 금방 해결했어. 개발국장 사촌 중에 특이 알츠하이머 환자가 있는데, SYMM 시술을 받은 열두 번째 환자더라고. 그래서 국장한테 SYMM이 수-유진-마리-멜리에스의 약자라고 알려줬지. 그랬더니 덕분에 사촌이 잘 지낸다며 바로 패스를 해줬어. 아, 물론 그는 마리 멜리에스를 계곡 이름이라고만 알고 있고. 그리고 캡슐 안에 있는 이는 유진의 가족이라고만 해뒀어."

누군가 탈레브의 뒤로 다가오더니 무언가를 속삭였다.

"곧 출발할 거야."

"어디를 보면 돼?"

"맑음의 바다✤✤ 오른쪽 위 꿈의 호수✤✤✤."

"제법 위도가 높네. 거기에도 엘리베이터가 있었어?"

"중력이 약한 달의 특권이지. 아, 이제 1분 남았어."

유진은 쌍안경을 눈에 대고 달을 올려다봤다. 동그란 시야에 눈부신 달이 가득 차올랐다. 달빛에 눈이 적응하자 달의 밝고 어두운 산과 바다, 호수가 모습을 드러냈다. 유

✤ 질량이 작은 물체가 지구 주변을 지속적으로 공전할 수 있는 최대 반경. 태양과 같이 큰 질량을 가진 천체 A의 주변을 공전하는 천체 B가 있을 때, 무시할 수 있을 만큼 작은 질량의 물체 C가 A의 영향을 받으면서도 B 주변에 계속 머물 수 있는 영역을 말한다. 정확한 용어는 힐 권(Hill Sphere)이다.

✤✤ 달의 어두운 토끼 모양 중 가슴 부분. 머리 부분이 아폴로 11호가 착륙한 '고요의 바다'다. 달에서는 검고 평평한 현무암 지대를 그 크기에 따라 바다나 호수로 부른다.

✤✤✤ 맑음의 바다 오른쪽 위에 있는 작은 현무암 지대.

진은 맑음의 바다를 찾은 뒤 그 위에 있는 조그마한 꿈의 호수에 시선을 고정했다. 탈레브가 초읽기 하는 소리가 들려왔다.

5, 4, 3, 2, 1.

모래알 같은 빛 하나가 꿈의 호수를 가로지르기 시작했다.

"너 잘 보이라고 일부러 반사율 높은 재질로 표면을 덮었어. 보통은 반타블랙✢을 쓰거든."

탈레브가 말했다. 하지만 유진은 눈길로 움직이는 빛을 좇을 뿐이었다. 빛은 1분 정도 달 위를 가로지르더니 시야에서 사라졌다. 그러고 나서도 유진은 한참 동안 쌍안경을 내려놓지 못했다.

"맑은 날 운 좋으면 쌍안경만으로도 은하수 속을 이동하는 게 보일 거야."

마리를 다시 올려다볼 용기가 생길지 유진은 확신하지 못했다. 마리의 빛은 그의 마음에 남아 있는 죄책감마저 비출 테니까.

"고마워."

✢ 가시광선의 최대 99.965퍼센트를 흡수하는 현존하는 가장 검은 물질 중 하나. 2014년 영국 기업 서리 나노시스템(Surrey NanoSystems)이 탄소나노튜브를 활용해 출시했다.

"천만에."

유진은 쌍안경을 내려놓았다. 시선은 여전히 달을 향해 있었다.

"……그럼 이제 내 할 일은 끝난 것 같으니 난 뒷정리를 하러 갈게. 다음에 또 보자고. 가끔은 달에 놀러와."

"기회가 된다면."

탈레브가 가볍게 웃더니 화면 속에서 사라졌다.

유진은 유리 조각과 쌍안경을 잔디 위에 내려놓고 계곡의 가장자리로 향했다. 밝은 달빛이 마리 멜리에스를 비췄다. 화강암 절벽의 굴곡 한 겹 한 겹이 달빛과 그림자로 장식되었다. 계곡 아래 작은 숲으로 둘러싸인 강의 물 흐르는 소리가 유진이 있는 곳까지 들려왔다. 유진은 눈을 감고 귀를 기울였다. 메아리처럼 규칙적인 리듬으로 울리는 물소리가 마치 마리 멜리에스의 맥박처럼 들렸다.

유진은 눈을 뜨고 계곡 아래를 내려다봤다.

잔잔한 강의 수면 위로 구름 같은 은하수가 흐르고 있었다.

콜러스 신드롬

1

현아가 태어났을 때, 남편은 울었다. 제왕수술을 한 나는 마취에서 깨어나며 배를 찢는 고통에 까무러칠 것 같았지만 그런 내가 걱정을 할 만큼 남편은 낮고 구슬프게 울었다. 태어난 지 30분도 되지 않은 현아를 품에 안고.

젖을 물리려고 현아를 떼어놓을 때는 간호사가 두 명이나 붙어 그와 씨름해야 했다. 그만큼 남편은 연약한 현아의 몸을 능숙하고도 단단하게 안고 있었다. 그때는 그저 아기를 안는 방법을 미리 공부했겠거니 했다.

그때 의심을 해야 했을까. 조카는커녕 주변에 아이라고는 없는 20대 중반의 남자가 갓난아기를 그렇게 자연스럽게 품은 것을. 그때 의심했더라면, 여기까지 오지 않아도 됐을까.

재호, 훗날 내 남편이 될 그를 만난 건 대학교에 입학하고 얼마 지나지 않은 때였다. 물리학과 신입생이었던 우리는 둘 다 신입생 환영회에 참석하지 못했는데 그날 나는 아버지를 심근경색으로 잃었고, 재호는 엄마를 아나필락시스로 잃어서였다. 이후 이미 환영회에서 얼굴을 튼 사람들 사이에서 소외감을 느낀 우리가 서로에게 관심을 갖게 된 건 당연했다. 어느 맑은 날 정오, 어디로 가야 과하게 사교적인 사람들을 피해 점심을 먹을 수 있을까 고민하던 내게 재호가 다가와 그림 한 장을 내밀었다. 수업에 몰입하고 있는 내 모습이었다. 애한텐 이런 사교성 따위 없을 텐데. 하지만 그렇게 생각했기에 오히려 옆자리를 내줄 수 있었다. 우리는 금세 친해졌고 서로의 상실감을 보듬었다. 그리고 자연스럽게 사랑에 빠졌다. 적어도 내 생각은 그랬다. 그리고 지금도 같은 생각이다. 그때 그 순간만큼은 진심이었다고.

재호에게는 알 수 없는 신비감이 있었다. 항상 덜렁대며 실수를 했지만 어쩐지 모든 걸 알고 있는 것 같은 분위기를 풍겼다. 둘이서 처음 해외여행을 갔다가 여권을 잃어버렸을 때 재호는 누가 봐도 당황한 모습이었지만 나는 그 모습 속에서 이해할 수 없는 평상심을 읽을 수 있었다. 폐장한 수영장 탈의실에서 처음 몸을 섞을 때도 재호는 긴장한 기색이 역력했지만 마치 이때 이곳에서 우리가 관계를 맺을 거라는 걸 알고 있었다는 듯 행동했다. 내가 관리인의 발소리를 들은 것 같다고 했을 때 재호가 움직임을 멈추지 않은 것도 나를 믿지 않아서가 아니라 관리인이 아무것도 못 본 척 우리를 그냥 지나치리라는 것을 알고 있었기 때문인 듯했다.

지금에 와서야 이렇게 말할 수 있지만 당시엔 이 모든 걸 재호가 풍기는 독특한 분위기라고만 생각했고 나는 그걸 매력으로 느꼈다.

"우리 결혼하자. 우리 이제 같이 살아가자."

대학교 졸업식 날 밤, 재호가 내게 청혼했다. 당시 내게는 거절할 이유가 없었다. 나는 왼손을 내밀었고 재호는 모래알만 한 다이아몬드가 박힌 값싼 반지를 내 약지에 끼웠다. 나는 재호가 대부호까지는 아니더라도 그것보다 더 비싼 반지를 살 여유는 있다는 걸 알고 있었다. 재호가 나를 위해 더 화려한 이벤트도 할 수 있으리라는 것도 알고 있었다. 오히려 그랬기에 나는 그 싸구려 반지가 풍기는 위화감이 좋았다. 그리고 내 대답이 궁금해 미치겠다는 표정 뒤에 있는, 결과를 이미 아는 듯한 재호의 눈빛도.

그렇게 우리는 부부가 되었다.

2

도쿄 한복판에 있는 한 호텔에서 우리는 사랑을 나누

고 있었다. 옆방에 들릴 걸 아랑곳하지 않고, 아니 오히려 들으라는 듯이 소리를 지르며 침대 주변의 물건을 걷어차고 잡아당겨 떨어뜨렸다. 나는 재호의 귀를 피가 날 정도로 깨물었다. 재호는 내 등에 손톱을 찔러 넣어 살갗을 찢었다. 통증이 쾌락의 크기를 증폭시켰다. 그때의 황홀감은 지금도 잊을 수 없다. 내 몸이 느낄 수 있는 가장 큰 기쁨을 그때 경험했는지도 모른다.

무엇 때문이었을까. 절정에 이른 순간, 내 속에서 어떤 욕구가 피어났다. 그동안 느껴본 적 없던 새로운 삶에 대한 갈망. 나는 재호의 목을 부여잡고 눈을 맞췄다. 내 손톱도 그의 살을 파고들었지만 그는 아픈 기색을 보이지 않았다. 언제나처럼, 이미 알고 있었다는 듯이 마치 기다리고 있었다는 듯이 그는 내 눈을 바라봤다.

내가 말했다.

"아이를 원해. 아기가 갖고 싶어."

재호는 망설이는 듯한 표정을 지었다. 하지만 나는 이제 그의 아내였고 우린 그동안 많은 시간을 함께했다. 나는 그 망설임마저 의도된 것이라는 걸 직감했다. 엄지손가락으로 재호의 입술을 쓰다듬었다. 그리고 다시 말했다.

"우리 가족을 원해."

재호는 아무 말 없이 내 손을 거칠게 뿌리치더니 입술이 찢어질 것 같은 거친 키스를 퍼부었다. 사회적 약속에만

의거해 평행선을 달리던 우리의 삶이 한 생명의 탄생을 향해 뒤틀리며 엮여들기 시작했다.

3

지도 교수를 설득하는 건 쉽지 않았다. 석박사통합과정이었고 나는 당장 중퇴를 해도 석사학위는 받을 수 있는 상태였다. 적어도 국내에선 아쉬울 것 없이 잘나가던 교수는 내게 자퇴를 제안했다. 물론 직접적인 압박은 없었다. 대신 출산과 육아 때문에 연구를 망친 누군가의 이야기를 들려줬다. 차라리 인생을 망친 이야기였다면 더 설득력이 있었겠지만 어차피 교수에겐 연구와 인생이 동의어였다.

"그러니까 자네도 신중하게 결정해. 혼자만 생각하지 말고. 다른 애들도 뭐, 몸이 불편해서 연애나 결혼 안 하는 게 아니야."

나도 안다. 쉽지 않다는 것을. 그러나 나는 이미 선택을 한 뒤였다. 나는 남을 것이다. 어느 것도 포기하지 않을 것이다.

그렇게 할 수 있으리라 믿었다.

하지만 그러지 못했다.

4

 임신은 최악의 경험이었다. 지금껏 없었던 새로운 생명이 탄생하고 그 생명이 곧 내 가족이 된다는 의미를 제외한다면 말이다. 토해낼 것도 없는데 구역질이 멈추지 않았다. 밤마다 손가락이 퉁퉁 부었고 통증 때문에 키보드 치기도 힘들었다. 내 혈관은 호르몬 포화 상태였고 평상심은 끊임없이 무너졌다. 몸이 무거워지자 나는 오래전 아프리카의 평원을 두 발로 딛고 섰던 유인원들을 원망했다. 인간이 계속 네 발로 걸었더라면. 내 몸무게의 30퍼센트나 되는 양수와 살덩어리를 몇 달씩 두 발로만 이고 다니는 건 그야말로 고문이었다. 나는 결코 다시는 임신하지 않겠다고, 아이를 또 원하게 된다면 차라리 입양을 하겠다고 몇 번이고 결심했다.

 지도 교수는 힘겹게 움직이는 나를 볼 때마다 혀를 찼다. 쓰러지거나 넘어질 거면 바깥에서 그러라는 말도 했다. 연구실 안에서 다쳤다가는 보험 때문에 골치가 아파진다면서. 평소와 달리 계단을 이용하지 못하게 하며 나를 걱정하는 척도 했지만 그것도 그저 사고 때문에 귀찮아지는 걸 피하고 싶을 뿐이었다.

 "걱정하지 마. 다 잘될 거야."

 재호는 확신했다. 언제나 그랬다. 내가 육체적으로 힘

들어할 때마다 내게 어떤 확신을 줬다. 재호는 나보다 임신과 출산에 대해 더 잘 알고 있었다. 내 몸에서 일어나는, 나도 처음 겪어보는 온갖 변화에 대해서도.

"차라리 당신이 임신했다면 더 잘했을 거 같아."

내가 말했다. 진심이었다.

5

BCI[✢] 심포지움에서 메모리 감쇠에 대한 발표가 있던 날이었다. 세계 각국에서 개최되는 국제 학회였는데 마침 국내에서 열렸기에 무거운 몸을 이끌고 참석했다. 놓칠 수 없었다. 내가 모든 걸 감당할 수 있다는 걸 지도 교수에게 증명해야 했으니까. 게다가 운 좋게 첫날 전체 세션의 선행 발표에도 선정되었다. 연구 성과를 분야 밖의 사람들에게 홍보할 수 있는 좋은 기회였다.

내 바로 앞사람이 발표를 마무리하고 있는데 산부인과에서 전화가 왔다. 일주일 전에 받은 피검사 결과가 나올 거라고 예상하고 있었기에, 나는 결과만 간단히 듣고 금방 돌아올 요량으로 전화를 받았다.

[✢] 뇌-컴퓨터 인터페이스(Brain-Computer Interface).

실수였다.

"산모님, 특수 기형아 검사 결과인데요. 콜러스 신드롬일 확률이 20분의 1이 나왔습니다. 좀 높은 수치이긴 해서 내원하셔서 양수 검사를 받아보셔야 할 거 같아요. 양수 검사는 비용도 들고, 감염 위험도 조금 있어서……. 일단 먼저 상담받으시고 결정하시겠어요? 다음 주 화요일 오후 1시 예약 어떠세요?"

피 뽑을 때 그런 검사까지 해달라고 한 적이 없었다는 건 중요하지 않았다. 머릿속이 새하얗게 변했다. 눈앞도 새하얗게 변하기 시작했다. 지금 여기서는 안 된다며 나는 속입술을 깨물었다. 혓바닥 아래에 뜨겁고 들큼한 피가 고였다.

시간이 되어 단상에 올라갔다. 준비한 원고의 단어 하나도 빼놓지 않고 모두 발표했다. 외우고 또 외웠기 때문에 원고를 내려다볼 필요도 없었다. 다행히 질의응답은 별도 세션으로 빠져 있어서 발표를 마치고 곧장 화장실로 가서 참았던 눈물을 쏟아냈다. 나는 그렇게 알고 있었다.

하지만 착각이었다. 나를 걱정해 화장실 입구까지 따라온 후배가 들려준 이야기에 따르면 나는 발표 중간부터 더듬거리기 시작했고 같은 말을 반복했으며 중요한 숫자나 이름을 잘못 말하기도 했다. 삼켜버렸다고 생각했던 입 속의 피는 파열음을 낼 때마다 조금씩 흘러나와 새하얀 셔츠에 붉은 점을 남겼다. 단상에서 침착하게 내려와 화장실에 간 게 아니라 눈물을 쏟아내며 주변 사람들을 밀치고 뛰어간 것이었다. 내 기억과 사람들의 증언이 일치하는 건 화장실에서 나온 이후부터였다. 나는 아무 일도 없었다는 듯 침착한 모습으로 연구실 동료들 사이에 앉았다. 사정을 물으며 찾아온 사람도 있었지만 나는 아무 일도 아니라며 말을 아꼈다. 동료들도 그렇게 모르는 척 넘어가줬다. 그들은 내가 얼마나 열심히 준비했는지 알았으니까. 발표 전, 병원에서 온 전화를 받았다는 걸 알았으니까. 지도 교수는 그러지 않았다. 거장 중의 거장이 되어버린 자기 스승에게 망신을 줬다며 거친 한숨을 뱉었다.

"참을 만큼 참았다. 이제 여기 남든 나가든 너한테선 손 뗄 테니까 알아서 해."

그날 오후, 분야별 세션에서 이전에 발표한 내용을 더 자세히 발표할 예정이었다. 질의응답까지 포함되어 있었기 때문에 오히려 이쪽이 진짜 발표에 가까웠다. 하지만 지도 교수는 발표자를 내 양해도 구하지 않고 후배로 바꿔버렸다. 그 후배의 연구는 내 연구와는 관련 없는 메모리 증폭이었다. 불행 중 다행인지 평소에 나를 존경한다며 내 뒤를 부지런히 쫓아다녔던 후배는 내 연구를 나만큼이나 잘 이해하고 있었고 질의응답도 완벽하게 해냈다. 아니, 나 이상이었는지도 몰랐다. 나는 내 성과가 어떻게든 잘 전달됐다는 안도감과 함께 내가 언제든지 대체될 수 있다는 불안감에 휩싸였다.

6

콜러스 신드롬. 고등학교 때 교과서에서 본 적이 있었다. 콜러스 신드롬이 있는 영유아는 지능 발달이 느리고 정신적 충격에 매우 취약하며 위험을 즉각적으로 인지하지 못한다. 그리고 성장하면서 뇌와 장기에 원인을 알 수 없는 손상이 누적된다. 중증일 경우, 열다섯 살을 넘기기 힘들다. 증세가 가벼운 경우엔 안정된 환경과 보호자의 도움 속에서 성인으로 자라 비교적 긴 수명을 누리는 이들도 있다. 해외에서는 경도의 콜러스 신드롬을 갖고도 일반적인 직업을 얻는 사례가 종종 있지만 우리나라에선 어려운 일이다. 애초에 콜러스 신드롬은 중증인 경우가 대부분이다.

왜인지 재호에게 말할 용기가 없던 나는 그저 인터넷에서 콜러스 신드롬의 사례를 찾았다. 대부분 절망적인 이야기뿐이었다. 어린이집에서도 유치원에서도 쉽게 받아주지 않는다고 했고 받아주더라도 차별과 멸시, 괴롭힘에 시달려 중간에 나오는 경우가 태반이었다. 초등학교에서도 마찬가지. 혼자서 할 수 있는 일이 거의 없기 때문에 누군가가 항상 곁에 있어야 했다. 그 누군가는 대개 부모, 특히 엄마였다. 게다가 나는 학생이었다. 대학원 진학 대신 취직을

택한 재호는 크지는 않지만 그 분야 사람이라면 누구나 알 법한 회사에 곧잘 다니고 있었다. 뻔한 상황이 눈앞에 그려졌다.

20분의 1의 확률이란 어떤 의미일까. 80분의 1이라는 숫자를 받은 어느 여성이 상담 게시판에 글을 올렸다. 어떻게 해야 하느냐고. 대부분이 지우는 걸 제안했다. 지인들의 고통스러운 경험을 열거하면서. 그게 마땅한 선택인 것처럼. 중간중간 '아가'라는 단어를 볼 때마다 가슴이 미어졌다. 흑백 초음파 화면을 어루만지며 몇 번이고 내뱉었던 말이었다.

친한 친구가 유학을 앞두고 원치 않은 임신 때문에 고민하고 있을 때 나는 망설이지 말라고 했다. 당시엔 국내에선 방법이 없어 브로커를 찾아 중국에 있는 병원까지 함께 갔다. 그 친구는 이후 미국에서 빠르게 박사 학위를 받고 30대가 되기도 전에 일본 명문대의 준교수가 되었다. 의료용 마이크로봇으로 딴 특허가 몇 개랬더라? 빛나는 삶이었다. 그 친구는 크리스마스마다 내게 선물을 보내온다. 내가 삶의 가장 큰 은인이라며. 나는 그 친구를 도울 수 있었던 것, 그 친구가 꿈에 다가가고 있다는 것이 너무나도 자랑스러웠다. 때로는 부럽기도 했다.

지금은 경우가 달랐다. 내가 선택한 거니까. 나는 아이를 갖기로 했을 때의 느낌을 잊을 수 없었다. 그 번쩍이며 눈앞을 스치던 운명. 낡은 말이지만 운명이라는 단어 속에 담긴 앞으로 생겨날 기억들, 나는 그것을 놓칠 수 없었고 온 힘을 다해 붙잡았다. 거기에 고민과 후회와 고통이 딸려 오리라는 것을 알고 있었고 신경이 경련한 그 짧은 순간에 나는 각오를 마쳤다.

그렇게 붙잡은 것을 내려놓고 싶지 않았다. 나는 다시 한번 새로운 각오를 해야 했다. 신경이 경련하는 일은 이제 없었고, 그저 긴 눈물이 있을 뿐이었다. 지금 누군가 내게 같은 이유로 고민을 이야기해 온다면, 나는 누구의 말에도 휘둘리지 말고 스스로 선택하라고 말할 것이다.

다음 날, 나는 자퇴서를 제출했다. 지도 교수와의 관계는 이미 틀어질 대로 틀어졌기에 휴학은 고려 사항이 아니었다. 결과를 기다려보자며 연구실 동료들은 나를 말렸다. 임신과 출산이 포기의 이유가 되어서는 안 된다면서. 나뿐만 아니라 후배들에게도 좋지 않은 선례가 될 거라면서. 그 말들은 누굴 위한 위로였을까. 하지만 나는 이미 어떤 결과가 나오든 새로운 삶을 살기로 한 뒤였다. 이제 이 길은 내가 걸어갈 길이 아니라는 생각도 들었다. 지도 교수는 서류에 말없이 도장을 찍었다. 연구실을 나오며 병원에 전화해 양수 검사는 하지 않겠다고 했다. 마음을 흔들고 싶지 않았다.

그날 밤, 나는 재호에게 모든 것을 말했다. 처음부터 끝까지 내 결정이라고. 죄책감 때문도 아니고 의무감 때문도 아니며 순전히 내 운명을 내가 선택하기로 했을 뿐이라고. 나를 말리는 시도를 할 수는 있겠지만 설득하지는 못할 거라고. 그리고 원한다면 나를 떠나도 좋다고.

"나는 이미 오래전에 널 선택했는걸."

재호는 나를 안았다. 그 어떤 때보다도 따뜻하게. 입을 맞췄다. 그 어떤 때보다도 뜨겁게. 이 남자에 대한 사랑이 깊어졌다. 지금 생각하면, 참 가슴 아픈 오해였다.

7

현아가 태어났을 때, 남편은 울었다.

8

현아는 콜러스 신드롬이 아니었다.

산후조리원에 있는 2주 중 첫 주는 울기만 했다. 평생 울었던 것보다 더 많이 운 것 같았다. 마지막 하루를 빼고는 전부 기쁨과 안도의 눈물이었다. 흘렸던 눈물을 모두 모아두고 싶을 만큼 행복했다. 마지막 하루의 눈물은 콜러스 신드롬을 가지고 태어난 아이들을 위한 눈물이었다. 미안했다. 내가 마치 그들에게 내 몫의 불행을 전가한 것만 같았다. 조금 비겁한 행위였지만 나는 인터넷을 뒤져 콜러스 신드롬을 가졌음에도 행복하게 사는 아이들의 사례를 찾아 읽었다. 국내엔 그런 사례가 적었지만 일본엔 제법 있었다. 콜러스 신드롬을 위한 재단과 시설도 있었다. 그러고 보니 일본에 이주할 생각도 잠깐 했었지. 하지만 현아는, 다시 말하지만, 콜러스 신드롬이 아니었다.

그 대신 산후조리원에 있으면서 언젠가 일본으로 유학 갈 날을 상상했다. 콜러스 신드롬을 공부하고 연구해보고 싶었고, 일본은 그 분야에 대한 연구가 활발한 나라였다. 나는 의사가 검진을 올 때마다 콜러스 신드롬에 대해 물었다. 의사는 자기 전공이 아니라 자세한 건 모른다고 했지만 산후 정밀 검진 결과에 대한 말을 조심스럽게 남겼다.

"현아는 콜러스 신드롬 유전자를 가지고는 있어요. 발현되지 않았을 뿐이죠. 콜러스 신드롬 유전자는 선택적 우열성 유전자인데, 특별한 종류의 유전자와 짝을 이뤘을 때만 발현된다고 알고 있어요. 어떤 유전자와 짝을 이루느냐에 따라 증상이 달라지기도 하고요. 아, 이것도 어디까지나 가능성이라서, 짝을 이뤘다고 해도 항상 발현되는 건 아니에요. 아무튼…… 나중에 현아가 출산을 한다면, 이 부분을 염두에 둬야 할 거예요. 글쎄요. 20, 30년 뒤면 의술이 더 발달해서 걱정할 필요가 없을지도 모르겠지만. 혹시 둘째 계획을 갖고 있다면 미리 검사를 받아보시는 것도 좋아요. 둘 중 한 분이 유전자를 갖고 있을 가능성이 있으니까요.

뭐, 일단 지금은 아기와 산모 모두 건강하다는 것에만 집중합시다."

재호는 그러지 못했다. 현아가 태어난 뒤, 재호의 신비감은 사라졌다. 마치 모든 것을 알고 있는 듯했던 분위기가 완벽하게 소멸했다. 웃고는 있었지만 마른 웃음이었다. 현아가 처음 웃었을 때도 재호의 얼굴은 달라지지 않았다. 물론 생후 2주도 안 된 아기의 미소는 의지와는 상관없는 생리적 반응일 뿐이라는 걸 나도 재호도 알고 있었다. 하지만 우리 아기의 첫 미소였고, 우리 딸의 첫 반응이었다. 그런데도 재호는 모르는 아이의 웃음을 보듯 그 모습을 망연히 바라봤다.

재호의 달라진 태도는 내가 산후조리원을 나온 뒤에도 계속됐다. 재호는 매일 우리 집을 방문하는 육아 돌보미보다도 현아를 능숙하게 다뤘지만 어쩐지 정을 붙이지 않으려는 것처럼 보였다. 아이와 눈을 맞추려고 하지도 않았고 필요 이상의 말을 걸지도 않았다. 그리고 안절부절못했다. 나로서는 이해할 수 없었다.

"너 요즘 이상해. 왜 그래?"

내가 물었다. 물을 수밖에 없었다.

"미안해. 그냥…… 낯설어서. 익숙하지가 않아서. 현아가 내 아이라는 게 믿기지가 않고 현실감이 들지 않아. 마치 꿈을 꾸는 것 같아. 꿈에서 깨면 처음으로 돌아가버릴 것만 같아. 우리 둘만 있던 때로."

이 말은 잊을 수가 없었다. 거짓말이 아니었으니까. 그래서 정말 잊을 수 없었다. 언젠가 올가미처럼 내 가슴을 감싸고 조여들어 산산조각 내버릴 것 같았다.

9

힘들었다.

현아를 키우면서 일본어를 공부했고 콜러스 신드롬에 대한 논문을 찾아 읽었다. 내 전공이 아니었기에 많은 준비가 필요했다. 학부부터 다녀야 할까? 대학원부터 시작할 수 있을까? 현아가 낮잠을 잘 때면 한 손에는 논문을, 다른 한 손에는 빨랫감을 들고 다녔다. 논문을 읽으며 장난감과 식기를 소독하다 화상을 입기도 했다. 재호와 현아가 깨기도 전에 일어나 전날 발표된 최신 논문을 보기도 했다.

현아가 자기 손발을 쓰게 됐을 즈음, BCI 기술을 콜러스 신드롬의 증세 완화에 사용한 시범 사례를 발견했다. 나는 그 논문의 연구 책임자와 연락을 주고받았다. 일본의 어느 명문대 교수였던 그는 내가 대학원생 때 진행했던 미발표 연구를 논문으로 정리해 저널에 게재하는 것을 조건으로 자기 연구실의 내부 세미나 자료를 볼 수 있는 링크와 계정을 보내왔다. 논문을 저널에 실은 뒤 대학원 입학원서를 제출하면 자기가 힘을 써서 박사 과정에 합격시켜줄 거고 그 후 최대 2년까지 휴학을 허락하겠다고도 했다. 엄청난 기회였다.

"마음대로 해."

내 말을 들은 재호가 말했다. 전자저울보다도 더 민감한 잠든 4개월 아기를 완벽하게 침대에 눕히면서, 조금의 관심도 성의도 없이 그렇게 대꾸했다. 그때의 위화감을 어떻게 표현할 수 있을까. 그 말은 반대나 분노보다 더 무서웠다. 그제야 나는 무언가가 잘못된 건 아닐까 하는 의심을 했다.

재호가 육아에 성실하지 않았던 건 아니다. 하지만 계산적으로 보일 만큼 적당한 수준으로만 참여했다. 회식이나 출장이 잡혀 있으면 그 전 며칠 동안은 퇴근 후에 현아를 혼자서 돌봤다. 주말에도 각자 아이를 보고 각자 자유 시간을 가졌다. 그 시간에는 서로가 무슨 일을 하든지 간섭하지 않는 방식으로. 나는 공부할 시간이 생겨 내심 기쁘면서도 현아를 집에 두고 나설 때면 마음이 무거워져 조금씩 늦게 나갔고 예정보다 일찍 돌아왔다. 재호는 철저히 시간을 지켰다. 집을 나설 때도 망설임이 없었고 더 일찍 들어오는 때도 없었다. 마치 출퇴근을 하는 것 같았다.

10

5월의 어느 날, 나는 언제나처럼 현아의 기저귀를 비닐봉지에 담아 꽉 묶었다. 냄새가 빠져나가지 않도록. 그리고 아기 띠를 둘러매고 밖으로 나갔다. 신선한 공기와 바람. 쓰레기를 버리러 가는 것조차 기대되는 생활이 이어지고 있었다. 이렇게 밖으로 나와 잠시 걸으면 현아는 어느새 잠들어 있었다. 잠든 김에 카페에 가서 캐모마일 차를 마시며 논문이라도 읽을 수 있을까. 어려울 터였다. 커피 머신 돌아가는 소리, 사람들 떠드는 소리, 잔 딸깍거리는 소리에 현아가 깨버릴 테니까. 애초에 아기를 안고 뜨거운 차를 마시겠다니, 나 지금 무슨 생각을 하는 걸까. 나는 잠깐 산책만 하다가 얌전히 집에 들어가기로 했다. 평일 낮에 카페에서 커피를 마시며 논문을 읽고 쓰던 대학원생 시절을 떠올리면서, 쓰레기봉투를 내려놓았다.

우연이었다. 남편의 이름이 눈에 띈 것은. 재호. 그 이름이 적힌 우편 봉투가 쓰레기 배출장 구석에 떨어져 있었다. 나는 현아의 목이 뒤로 꺾이지 않도록 손으로 받치고 천천히 허리를 숙여 그것을 집어 들었다.

절반쯤 찢어진 봉투는 비어 있었고 보낸 사람도 알 수 없었다. 받는 사람에는 분명 남편의 이름이 적혀 있었지만 적힌 주소는 우리 집도, 회사도 아니었다. 대신 옆 동네에 있는 허름한 오피스텔의 주소가 적혀 있었다. 오피스텔을 알아보고 있다는 얘기는 들어본 적 없었는데. 뭔가 수상했지만, 왜였을까, 그때는 그저 회사와 관련된 것이겠지 하며 무감하게 넘겼다. 그저 그렇게 생각하고 싶었던 것일지도 모르겠다. 그나마 다행이었던 건 그 우편 봉투를 바지 주머니에 넣어 챙겨 왔다는 것이다. 그러지 않았다면 지금쯤 나와 현아는 어떻게 되었을까?

집으로 돌아와 손을 씻었다. 현아는 물소리에도 새근새근 잘 잤다. 나는 현아가 깨지 않도록 아기 띠를 맨 상태로 소파에 앉았다. 논문을 읽으려고 했지만 잠이 몰려왔다. 현아가 깨면 바로 젖을 물려야 해서 믹스 커피 한 모금도 마실 수 없었다. 아이를 안은 채 잠들 수는 없다며 허벅지를 꼬집었지만 눈꺼풀은 내 의지보다 무거웠다.

세상이 어두워졌다. 꿈은 꾸지 않았다.

11

"미안해."

재호가 자면서 말했다. 현아가 태어난 뒤로 재호는 언제나 깊이 잠들지 못했다. 처음엔 현아가 자주 깨기 때문이라고 생각했다. 하지만 방을 따로 써도 마찬가지였고 불면은 시간이 갈수록 더 심해졌다. 잠옷과 시트가 식은땀에 젖는 날이 많아졌고 재호의 눈빛은 매일 조금씩 더 말라갔다. 악몽을 꾸는 것 같았지만 재호는 꿈 이야기는 절대 하지 않았다. 그저 피곤해서 그런 것뿐이라며 말을 돌렸다.

"미안해……."

그리고 잠꼬대로 언제나 미안하다고 했다. 누구에게, 뭐가 미안하다는 걸까. 미안하다는 말 말고 다른 말을 한 적도 없었다. 재호가 또 한 번 같은 잠꼬대를 하면 그를 깨우겠다고 다짐했다. 알고 싶었다. 무엇이 그렇게 미안한지. 도대체 누구에게 하는 말인지.

재호가 몸을 비틀었다. 이불을 찢을 듯이 거칠게 잡아당겼다. 고개를 흔들 때마다 이마에 맺힌 식은땀이 좌우로 흘러내렸다. 이대로는 안 되겠어. 나는 그를 깨우기 위해 곧장 가슴 위에 손을 올렸다. 그러자 재호는 뜨거운 인두라도 닿은 것처럼 신음하며 내 손을 부여잡았다. 갈비뼈를 부수고 튀어나올 것 같이 격렬히 뛰는 심장이 나를 놀라게 했다.

내가 잠시 말을 잃은 사이, 재호가 입을 열었다.

"윤하야, 미안해."

내 이름은 윤하가 아니다.

나는 재호의 가슴에서 손을 뗐다.

12

　날이 갈수록 재호는 더 심하게 잠을 설쳤다. 얼굴은 야위어갔고 식은땀 때문에 언제나 감기를 달고 살았다. 하지만 잠에서 깨고 나면 여전히 아무 말도 하지 않았다. 어떤 꿈을 꿨는지도, 윤하가 누구인지도, 그리고 왜 미안한지도.

　나는 윤하를 모른다. 연인이 된 이후, 재호와 나는 거의 모든 친구와 지인을 공유했다. 나는 재호의 회사 동료들을 알았고, 재호는 내 대학원 동기들을 알았다. 그 어디에도 윤하는 없었다. 하지만 언제나 틈은 있을 수 있었다.

　재호가 출근하고 현아는 거실에서 자고 있을 때였다. 나는 죄책감을 애써 외면하며 재호의 노트북을 열었다. 컴퓨터 패스워드 정도는 알고 있었다. 이메일 패스워드는 몰랐지만 그것까지 알 필요는 없었다. 브라우저에 자동으로 로그인이 되어 있었으니까. 먼저 이메일 계정과 연동된 주소록에 '윤하'를 검색했다. 아무것도 나오지 않았다. 이메일 보관함에서도 검색했지만 역시 아무것도 나오지 않았다. '오피스텔'을 검색해봤다. 검색 결과 0건. 혹시 몰라 오피스텔 주소의 일부를 쳐봤다.

　검색 결과 51건.

　재호는 해외의 수면 유도제를 그 주소로 받고 있었다. 마지막 주문은 내가 그 우편 봉투를 발견하기 일주일 전, 첫 주문은 현아가 태어나고 일주일 뒤였다.

나는 그 오피스텔을 찾아가기로 했다.

13

아기 띠로 현아를 고정하고 외출 시 필요한 물건들을 잔뜩 담은 백팩을 뒤로 멨다. 아기 띠에 묶어둔 장난감이 대롱대롱 흔들렸다. 현아는 처음 보는 지하철 풍경이 낯선 듯 조용히 주변을 두리번거렸다. 앉을 자리가 없어서 나는 문과 좌석 사이의 틈에 몸을 기댔다.

현아가 장난감을 잡고 흔들기 시작했을 때 휴대전화가 울렸다. 메일 수신 알림이었다. 일주일 전에 투고한 논문에 대한 〈환태평양 BCI 저널〉의 답장이었다. 투고한 지 일주일 만에 결과가 나왔다는 건 결코 긍정적인 신호가 아니었다. 담당 편집자는 익명의 심사자가 보내온 의견을 간결하게 전했다.

"투고자의 논문은 흥미로운 아이디어를 보여주고 있으나 매우 급진적인 결과에 비해 그 근거의 설득력이 부족하고 선행 연구들에 대한 이해 역시 부족합니다. 따라서 저는 이 논문이 적어도 지금의 상태로는 몇 번의 수정만으로 〈환태평양 BCI 저널〉에 게재될 수 없다고 생각합니다. 상세한 코멘트는 아래 내용을 참고해주시기 바랍니다."

편집자는 심사자의 의견에 동의하며 논문을 실을 수 없다고 했다. 거절이었다.

그럴 만도 했다. 1년 동안 손을 놓고 있던 연구를 육아와 가사 사이의 좁은 틈에서 가까스로 정리해 쓴 것이었기 때문이었다. 길어야 하루에 한두 시간이었다. 추가적인 연구나 실험 따위는 꿈도 꾸지 못했다. 지도 교수의 첨삭도 있을 수 없었다. 공동 연구자들에게 의견을 묻지도 못했다. 그래서 심사자와 의견을 주고받으며 수정을 해볼 계획이었지만 막상 이렇게 문전에서 거절당하고 나니 힘이 빠졌다. 편집자가 마음을 써준 건지 그나마 코멘트라도 받은 게 다행이었다. 지적뿐이었지만.

다리에 힘이 빠져 앉고 싶었다. 나는 맞은편 핑크색 좌석에 앉은 대학생을 노려봤다.

14

오피스텔 앞에 도착했을 땐 마음을 추스른 뒤였다. 아니, 추슬렀다기보다는 마비되어 아무것도 느끼지 못했다. 육아와 병행하며 썼던 논문은 거절당했고, 남편은 수상한 여자의 이름을 울부짖으며 외국산 수면유도제를 오피스텔로 주문했고, 나는 그런 그의 비밀 아지트로 온 참이었으니까. 그나마 현아가 잠들어 있어서 다행이었다. 현아에게 감정적 반응을 해줄 마음의 여유가 없었다. 새근거리는 현아의 이마에 가볍게 입을 맞추고 나는 건물로 들어갔다.

봉투에 쓰여 있던 그 방은 복도 끝에 있었다. 나는 노크를 했다. 아무 반응도 없었다. 다시 한번. 역시 무반응. 키패드 덮개를 밀어 올리고 생일과 전화번호 따위를 조합해 짐작 가는 번호 몇 개를 눌러봤다. 실패였다.

다섯 번째 시도는 좀 더 신중해야 했다. 도어록 기종에 따라 달랐지만 다섯 번 틀리면 경고음이 울리는 것도 있었으니까. 적어도 우리 집 도어록은 그랬다. 천천히 생각했다. 재호라면 어떤 기준으로 비밀번호를 만들까. 이 수상한 방을 위해.

내가 이곳까지 오게 된 과정을 떠올렸다.

'윤하야, 미안해.'

윤하.

각 번호의 밑에 적힌 알파벳을 보며 키를 하나씩 눌렀다.

YUNHA.

98642.

열렸다.

15

나는 재호가 윤하라는 여자를 만나고 있고 둘 사이에

다툼이 있었던 건 아닐까 생각했다. 평소 수면유도제를 이용한 변태적인 관계를 갖고 있었던 건 아닐까도 추측했다. 립스틱이 묻은 화장지와 체액이 묻어 손으로 집을 수도 없는 속옷들이 바닥에 널브러져 있고, 썩은 내가 나는 콘돔이 침대 발치의 휴지통에 담겨 있는 모습을 떠올렸다. 차라리 그랬더라면, 아예 노골적인 불륜 현장을 목격했더라면 오히려 나았을까.

방은 내 상상과는 달랐다. 그곳은 실험실이었다.

침대 대신 반진동 탁자가 있었고 그 위에는 비커와 플라스크, 토치 따위로 구성된 증류장치가 있었다. 탁자 아래에는 실험용 냉장고와 전원이 연결되어 있지 않은 원심분리기도 있었다. 반대편 벽은 부착형 화이트보드로 가득 메워져 있었고 그 위에는 이해할 수 없는 메모와 화학식이 가득 적혀 있었다.

바닥에는 뜯지도 않은 택배 상자들이 방치되어 있었다. 발신인은 대부분 중소 제약 회사였다. 글씨체를 보니 내가 발견한 우편 봉투도 그중 한 회사에서 보낸 것이었다. 그 봉투에는 청구서나 물품 리스트가 있었을지도 모른다.

나는 상자 하나를 뜯었다. 5시시 용량의 주사기가 잔뜩 쏟아졌다. 다른 상자를 뜯었다. 수면유도제였다. 화이트보드와 수면유도제의 성분표를 번갈아 보다 보니 연결 고리가 하나 보였다.

콜러스 신드롬

화이트보드 좌측 상단에 적힌 화학식.

$C_6H_9N_3O_2$. 히스티딘이었다. 그리고 수면유도제에는 항히스타민제가 들어 있었다. 히스티딘은 히스타민의 원료가 되는 아미노산이고 히스타민은 알레르기 증세를 일으키는 물질이다. 항히스타민제는 히스타민 수용체를 억제해 알레르기 증세를 완화하는 약물이다. 1세대 항히스타민제는 졸음을 일으키는 부작용이 있었지만 최근에는 그런 부작용을 줄이거나 없앤 제품이 나오고 있었다. 그 부작용을 역으로 이용한 것이 수면유도제였다. 아무래도 1세대 항히스타민제를 의심 없이 구하기 위해 수면유도제를 다량으로 구입한 것 같았다.

알레르기 증세를 일으키는 아미노산과 그 증세를 완화하는 약물. 재호의 엄마는 갑각류 알레르기가 있었고 그로 인한 아나필락시스로 세상을 떠났다. 재호 역시 약한 갑각류 알레르기가 있었다. 현아가 태어나면서 자기도 언제 갑자기 죽을지 모른다는 두려움에 스스로 약을 만들기라도 하는 걸까? 현실성이 없었다.

다시 재호 엄마의 사망을 떠올렸다. 혹시 재호가 약물을 이용해 죽인 건 아닐까? 그분에게 보험이 들어져 있었던가? 연애 시절 재호는 돈이 부족해 보인 적이 없었다. 딱히 아르바이트를 하지 않았는데도.

내게는 생명보험이 가입돼 있었다. 현아에게도. 나의

아버지는 심장병이 있었고 심장마비로 돌아가셨다. 아나필락시스는 심장마비로 이어지기도 한다. 내가 갑자기 심장마비로 죽더라도 가족 병력을 아는 사람이라면 아무도 사인을 의심하지 않을 것이었다. 그리고 현아의 친할머니는 심각한 갑각류 알레르기가 있었다. 알레르기는 때로 유전된다.

나는 지금 남편의 비밀 실험실에 있고, 여기에는 상상하고 싶지 않은 일을 일으킬 수 있는 물질이 가득하다. 아무리 보험 살인이라도 이렇게 증거가 난무하는 비효율적인 방법을 쓸 필요가 있을까 하는 생각도 들었지만 효율적인 방법이야말로 가장 먼저 의심받는 지름길이기도 했다. 남편은 윤하라는 이름의 여자를 만나고 있을 가능성이 컸다. 꿈에서도 찾을 만큼 절실히 원하는 여자. 내가 아닌 여자. 방해물은 나와 현아일 터였다.

여기서 나가야 한다.

그러나 그냥 나갈 수는 없었다. 나는 현아가 깨지 않도록 후두부를 손바닥으로 감싸고 빠르게 방을 돌아다니며 사진을 찍었다. 하지만 사진만으로는 부족했다. 물성 있는 무언가가 필요했다. 내가 들고 나갈 수 있는 무게와 크기의 무엇이어야 했다. 아이를 업은 엄마가 지하철에 들고 타도 이상하지 않을 물건.

노트.

반진동 탁자 위에 놓인 노트.

밝은 분홍색 톤의 호텔이 아기자기하게 그려진 하드커버 노트.

결코 이 방에 어울리지 않는 물건이었다. 나는 노트를 집어 들어 펼쳤다. 페이지를 가득 채우고 있는 글씨는 남편의 것이 분명했다. 빠르게 훑는데 실험에 대한 내용이 눈에 띄었다.

나는 노트를 들고 방을 나왔다.

백팩에 넣으면 현아가 깰 수도 있어서 그대로 손에 들고 걸었다. 사실 가방에 넣을 필요도 없었다. 아기 엄마가 들 만한 귀여운 노트였으니까. 솔직히, 마음에 들기까지 했다.

하지만 안에 담긴 내용은 끔찍했다.

16

믿기 쉬운 이야기는 아니었다.

노트에 적힌 내용대로라면 재호는 타임리퍼였다. 좀 더 정확히 말하자면 시간을 과거로 돌릴 수 있는 사람. 누군가 내게 자기가 타임리퍼라면서 다가왔다면 나는 바로 도망쳤을 것이다. 하지만 나는 8년 동안 재호를 옆에서 지켜봤다. 그동안 느꼈던 묘한 위화감들, 이미 모든 걸 알고 있지만 모르는 척 연기하는 것 같았던 행동들. 분홍색 노트는 그 이유를 완벽하게 설명하고 있었다.

윤하는 다른 누군가가 아닌 나와 재호의 딸이었다. 하지만 나는 윤하를 낳은 적이 없었다. 적어도 지금 내가 살아가고 있는 시간 속에서는.

노트에는 나의 이름도 여러 번 언급되어 있었다. 아니, 엄밀히 말하면 지금의 나는 아니었다. 노트에 적힌 이름 '유슬'은 분명 내 이름이었지만, 그건 윤하를 낳은 유슬이었다. 앞으로의 이야기를 위해 그녀를 첫 번째 유슬이라고 하겠다.

첫 번째 유슬과 재호의 만남은 나와 재호의 만남과 같았다. 완벽하게 같았다. 첫 만남부터 연애, 졸업식 날의 청혼, 그리고 도쿄에서 나눈 사랑과 임신. 심지어 20분의 1이라는 숫자까지.

20분의 1의 확률.

유슬은 울지 않았다. 오히려 단호했다. 조금의 흔들림도 없었다. 원하지 않는다면 떠나도 좋다고 했다.

나는 고민했다. 콜러스 신드롬을 가진 아이의 부모들 이야기는 텔레비전 다큐멘터리의 단골 소재였다. 힘겹지만 희망을 품고 살아간다는 이야기. 꿈도 직업도 포기하고 자식을 위해 모든 걸 쏟아붓는 애환의 드라마. 내가 그편에 서게 될지도 모른다니.

나는 삶의 정상에 서 있었다. 유슬은 아름답고 현명한 여성이자 아내였고, 나는 일하기 좋은 분위기의 회사에 다니며 주말마다 아내와의 데이트와 적당히 즐거운 취미를 즐기고 있었다. 길에서 마주치는 밝고 건강한 아이들을 보며, 그리고 유슬의 부푸는 배를 보며, 우리가 이룰 가족의 모습을 상상했다. 흘러가는 모든 순간이 행복했고 소중했다. 다가오는 모든 순간이 희망과 기대로 가득 차 있었다.

그게 무너질지도 몰랐다.

유슬은 이미 결심했다. 나도 결심을 해야 했다.

이때 나는 어떤 선택을 해야 했을까. 다른 선택을 했다면, 여기까지 오진 않았을지도 모른다. 아니, 선택의 문제가 아니었다. 내가 모든 불행의 원인이었다. 애초에 내가 그곳에 없어야 했는지도 모르겠다.

"나는 이미 널 선택했는걸."

내게 그 말을 했을 때도 첫 번째 유슬에게 말했을 때와 같은 심정이었을까? 아마 아닐 것이다. 내게 말했을 때, 재호가 선택한 건 내가 아니었다. 재호는 스스로가 모든 불행의 원인이었다고 했다. 사실이다. 하지만 재호가 적은 불행은 이기적인 불행이었다. 그 불행을 덮기 위해 얼마나 많은 다른 불행이 생겨났는지를 생각하면 가슴이 미어진다.

나와 첫 번째 유슬은 출산에서 갈렸다. 현아와 달리 윤하는 경미한 콜러스 신드롬이었다.

유슬은 담담하게 받아들였다. 경증이라 다행이라는 말도 하지 않았다. 유슬에게 윤하의 모든 것은 그저 윤하의 일부일 뿐이었다. 거기에 다른 존재와의 비교가 들어설 곳은 없었다. 윤하가 힘겹게 실눈을 떴을 때, 유슬은 윤하의 눈을 보려는 듯 고개를 숙이며 말했다. "눈 봤어? 너무 예뻐. 홍채가 고흐 그림 같아. 〈별이 빛나는 밤〉을 담아놓은 거 같아."

윤하는 그렇게, 우리의 삶 속으로, 그리고 나의 삶 속으로 들어왔다.

이 부분을 읽자 눈물이 흘렀다. 내가 마음속에 담아두고 있던 말이었다. 콜러스 신드롬의 특징 중 하나가 독특하고 화려한 홍채였다. 현아가 태어나기 전, 나는 수많은 콜러스 신드롬 아이의 사진을 봤다. 그 사진 속에서 빛나던 눈동자들. 아이들의 밝은 눈동자는 눈부시게 아름다웠다. 그래서 나는 현아를 처음 품에 안게 되면 가장 먼저 눈동자를 보겠노라고 마음먹고 있었다. 거친 붓으로 그린 물결 같은 예쁜 홍채가 거기 있다면, 말해주고 싶었다. 그림 같다고. 진심을 담아서. 해 질 녘 장밋빛을 띤 현아의 갈색 눈동자는 아름다웠지만 그림 같지는 않았다.

하지만 윤하의 홍채에는 검푸른 소용돌이가 춤추는 밤하늘이 있었던 것 같다.

17

첫 번째 유슬이 알던 재호는 지금의 재호와는 달랐다.

재호는 윤하를 사랑했다. 출근한 날에도 휴식 시간을 모두 포기하면서까지 점심을 집에서 먹었다. 첫 번째 유슬이 괜찮으니까 오지 말라고 했는데도. 회식도 거의 참석하지 않았고 6시 정각이 되면 곧장 퇴근해 윤하를 돌봤다. 주말에도 윤하의 옆을 지켰다. 윤하가 걸음마를 시작하기 전까지는.

재호는 딸을 위해서라면 뭐든지 다 할 수 있을 거라 생각했다. 착각이었다. 재호는 그저 부모란 그런 존재라고 믿었을 뿐이었다. 어릴 적부터 드라마나 영화에서 봐온 것처럼. 아이를 만드는 것과 그 아이를 키워내는 것은 전혀 다른 문제라는 걸, 재호는 몰랐던 것 같다.

콜러스 신드롬의 증상 중 하나는 아무리 성장해도 위험을 제대로 이해하거나 인식하지 못한다는 것이다. 걷고 뛰기 시작한 콜러스 신드롬 아이는 쉽게 다치기 때문에 잠시도 눈을 뗄 수 없다. 그러면서도 호기심은 넘치기에 결코 움직임을 단속할 수도 없다. 그 작은 체구에서 나오는 지구력을 평범한 어른은 결코 감당할 수 없다.

그동안 윤하를 위해 내 시간을 쏟아부은 건 내 선택이었다.

그리고 나는 내 선택에 책임을 지려고 노력했다. 하지만 윤하의 증상은 점점 더 심해졌고, 나는 그런 무거운 현실에 짓눌리기 시작했다. 내 시간은 애초에 존재하지 않았던 것처럼 사라졌다. 책을 읽을 시간도, 사색에 잠길 여유도 없어졌다.

야근이 거의 없는 회사에 다닌다는 게 원망스럽기도 했다. 집에 가면 더 힘들었으니까. 유슬은 도대체 어떻게 견뎠던 걸까. 회사라는 도피처도 없이. 유슬은 나보다 더 글을 좋아하고 고독한 여유를 사랑했다. 윤하와 함께 있는 한 결코 얻을 수 없는 것들이었다. 유슬은 그러면서도 조금의 흔들림도 없이 생활을 이어나갔다.

나는 첫 번째 유슬을 이해할 수 있었다. 애초에 선택의 무게가 달랐으니까. 나는 모든 것을 희생하겠다는 각오를 하고 있었다. 대학원을 그만둔 것은 돌아가지 않겠다는 의지의 결과이자 상징이었다. 첫 번째 유슬도 마찬가지였겠지. 힘들지 않았을 리가 없었다. 누구처럼 말 몇 마디로 선택했다고 믿는 것과 결코 같을 수 없었다.

윤하는 어떤 아이였을까. 첫 번째 유슬이 모든 걸 포기하고 품에 안았던 아이. 첫 번째 유슬 역시 나와 같은 유슬이다. 비록 내가 낳지는 않았지만, 첫 번째 유슬은 나와 같은 몸과 마음을 가졌고 윤하는 그런 유슬의 피와 살을 이어받은 내 딸이었다. 나는 첫 번째 유슬처럼 윤하를 사랑하게 됐다. 윤하의 아름다운 눈동자도, 부드러운 살결도, 뜨거운 체온도 겪지 못했지만, 나는, 유슬은, 첫 번째 유슬은, 윤하를 사랑했다.

그리고 재호는 우리 모두를 배신했다.

18

엄마의 죽음 이후 처음으로, 나는 시간을 되돌렸다.
지금까지 해본 적 없는 만큼의 긴 시간을.
실수였다.
그때는 실수라는 걸 몰랐다.
그때는 시간을 되돌려도 다시 잡을 수 없는 게 있다는 걸 몰랐다.
윤하가 태어난 그 순간으로는 결코 돌아갈 수 없다는 걸, 그때는 몰랐다.

재호는 시간을 되돌렸다.
대학교 졸업식 날로.
그렇게 윤하는 시간과 함께 사라졌다.

19

　　재호는 나와, 유슬과, 두 번째 유슬과 헤어졌다. 아이 때문에 모든 걸 포기하기에 유슬은 너무 아름답고 건강하고 유능했으니까, 혼자서 더 많은 걸 이루고 더 행복해질 수 있었으니까, 재호는 말했다. 두 번째 유슬은 서글프게 울면서도 그의 통보를 미련 없이 받아들였다. 적어도 재호가 써놓은 바로는 그랬다.

　　나는 받아들일 수 없었다. 왜 내 행복을, 유슬의 행복을 자기가 제멋대로 정의하나. 행복에는 수많은 형태가 있고 첫 번째 유슬은 스스로 그중 하나를 선택했다. 하지만 재호는 자기 뜻만으로 그 모든 걸 지워버렸다. 두 번째 유슬에게서는 그 기회조차 앗아가버렸다. 비겁하게도 아무것도 알려주지 않은 채.

　　그러나 이건 이후에 재호가 한 일들의 전조에 불과했다.

20

　　가까운 미래의 경기 흐름을 이미 알고 있었기에 재호는 여기저기에 투자를 거듭하며 부족하지 않을 만큼의 재산을 쌓을 수 있었다. 본인의 행동에서 비롯된 나비효과가 눈에 보이기 시작했을 즈음부터는 조용히 살았다. 문화생활을 즐기고 창작 활동을 하며 여유를 즐겼다. 연애는 했지만 결혼은 하지 않았다. 이상적인 싱글 라이프였다.

마을 서점에서 한 여자아이를 만나기 전까지는.

"아빠, 집에 가자아아아."

키가 내 허리까지밖에 오지 않는 조그만 여자아이가 내 다리를 붙잡고 매달렸다. 모르는 아이였다. 나는 당혹스러운 얼굴로 아이를 내려다봤다. 그리고 심장이 미친 듯이 뛰기 시작했다.

그 아이의 눈 속에서 고흐의 〈별이 빛나는 밤〉을 봤다. 거친 붓끝을 따라 물결치는 밤하늘과 반짝이는 별빛들. 윤하와 같은 눈이었다. 성장한 윤하가 아빠라고 부르며 나를 올려다보고 있었다. 그럴 리가.

뒤에서 아이를 부르는 목소리가 들렸다.

윤하야, 이리 와. 그러면 안 돼.

똑똑히 들렸다. 아이를 윤하라고 부르는 여자의 목소리가. 나는 고개를 돌려 그쪽을 봤다. 식은땀이 눈으로 흘러들어가 제대로 볼 수 없었지만 유슬을 닮은 여자가 다가오고 있었다.

"미안해요. 애 아빠가 비슷한 옷을 입고 있어서 착각했나 봐요. 유나야, 이리 오라니까. 아빠 아니야. 아저씨 놀라셨잖아."

여자가 '유나'를 안아 올리면서 말했다. 여자는 머리 모양과 키가 유슬과 비슷했지만 유슬이 아니었다. 아이는 윤하와 같은 눈동자를 하고 있었지만 윤하가 아니었다. 아이는 엄마의 얼굴과 내 얼굴을 몇 번 번갈아 보더니 나를 발끝부터 머리끝까지 살폈다. 그러고는 엄마를 보며 물었다.

"아빠 아니야? 아빠는 어디 갔어?"

"아빠 화장실 갔잖아. 입구까지 같이 가놓고는. 아저씨한테 사과해야지."

"죄송합니다."

아이가 고개를 까딱하며 말했다. 보석이 박힌 군청색 눈동자를 반득거리며.

나는 어색하게 웃으며 괜찮다고 했다. 아마도 그랬을 것이다. 내 목소리가 내 귀엔 들리지 않았기에 확신할 수는 없다. 그 순간 내 머릿속을 맴돌던 것은 커다란 파열음뿐이었다. 꽁꽁 얼어붙어 있던 호수가 갈라지는 소리. 깨진 얼음 조각이 보이지 않는 바닥을 향해 하염없이 가라앉았다.

조각은 다시 떠오르지 않았다.

내가 무슨 짓을 한 건가. 커다란 눈동자를 반짝이며 내 허리 위로 엉덩이를 폭삭 내려놓고, 내 다리에 매달리고, 아침마다 달려와 내 품에 안기던 윤하에게.

나는 윤하의 삶을 지웠다.

뛰는 심장과 뜨거운 피부와 커다란 웃음소리를 가지고 이 세상을 살아가고 있던, 조금만 더 있으면 저기 저 아이처럼 산책 나와 엄마에게 안기고 아빠에게 매달렸을 윤하를 존재한 적조차 없는 존재로 만들었다.

콜러스 신드롬

그저 내가 힘들다는 이유로. 이 말하기도 부끄러울 만큼 하찮은 이유로.

아니, 재호 너는 이런 감정을 느낄 자격이 없어. 네가 쓴 이 글이 진심이었다면 넌 차라리 너와 결혼한 나도 없고 우리 사이에 아이도 없었던 그 삶을 그냥 그대로 살았어야 해. 하지만 넌 그러지 않았지. 더 심한 짓을 저질렀지.

재호는 다시 졸업식 날로 시간을 되돌렸다. 그리고 세 번째 유슬에게 청혼을 했고, 결혼을 했고, 사랑을 나누고, 아이를 낳았다.

아들이었다. 윤하가 아니었다.

재호는 네 번째 유슬에게 청혼을 했고, 결혼을 했고, 사랑을 나누고, 아이를 낳았다.

중증의 콜러스 신드롬이었다. 윤하가 아니었다.

재호는 다섯 번째 유슬에게 청혼을 했고, 결혼을 했고, 사랑을 나누고, 아이를 낳았다.

건강한 딸이었다. 콜러스 신드롬 유전자는 갖고 있었지만 발현되진 않았다. 이 역시…… 윤하가 아니었다.

　재호는 여섯 번째 유슬에게 청혼을 했고, 결혼을 했고, 사랑을 나누고, 아이를 낳았다. 일곱 번째, 여덟 번째, 아홉 번째, 열 번째. 이후로도 수많은 유슬이 임신을 했고, 수많은 아이가 태어났다. 아이가 콜러스 신드롬일 가능성을 전해 들을 때마다, 모든 유슬은 대학원을 그만뒀다. 아이 이름은 전부 현아였고 유슬과 현아 모두 그들이 존재하지 않았던 시간 속으로 번번이 사라졌다.

　내가 달라지고 있다는 걸 느낀다. 시간을 되돌리고 나면 머리가 깨질 것처럼 아프고 터진 수도꼭지처럼 코피가 쏟아졌다. 하지만 그럴수록 머릿속이 깨끗해졌다. 정신을 차리고 나면, 내가 그동안 했던 행동 하나하나가 선명하게 떠올랐다. 그리고 처음으로 돌아올 때마다 기억나는 모든 것을 기록한다. 내가 앞으로 해야 할 것들이다. 실패가 거듭되고 시간을 돌리는 횟수가 누적될수록 목표에 더욱 몰두하게 된다. 다른 중요하지 않은 것들은 뿌옇게 흐려져 나를 방해할 수 없다.
　윤하를 다시 품에 안을 날을 위해, 나는 무엇이든 할 수 있다.

　재호는 미쳐가고 있었다. 타임리프를 거듭할 때마다 그는 더 강박적으로 변해갔다. 첫 번째 유슬과 있었던 일을 최대한 정확하게 재현하기 위해. 심지어 혼자 있을 때의 행동까지 제어했다. 어떻게 그 모든 걸 기억하고 재현할 수 있었을까? 재호의 뇌에 무슨 일이 일어나고 있던 걸까? 만일 그랬다면 타임리프 때문일까? 아마도. 시간을 되돌릴 때마다 모든 걸 더 생생히 기억하게 됐을 테고, 그때마다 이 노트를 처음부터 다시 썼겠지.

이 부분을 빼고.

열일곱 번째 유슬.

나였다.

열여섯 번째 아이.

나의 현아였다.

이번만큼 똑같았던 적은 없었다. 심지어 20분의 1이라는 확률마저 똑같았다. 하지만 윤하가 아니었다. 어디가 부족했을까. 그날 밤, 사정의 타이밍이 조금 늦었던 것도 같다. 그래, 아마 그것 때문이겠다. 모든 걸 그대로 두고, 그것만 조금 앞당기자.

어째서지? 시간을 되돌릴 수가 없다. 머리가 폭발할 것 같은 두통만 남고, 시간은 그대로다. 내일 다시 시도해보자.

역시 안 된다. 이번엔 코피가 쏟아졌다.

게 껍데기 가루를 삼키니 이틀 정도는 돌아갈 수 있었다. 그러나 그게 한계다. 그리고 미칠 것 같은 두통은 여전히 남는다. 이걸 수백 번 반복해서 몇 년 전으로 돌아가는 건 현실적이지 못하다.

게 껍데기 가루라니, 웃기고 한심했다.

더 이상 먼 시간으로 돌아갈 수 없게 된 걸까? 설마 진짜 이런 일이 일어난 걸까? 안 된다. 회복하기에는 시간이 너무 많이 걸린다. 너무 늦으면 안 된다. 그랬다가는……

현아마저 잊을 수 없게 되겠지.

재호는 태어난 아이가 윤하와 다르다는 걸 알게 되면 바로 그다음 날 시간을 되돌렸다. 윤하만큼 사랑하게 되면 안 되니까. 하지만 현아가 태어났을 때는 어떤 이유에선지 그러지 못했다. 그래서 항상 불안했던 것이다. 현아와 함께하는 시간이 길어질수록, 그 길이가 윤하와 함께했던 시간에 가까워질수록 망설임은 심해질 테니까. 윤하를 만나기 위해서는 현아와의 시간을 최대한 줄여야 했다.

비겁했다.

열네 명의 '현아'가 시간과 함께 사라졌다. 존재한 적 없는 존재가 되었다. 나와 현아가 아직 남아 있는 것은 그저 운이었다. 그마저도 재호는 현아가 아직 윤하보다 가벼운 존재일 때 버리려고 하고 있었다.

현아가 태어나고 고작 일주일밖에 지나지 않았을 때부터, 재호는 우리의 시간을 잘라 버릴 준비를 다시 시작했던 거였다.

21

능력의 촉매제는 알레르기다. 나는 가벼운 갑각류 알레르기가 있고, 알레르기 증상이 발현될 때면 시간이 조금씩 되돌아간다. 고등학교 시절, 나는 시험을 볼 때마다 주머니 속에 게 껍데기 가루가 담긴 병을 챙겼다. 시험이 시작되고 5분 동안 미처 외우지 못한 내용이 있는지 살핀 다음 몰래 가루를 삼켰다. 잠시 고통스러운 발작이 이어진 후, 정신을 차리면 시험이 시작되기 전으로 돌아가 있었다. 좋아하는 여학생에게 고백했다가 차였을 때도, 제비뽑기에 실패했을 때도, 처음 간 식당에서 메뉴 선택을 잘못했을 때도 나는 게 껍데기 가루를 삼켰다.

엄마는 내 능력을 오래전부터 알고 있었다. 외할아버지가 나와 같은 능력을 갖고 있었고 그걸 오랫동안 지켜봤기에 내 행동들이 풍기던 작은 특이점들을 놓치지 않았던 것이다. 엄마는 내게 그 능력을 쓰지 말라고 했다. 위험하다고. 외할아버지가 미쳐버린 이유도 바로 그 능력 때문이었다고.

외할아버지는 나이가 들면서 심각한 강박증과 편집증에 시달리게 됐고, 내가 중학교에 입학했을 때에는 이미 정신병원에 입원해 있었다. 수십 년 전에는 한 달 치 아침 식사 메뉴를 외우고 있을 만큼 엄청난 기억력을 자랑했지만 그 기억력이 오히려 문제였다. 잊고 싶어도 잊지를 못하니 언제부턴가 당신이 다른 사람인 양 행동하기 시작했다. 그렇게 다른 사람을 연기하고 있을 때 그는 그저 박학다식한 평범한 노인에 지나지 않았다. 엄마가 오랫동안 알레르기 관리를 돕고 있었고, 병원에도 따로 부탁해두었던 덕분에 그도 더 이상 시간을 되돌리지는 못했다. 애초에 몸이 너무 쇠약했기에 더 시도했다가는 죽을 수도 있었다.

외할아버지 역시 내 능력을 눈치챘다. 그리고 내가 대학에 합격한 날, 낡은 포장지로 감싼 선물을 건넸다.

젊은 시절 제약 회사에서 연구원으로 일했던 당신의 연구 노트였다.

외할아버지는 몸소 실험했던 기록을 그 노트에 남겼고, 나는 그걸 통해 능력을 조절하는 방법을 배웠다. 몇 분, 몇 시간이 아니라 몇 년을 되돌리기 위해서는 조금 위험한 방법을 써야 했다. 아니, 조금이 아니었다. 정말 위험했다. 그렇기에 그 방법을 쓴 건 윤하를 잃었을 때와 윤하를 되찾기로 마음먹었을 때뿐이었다.

넌 윤하를 잃은 게 아냐. 버린 거지.

방법은 아나필락시스, 그러니까 과민성 쇼크를 일으키는 것. 평소에 쓰던 게 껍데기 가루는 어디서나 구할 수 있는 흔한 게로 만든 거였지만, 과민성 쇼크를 일으키기 위해선 마블가재를 사용해야 했다. 가재를 한 마리 먹고 나면 평소처럼 알레르기가 올라오지만 곧 진정된다. 한 시간 정도 후에 또 다른 마블가재를 통째로 갈아서 식염수에 탄 뒤 혈관에 주사하면 가재를 먹었을 때 생긴 항체들이 미친 듯이 반응하면서 과도하게 분비된 히스타민이 전신에 퍼지고 쇼크가 온다.

파노라마를 본다. 시간이 역행하며 눈앞을 스쳐 지나간다. 그야말로 죽어가는 과정이다. 더 먼 과거가 보일수록 의식도 그만큼 더 옅어진다. 그러다 원하는 과거의 장면이 보이면 입안에 미리 넣어둔 항히스타민제를 깨물어 삼킨다. 고통스러운 순간이 지나가고 정신을 차리면 약을 삼킨 그 장면의 시점으로 돌아와 있다.

할아버지의 실험 노트 뒷부분은 화학식으로 가득했다. 특히 뒷부분은 앞부분과 뚜렷이 구분될 만큼 누런 손때가 잔뜩 묻어 있었다.

첫 구절은 "시간 회귀 능력의 약물적 회복에 대해"였다.

처음 읽었을 때는 그 의미를 몰랐다.

하지만 지금은 안다. 할아버지도 능력을 잃은 경험이 있었던 것이다.

할아버지가 여러 시행착오 끝에 알아낸 방법은 히스타민의 원재료인 히스티딘을 몸에 대량으로 투여한 다음 고농도의 알레르기 항원을 이어서 투여하는 것. 시간을 되돌리는 능력은 알레르기 반응 자체가 아니라 몸속에서 히스티딘이 히스타민으로 바뀌는 과정의 결과이기 때문이다. 꾸물거리다가는 히스타민 농도가 최대치에 이르기 전에 아나필락시스로 먼저 죽어버릴 수도 있기 때문에, 반응을 최대한 빨리 이끌어내서 신속하게 다음 절차를 시작해야 했다. 이때 자신이 원하는 정확한 시점으로 돌아가기 위해서는 히스티딘과 히스타민의 비율이 중요했다. 그래서 그 균형을 맞추기 위한 항히스타민제도 대량으로 필요했다. 그러나 신체마다 반응 양상이 달라 나는 내게 맞는 용량을 스스로 찾아야 했다.

나는 오피스텔의 실험실을 떠올렸다.

그곳은 불륜을 위한 곳도, 보험 살인을 위한 곳도 아니었다.

그보다 더한 것을 위한 곳이었다.

3월 13일, 첫 번째 시도.

실패.

히스티딘 농도를 높이는 것만으로는 부족한 걸까. 몸의 면역반응을 더 극적으로 끌어올릴 방법을 찾아야 한다.

오늘은 3월 14일이다.

나와 현아는 어제 사라질 뻔했다. 삶이 통째로 지워질 뻔했다. 나는 노트를 덮었다.

22

엄마에게 연락해 며칠만 현아를 맡아달라고 했다. 엄마는 남자 친구의 차를 직접 몰아서 두 시간 만에 집 앞으로 찾아왔다. 몸에 밴 기억은 지워지지 않는지 현아를 안는 엄마의 동작은 자연스럽고 우아하기 그지없었다. 현아의 옷가지와 기저귀, 아이스박스에 담은 얼린 모유 따위를 차에 실으면서 나는 나중에 설명할 테니 자세한 건 묻지 말아달라고 부탁했다.

"물을 생각도 없어. 나중에 설명 안 해도 돼. 내 인생 살기도 바빠. 요즘 한수 그 늙은이가 사격에 빠져가지곤 맨날 총 얘기만 해서 지겨워 죽겠어. 이러다 총 밀수라도 하진 않을까 걱정이야. 그럴 만한 사람이니까. 너도 알잖니? 걸리기만 해봐. 바로 경찰에 신고하고 딴 남자 찾으러 갈 거야. 아무튼. 뭘 하든, 네 몸만 제대로 챙겨. 문제 생겨도 내가 해줄 수 있는 건 현아 봐주는 거밖에 없으니까. 현아가 얼마나 예쁜데 나한텐 오히려 선물이지. 그이도 현아 좋아하니까 우리 걱정은 하지 말고. 힘든 일은 다 그 사람한테 시킬 거니까 내 걱정도 말고. 현아가 우릴 좀 더 좋아해주면 좋겠다만, 그건 더 노력해봐야지."

엄마의 이런 적당한 무관심 덕에 내가 있을 수 있었다는 걸 다시 한번 확인하며 포옹이라도 하려고 했지만 엄마는 고개를 저으며 거절했다. 현아가 깨면 안 된다고, 깨기 전에 출발하겠다며 내 얼굴만 한번 어루만지고는 별다른 인사말도 없이 떠났다.

혼자가 된 나는 다시 오피스텔로 향했다. 그 방에 있던 모든 액체와 가루를, 흘러내리고 퍼져 나가는 모든 것을 싱크대와 화장실에 버렸다. 반진동 탁자는 너무 무거워서 그대로 둘 수밖에 없었다. 그리고 방을 나오면서 비밀번호를 바꿨다.

23

"내가 그 이야기를 믿고 믿지 않고는 중요하지 않아. 너한테 내 도움이 필요하다는 거, 그거면 충분해."

혜인이 휴대전화 화면 너머에서 말했다. 영상통화를 걸었을 때, 혜인은 해안가 카페에서 논문을 읽고 있었다. 노트에 담긴 내용을 얘기했을 때, 잠시 말을 잃기는 했지만 혜인은 나를 의심하지 않았다. 부탁이 있다는 내 말에도 망설임 없이 들어주겠다고 얘기했다. 듣고 나서 결정하겠다는 말도 하지 않았다.

"지금 당장 하네다로 출발하면 오늘 저녁엔 도착할 수 있을 거 같아. 기다릴 수 있겠어?"

"응. 고마워. 근데 정말 괜찮겠어? 잘못되면……."

"넌 나 때문에 범죄자 될 뻔했잖아. 그때 중국 갈 때 난 무서워 죽을 거 같았는데 네가 무슨 애인처럼 내 손 꼭 잡아줬고. 그때 너 없었으면 난 지금쯤 애 둘쯤 품에 안고 내셔널 지오그래픽 채널에서 틀어주는 고양이 다큐나 보면서 대리만족하는 주부가 되어 있었을 거야. 나한텐 그거보다 더 잘못되는 수는 없어."

나는 살짝 소리 내 웃었다. 실제로 지난주에 가축화된 길고양이에 대한 특집 다큐멘터리가 방영된 터였다. 현아는 텔레비전 속 고양이가 담벼락 위로 뛰어오를 때마다 손뼉을 쳤지. 혜인은 잠시 분위기를 읽는 듯하더니 크게 웃으며 말했다.

"아, 그렇다고 그런 생활 자체가 문제라는 건 아니고. 내가 바라는 삶은 아니라는 거지. 아니, 괜한 얘기는 그만

하자. 내가 하고 싶은 말은, 내가 지금 여기 있을 수 있는 건, 내가 원하던 일을 할 수 있었던 건, 그때 네가 내게 이 길을 선택할 용기를 줬기 때문이라는 거야."

들고 있자니 조금 쑥스러워졌다. 그게 그렇게 큰일이었다니.

"내 걱정은 하지 마. 자기 선택에 대한 책임은 질 수 있는 사람이니까. 너처럼."

"고마워."

"그럼 도착하자마자 연락할게."

나는 영상통화를 마치고 연락처 목록을 훑었다. 한 사람이 더 필요했다. 이름을 누르자 신호음이 들려왔다. 딸깍 소리와 함께 익숙한 남자의 목소리가 들렸다.

"여보세요."

"수하야."

"네, 선배. 잘 지냈어요?"

수하는 내 목소리를 금방 알아챘다.

"도움을 좀 줬으면 해. 조금 길지만, 할 얘기가 있어."

"혹시……."

수하가 말을 줄였다. 뭔가를 잠시 생각하는 듯했다.

"혹시 남편분과 관련된 건가요?"

이번엔 내가 말을 잃었다. 무언가를 알고 있다는 뉘앙스였다. 단순한 부부 문제로 넘겨짚고 있는지도 몰랐다. 관심 있는 이성에게 연인 간, 부부간 문제가 있기를 은연중에 바라는 건 흔한 일이니까. 수하가 내게 이성적 호감을 품고 있었다는 건 오래전부터 알고 있었다. 그런 묘한 기대감이 섞인 추측이겠지. 그저 그렇게 생각했다.

"그리고 시간과 관련된."

그러나 수하는 정확히 알고 있었다. 나는 놀란 나머지 곧장 답할 말이 떠오르지 않았다.

"대답이 없네요. 언젠가 이런 날이 올지도 모른다고 생각했어요. 만나서 얘기해요. 아마 빠를수록 좋겠죠. 또 리셋되기 전에."

24

나와 수하는 재호의 오피스텔 근처에 있는 스산한 골목에서 만났다. 온갖 욕구를 자극하는 휘황찬란한 네온사인이 뿜어낸 빛이 벽과 벽 사이에서 흘러내렸다. 알록달록해진 건물 벽을 담배 연기가 비틀거리며 타고 올랐다.

"BCI 학회 때 기억나요? 선배가 선행 발표 하시기 전에 병원에서 온 전화 받으셨잖아요."

수하가 담뱃재를 털며 말했다. 그날 수하는 내 연구 내용을 완벽하게 설명했고 질의응답에서도 질문자들이 고개를 끄덕일 정도로 만족스러운 대답을 했다.

"기억해. 지금도 고마워. 그게 내 이름을 걸고 한 마지막 연구 활동이었는데 덕분에 나도 안심하고 그만둘 수 있었어. 내가 사라져도 너 같은 후배가 있다면 연구는 얼마든지 이어질 테니까."

거짓말. 내가 그만둬도 나를 대체할 사람은 얼마든지 있다는 자괴감만 느꼈을 뿐이었다. 수하는 내 생각을 읽은 듯했지만, 그게 중요한 게 아니라는 듯 벽에 담배를 급히 비벼 끄고는 말을 이어갔다.

"궁금하지 않아요? 제가 어떻게 선배 연구를 그렇게 자세히 알고 있었는지."

"네가 날 좋아했잖아."

한껏 진지해져 있던 수하의 얼굴이 한순간에 당혹감으로 벌게졌다. 그는 담배 연기를 잘못 마신 듯 콜록거리며 고개를 돌렸다.

"아니, 그게, 그렇긴 한데, 그게 다라고 생각해요?"

"알아. 그게 다가 아니란 거. 그냥 확인해보고 싶었을 뿐이야. 계속 짐작만 하고 있었거든. 사실이었구나."

수하는 나를 살짝 흘겨보고는 목과 자세를 가다듬었다. 얼굴은 여전히 살짝 달아올라 있었다. 네온사인 때문에 그래 보였는지도 몰랐다.

수하가 다시 입을 열었다.

"전 선배의 연구를 세 번 지켜봤어요. 대학원 입학한 직후부터 BCI 학회 때까지의 모든 과정을. 선배 대신 발표를 한 것도 세 번이었어요. 처음 발표는 서툴렀지만, 두 번째는 괜찮았죠. 그리고 세 번째 발표 때는 선배만큼이나 내용을 잘 이해하고 있었다고 생각해요."

"그럼 너도, 혹시 내 남편처럼······."

"아뇨. 그건 아니에요."

수하는 내가 무슨 말을 할지 안다는 듯 고개를 저었다.

"선배 남편은, 아마도······ 타임리퍼 같은 거겠죠. 전 아니에요. 전 그저 거기에 휘말렸을 뿐이에요."

머릿속이 조금 혼란스러워졌다. 휘말렸다는 건 무슨 의미일까. 수하는 숨을 크게 한번 내쉬고 말을 이었다.

"원래 전, 그러니까 시간이 되돌아가기 전엔, 대학원을 졸업하고 미국에서 포닥을 하다가 귀국해서······ 또 포닥을 하고 있었어요. 그것도 두 번 연속. 30대 중반에 접어든 때여서 더 불안했어요. 세 번째 포닥을 할 땐 우리 연구실, 그러니까 선배가 있던 연구실로 다시 돌아왔죠. 지도 교수, 성격 고약하고 차별이 심하긴 했지만, 거기가 실적 쌓기 좋은 곳이긴 했잖아요."

"그랬지."

"막상 돌아오니까······ 선배 생각이 났어요. 선배가 만들어뒀던 실험 매뉴얼이나 퀵 룩 테이블 같은 것도 그대로 남아 있었거든요. 그래서 찾아갔어요."

"날?"

나도 모르게 인상을 조금 찌푸렸다.

"네. 알아요. 기분 나쁠 수 있다는 거. 아니, 불쾌하다는 거."

"그래, 그건 좀 그렇다. 스토커같이."

"저도 택시에서 내리고 나서야 이건 좀 아니다, 라는 생각이 들어서 다시 돌아섰어요. 몇 년 동안 발버둥 치면서 살았는데도 다시 원점이니 좀 과거 지향적인 인간이 되었나 보다, 그렇게 생각했죠. 곧바로 돌아가려는데 갑자기 정신이 아득해졌어요. 그리고……."

수하는 꺼버린 담배가 아쉽다는 듯 손가락을 공중에서 이리저리 휘저었다. 나는 내가 물고 있던 담배를 건넸다. 잠시 머뭇거리던 수하는 내 손가락에서 담배를 빼가 한껏 빨아들이더니 연기를 길게 내뿜었다. 하얀 연기는 네온사인의 깜빡거림에 맞춰 화려한 구름이 되어 사라졌다.

"정신을 차리고 보니까 전 고등학생이 되어 있었어요. 처음에는 꿈인가 했죠. 하지만 서서히 꿈이 아니란 걸 알았어요. 통증, 기억, 그 모든 게 경험했던 그대로였으니까. 과거로 돌아간 거예요. 주변 사람들은 아무것도 몰랐어요. 저만 그 상황을 알고 있었죠."

수하가 말을 멈춘 건 아주 짧은 순간이었지만 내 속에서는 셀 수 없는 수많은 감정이 교차했다. 아니, 셀 수 있었다. 지금까지 거쳐온 열여섯 명의 유슬의 감정이 한데 겹쳐졌다. 세세히 인지하지 못할 뿐이었다. 모두 나였고 모두 같은 유슬이었다. 수하의 말이 맞다면 적어도 수하는 세 명의 유슬과 현아가 살았던 시간의 기억을 갖고 있을 터였다. 시간이 되돌아갈 때마다 재호를 제외한 모두가 사라진 게 아니었다. 그들은 분명히 존재했다. 윤하도, 열네 명의 현아도 누군가의 의식 속에 살아 있었다. 시간이 되돌아간다고 한들, 그 사실만큼은 변하지 않았다. 지금 눈앞에서 이야기하고 있는 수하의 기억이 그걸 증명했다.

"그다음 삶에서 전 대학을 그만뒀어요. 제가 연구로 먹고살 수 있는 사람이 아니란 걸 안 상태니까요. 대신 투자를 했어요. 어느 시장이 크게 성장할지 알고 있었어서 적당히 돈을 벌었고 알아서 굴러가는 사업체를 하나 만들어두고는 편하게 살았죠. 결혼도 했어요. 동갑이었는데 선배와 닮은 여자였어요. 아, 알아요. 이것도 좀 기분 나쁠 수 있다는 거. 얼굴만 닮았을 뿐이고 다른 사람이에요. 아이도 낳았어요. 그리고 그 아이가……."

수하는 다시 담배를 입에 물었다. 하지만 곧 입에서 떨어뜨렸다.

"유나는 경증 콜러스 신드롬이었어요."

유나. 재호의 노트에서 봤던 이름이었다.

"확인해보니 저한테 콜러스 신드롬 유전자가 있더라고

요. 증상이 없어서 몰랐지만. 유나는 건강했어요. 돈은 충분했으니 저도 아내도 딱히 일을 할 필요가 없어서 옆에 끼고 키웠죠. 잘 컸어요. 고집은 좀 셌지만 성격도 좋고 노래하는 걸 좋아했죠. 게다가 눈이 참 예뻤어요. 그림 같았어요. 그, 뭐죠? 고흐의 그림 중에 밤하늘을 그린 거 있잖아요? 그거 같았어요. 아마 직접 보지 않고는 모를 거예요."

수하의 목소리가 가늘어졌다. 목이 멨다는 걸 알 수 있었다. 눈물은 없었지만 마음속으로 울고 있는 것 같았다.

유나. 윤하와 같은 눈동자를 갖고 있던 아이.

나는 수하의 손을 잡았다. 수하가 다시 말했다.

"유나가 초등학교에 입학하기 전이었어요. 가족 나들이로 시내에 나갔다가 서점에 들렀었죠. 책을 사고 잠시 화장실에 다녀왔는데 유나가 다른 사람을 저로 착각했다더라고요. 비슷한 옷을 입은 사람이 있었나 보다 하며 서점 밖으로 나왔는데…….

남자 하나가 서점 앞 길바닥에 쓰러져서 발작을 일으키고 있었어요. 아내가 말하더군요. 아까 유나가 아빠로 착각했던 사람이라고. 전 일단 도와야겠다며 그 사람 몸을 일으켰어요. 얼굴을 보니…… 아는 얼굴이더군요. 선배의 남편이었어요. 물론 그…… 그 시점에는 아니었지만. 혀가 말려들어가서 질식이라도 할까 봐 입을 벌렸는데 어금니 사이에 뭔가가 끼여 있었어요. 커다란 캡슐 같은 거였죠. 그러다 그 사람 턱에 힘이 들어가고 어금니가 그 캡슐을 깨물었을 때, 전 익숙한 아득함을 느꼈어요. 그리고 의식을 잃었죠. 정신을 차렸을 땐 또다시 고등학생 시절로 돌아가 있었고요.

타임리프를 처음 경험했을 때 전 선배 집 근처에 있었어요. 다시 경험했을 땐 선배 남편 옆에 있었죠. 그때 의심했죠. 선배의 남편이 시간을 되돌리고 있는 건 아닐까."

수하와 나 둘 다 잠시 아무 말도 하지 않았다. 수하는 내게 담배를 돌려줬다. 나는 이미 짧아져버린 담배를 들고 수하를 바라봤다.

"삶이 다시 시작됐을 땐 맨 처음의 삶과 똑같이 살았어요. 또 언제 다시 리셋되어버릴지 모르는데 가족을 만들 수는 없잖아요. 영문도 모르는 채 가족이 사라져버리는 건…… 견디기 힘들었어요. 아내였던 사람을 찾아가고 싶을 때마다 쥐고 있던 펜으로 허벅지를 사정없이 찌르기도 했죠. 지금도 허벅지를 보면 흉이 가득해요. 보고 싶어도 참아야 했어요. 게다가 아내를 똑 닮기도 했었으니까. 우리 아이는……"

수하의 입술이 잠깐 오므라들었다가 떨리는 것이 보였다. '유나'라는 이름을 뱉으려다가 억지로 삼키는 것 같았다. 나는 한 명의 윤하와 열네 명의 현아를 잃었지만, 그들 중 누구도 기억하지 못했다. 하지만 수하는 단 한 명의 유나를 잃었고 그 아이를 선명하게 기억하고 있었다. 나는 기억하지 못하는 별빛 눈동자를 수하는 기억하고 있었다. 몇 명을 잃었는지는 중요하지 않았다. 수하에게 위로를 건네고 싶었지만, 좀처럼 말이 나오지 않았다. 그러는 사이 수하가 말을 더 이어나갔다.

"확증이 필요했어요. 선배의 남편이 타임리퍼라는 증거요. 대학원에 입학해 선배를 지켜보면서 선배 남편을 관찰했어요. 선배가 출산을 한 날에도요. 왠지 그날이 의심스러웠거든요. 선배 남편은⋯⋯ 유나를 본 직후에 시간을 되돌렸어요. 그래서 아이와 관련이 있을 것 같았죠. 그리고 예상이 맞았어요. 선배가 출산한 다음 날, 병원 건너편 카페에 있었는데 잊을 수 없는 아득함이 또 느껴졌어요. 여기서 의식을 잃고 깨어나면 또다시 고등학생이 되어 있을까."

수하가 내 눈을 바라보며 힘주어 말했다.

"되어 있었죠. 그래서 모든 걸 다시 반복했어요. 대신 이번엔 출산일에 병원 근처에 가지 않았어요. 그랬더니 시간이 돌아가지 않았고⋯⋯⋯⋯ 여기까지 온 거죠. 그때 병원 근처에 있었다면 또 시간이 되돌아갔을까, 시간이 되돌아갔는데 그저 인지하지 못한 걸까, 그건 모르겠어요. 분명한 건 선배 남편이 시간을 되돌리고 있다는 거고 그때 물리적으로 가까이에 있다면 그동안의 삶을 잃고 기억만 유지한 채 한순간에 과거로 되돌아간다는 거죠. 이제 어떻게 할까 고민하고 있던 와중에 선배에게서 연락이 왔죠."

수하는 지금이 세 번째라고 생각하고 있다. 하지만 재호의 노트에 의하면 열일곱 번째다. 아마도 재호와 가까이 있을 때가 아니면 수하도 시간이 되돌아간 걸 인지하지 못하는 것 같았다. 나처럼 아무것도 기억하지 못하고 그저 처음으로 돌아가 같은 행동을 반복할 뿐이다. 그렇다고 재호 근처에 있는 모든 이가 수하처럼 타임리프를 눈치채는 것도 아닐 터였다. 그것은 분명히 수하만의 능력이었다.

"제 얘기는 여기까지예요. 선배는 지금 무슨 생각을 하고 있죠?"

"네 도움이 필요해."

"그건 알아요."

물론 알겠지. 하지만 그 원리가 무엇이든 수하가 타임루프 속에서도 기억을 유지할 수 있다는 걸 알게 된 이상 수하에게 새로운 임무를 부여해야 했다. 일종의 보험으로.

"재호가 오피스텔에 돌아오자마자 가까이 가서 그때부터 절대 재호에게서 떨어지지 마. 지금은 시간을 몇 년까지 되돌리진 못하고 있지만 짧은 시간은 여전히 되돌릴 수 있을 거야. 네가 재호 옆에 있다면 시간이 되돌아가더라도 알 수 있잖아."

이후의 계획을 이야기하자 수하는 조금 놀란 표정을 지었지만 이내 고개를 끄덕였다.

25

저녁 7시에 재호에게서 전화가 왔다. 나는 최대한 태연하게 전화를 받았다.

"왔었구나."

"노트, 읽었어. 지금 내가 가지고 있고."

"알아."

나는 아무 말도 하지 않았다.

"어떻게 찾았어?"

다시 침묵.

"거기 써놓은 거, 전부 믿어? 내가 시간을 되돌린다는 거. 그런 게 가능하다고 생각해?"

잠시 뜸을 들이던 나는 입을 열었다.

"난 이게 그저 재호, 네가 쓴 소설이었으면 좋겠어."

이번엔 재호가 아무 말도 하지 않았다.

"하지만 그게 아니란 걸 알아. 적어도 이걸 쓸 때의 넌 진심이었겠지. 난 널 아니까. 아니, 안다고 생각했……."

말이 나오지 않았다. 재호를 안다고 생각했지만 그게 아니었다. 이제 아무것도 아는 게 없다. 재호가 노트를 진심으로 썼을 거라는 확신마저 옅어졌다. 나는 재호를 모르니까.

"넌 나를 알아. 이해는 못 했겠지만 느끼고는 있었을 거야. 나도 뭔가 다르다는 걸 느꼈으니까."

"내가 달랐다고? 누구와? 첫 번째 유슬? 아니면 열여섯 번째 유슬? 날 지워버리고 나면 열여덟 번째 유슬한테도 같은 말을 할 거야?"

"모두 달랐어. 모든 유슬이 서로 달랐어. 같은 유슬은 단 한 명도 없었고. 넌 그중에서도 뭔가 특별했어. 기분 탓이었을지도 몰라. 난 널 사랑하니까."

혈관이 요동치는 게 느껴졌다. 심장이 뛸 때마다 혈관이 피부와 근육을 찢는 것 같았다.

"넌 우리 모두를 지웠어. 나도 지우려고 했고."

"그땐 그게 널 위한 거라……."

"웃기지 마!"

내 목소리가 지하 주차장의 얼어붙은 공기를 깨뜨렸다.

"누굴 위한 것도 아니야! 나는, 난, 유슬 모두는, 선택했었다고! 너를, 열네 명의 현아를, 그리고……."

목이 막혔다. 숨을 쉴 수가 없었다. 주먹으로 주차장 벽을 치면서 호흡을 가다듬은 뒤 간신히 다시 입을 열었다.

"그리고 윤하를."

정신이 갑자기 맑아졌다. 심장박동과 호흡도 돌아왔다. 나는 눈을 지그시 감고 말했다.

"난 느낄 수 있어. 윤하가 첫 번째 유슬에게 어떤 존재였는지. 첫 번째 유슬이 어떤 결심을 했고 어떤 마음으로 윤하를 낳고 키웠는지."

눈을 떴다.

"나는 유슬이니까. 네가 이 세상에서 윤하를 지워도, 몇 번이고 현아와 나를 지워도, 난 매번 같은 유슬이야. 다른 유슬 따위는 없어. 유슬은 나 한 명이고 넌 내 선택과 의지를 끊임없이 짓밟았어. 내 아이도 열다섯 번 죽였고. 난 널 용서하지 않을 거야."

나는 전화를 끊고 엘리베이터를 지나쳐 비상계단을 올랐다. 열한 개씩 반복되는 계단을 끊임없이 올랐다. 재호와의 거리가 좁혀지고 있다는 게 점차 실감 났다.

복도로 통하는 문을 열었다. 재호의 비밀 실험실로 향하는 복도. 이제 겨우 세 번째 방문이었지만 이미 수십 번은 온 것 같았다. 바닥에 내려앉은 작은 먼지의 그림자마저도 낯설지 않았다.

복도 끝에 재호가 서 있었다. 내가 오길 기다렸던 것처럼. 하지만 뒤에서 수하가 다가오는 줄은 몰랐는지 놀란 얼굴로 돌아보고는 다시 나를 쳐다봤다. 너한텐 놀라움이란 것 자체가 이제 낯설겠지. 재호에게 한 걸음씩 다가갈 때마다 익숙한 냄새가 풍겼다.

수하가 실험실의 문을 열고 말했다.

"들어가시죠."

잠시 망설이던 재호도 일단 안으로 발을 들였다.

그 순간 수하가 무언가를 발견하고는 한 손으로 재호의 팔을 거칠게 잡았다. 붙잡힌 손에는 노란색 가루가 든 비닐이 들려 있었다. 게 껍데기 가루가 분명했다. 수하는 그대로 재호의 발을 걸어 넘어뜨리고는 가루를 빼앗았다. 그러고는 준비해둔 케이블 타이로 재호의 손을 결박하고 주머니에 들어 있던 모든 물건을 꺼내 쓰레기통에 던져 넣었다.

나는 무릎을 굽혀 재호의 얼굴에 다가가 속삭였다.

"어서 돌아와요, 우리 남편."

26

계획은 단순했다. 그리고 무모했다. 수하는 BCI를 통한 기억 증폭 기술을 알고 있었다. 아직 실험용 쥐에게만 효과가 확인된 기술이었지만 이론적으로는 사람에게도 쓸 수 있었다. 그저 실험 건수가 충분하지 않아 다음 단계로 넘어갈 수 없었을 뿐이다. 그러니 지금 상황에서는 전혀 문제가 되지 않았다. 잠시 뒤면 혜인이 의료용 마이크로봇을 가지고 올 것이었다. 이것도 체내에서 이틀밖에 견디지 못하는 시험용 머신이었지만 그걸로 충분했다.

나는 두꺼운 케이블 타이와 1.5미터 길이의 쇠사슬로 재호를 묶을 것이다. 도시가스 배관에 걸어두면 딱 방에서 벗어날 수 없을 정도의 길이였다. 상처가 나지 않도록 케이블 타이와 쇠사슬 모두 부드러운 천으로 감쌌다. 이후 수하가 재호의 머릿속에서 윤하에 대한 기억을 최대한 증폭시킨 뒤 의식의 영역에 고정하면 혜인의 마이크로봇이 정해진 시간에 계산된 양의 히스타민을 분비시킬 것이다.

    준비한 모든 걸 마치면 우리는 윤하에 대한 기억에 괴로워할 재호를 방에 두고 나갈 것이다. 그렇게 20시간이 지나면 마이크로봇이 히스타민을 또 분비할 거고 재호는 정확히 20시간 전으로 되돌아간다. 재호는 여전히 방에 갇혀 있을 것이고 체내의 마이크로봇 역시 회복되어 있을 것이다. 다시 20시간이 지나면 시간은 또 되돌아간다. 재호는 윤하가 눈앞에서 끝없이 어른거리는 하루를 반복해서 살게 된다. 고통스러운 후회와 함께. 고통마저 무뎌질 때까지. 어쩌면, 영원히.

    하지만 내게는 그저 하루일 뿐이다. 내겐 강물처럼 흘러가는 시간이, 당연하게 다가올 내일이 재호에겐 영원히 닿지 못할 우주의 끝처럼 느껴지겠지.

    묘한 사실이었다. 어떻게 이런 게 가능할까. 제논의 역설이 떠올랐다. 먼저 출발한 거북이를 따라잡을 수 없는 아킬레우스의 이야기. 재호는 거북이와 자기 사이에서 무한히 쪼개지는 공간을 그저 느낄 수밖에 없는 아킬레우스나 마찬가지였다. 경주를 끝마칠 방법은 한 가지밖에 없었다.

    복수가 아무것도 해결해주지 않는다는 건 안다. 하지

만 내가 원하는 건 해결이 아니었다. 복수 그 자체였다. 사라져간 나와 윤하와 현아들을 위한.

27

혜인은 의자에 묶여 고개를 들고 있는 재호의 콧구멍에 주사기로 점성이 있는 하얀 액체를 흘려 넣으며 말했다.

"48시간이 지나면 마이크로봇은 분자 단위로 분해될 거야. 그냥 내구성이 그 정도 수준밖에 안 돼. 분해되고 나면 정밀 검사가 아니고서는 검출하기도 힘들 거고. 시간이 더 지나면 정밀 검사로도 단순한 오염 물질로만 보일 거야."

양말을 뭉쳐 만든 재갈을 문 재호가 조용히 혜인을 올려다봤다. 혜인은 재호의 시선을 피하며 주사기를 의료용 폐기물 비닐봉지에 담았다. 나는 담담한 척하는 혜인의 어깨를 다독였다. 그녀는 떨고 있었다.

"넌 이제 나가봐도 돼. 더 이상 관여하지 마."

"괜찮을까?"

나는 혜인을 감싸안고 말했다.

"괜찮아. 여기서부턴 내가 알아서 할게."

수하가 재호의 머리에 BCI 전극을 붙이는 동안 나는 혜인을 현관으로 이끌었다. 원래는 마이크로봇 앰플만 주고 떠나는 역할이었지만 혜인은 좀 더 돕고 싶다며 직접 주입까지 했다.

"고마워."

"필요하면 언제든 다시 불러."

혜인도 나를 가볍게 안았다. 그리고 내 등을 몇 번 쓰다듬고는 무거운 발걸음으로 나갔다. 문이 닫히는 순간까지 혜인의 시선은 내게서 떨어지지 않았다.

뒤를 돌아보니 수하가 이미 전극과 연결된 컴퓨터를 조작하고 있었다. 이제부터가 가장 중요한 단계였다. 수하가 내게 신호를 보냈고 나는 옷 속에 숨겨두었던 노트를 꺼냈다. 분홍색 호텔이 그려진 귀여운 노트. 가름끈을 잡고 노트를 펼치자 글자가 쏟아졌다. 재호가 윤하에 대해 남긴 기록들. 강한 필압으로 인해 종이가 너덜너덜했다.

나는 재호 앞에 의자를 끌어와 앉았다. 그리고 목을 가다듬고 또렷한 목소리로 내용을 읽어 내려갔다.

"매일 아침 윤하는 엄마보다 먼저 일어나 용케 혼자 방문을 열고 거실로 나온다. 새처럼 파닥거리며. 거실에서 혼자 책을 읽고 있는 나를 발견하면 눈을 한번 비비고는 안아달라는 듯 팔을 뻗으며 다가온다. 짙푸른 밤하늘 속 별빛이 반짝이는 듯한 두 눈을 깜빡이며."

고개를 든 재호가 나를 노려봤다. 나는 소매 끝을 당겨 재호의 턱을 적시는 침을 깨끗이 닦아줬다. 한때 그의 얼굴에 묻은 내 체액을 닦아냈던 것처럼. 이게 마지막 남은 정이야.

"윤하는 내게 안기면 곧장 짧은 다리를 들어 올려 내 흉통을 감싼다. 그러고는 내 목 쪽을 바라보며 어깨에 얼굴을 묻는다. 약하지만 뜨거운 숨결이 전해진다."

"계속해요. 위치가 조금씩 보여요."

수하는 그렇게 말하며 수많은 선이 복잡하게 엉킨 그래프를 뚫어져라 바라봤다.

나는 노트를 계속해서 읽었다. 단어 하나, 글자 하나 빠뜨리지 않고. 끓어오르는 분노를 동력으로 삼아 페이지를 넘기고 또 넘겼다. 페이지가 영원히 이어질 것처럼, 모든 감각을 곤추세워 재호의 기억을 어루만졌다.

재호의 눈가가 붉어지며 분노와 슬픔의 눈물이 쏟아졌다. 덜 잠긴 수도꼭지처럼 눈물이 턱 아래에서 끊임없이 뚝뚝뚝 떨어졌다. 나는 수하에게 눈빛을 보냈고 수하는 스위치를 눌렀다. 정교하게 설계된 전기신호가 전극을 타고 흘러들어갔고, 재호의 의식 속에 윤하는 결코 뽑히지 않을 뿌리를 내렸다.

나는 재호의 이마에 천천히 그리고 부드럽게 입을 맞추었다.

"윤하에게 전해줘. 엄마들이 널 너무 사랑한다고. 너의 동생들도 모두 널 사랑할 거라고."

28

옆방에는 재호를 지켜볼 수 있는 장비들이 구비되어 있었다. 감시 카메라 시스템이었지만 어차피 하루만 작동되면 되는 거였다. 모니터 속 재호는 재갈이 물린 채 괴로워하고 있었다. 하지만 아직 타임리프는 시작되지 않았다.

준비를 모두 끝내고 현관문을 열었다. 수하가 뒤따라왔고 나는 돌아서서 수하를 가볍게 안았다가 놓아주며 말했다.

"괜찮겠어? 루프에 휘말리는 게 썩 좋진 않을 거라."

"괜찮아요. 일단 계획대로 잘 진행되는지는 확인해야 하니까요. 일주일 정도만 있다가 나갈게요."

"나한텐 내일이겠지만. 그럼 내가 내일 만나게 될 너는 지금의 너와는 다른 사람인 걸까? 다른 시간대에서 온? 사실은 네가 나보다 나이가 더 많은 거 아니야? 몇 년이나 돌아가서 다시 살았잖아."

"쓸데없는 걸로 복잡하게 생각하지 마요."

"그래야지. 재호가 소란을 피워서 사람들이 몰리진 않겠지?"

"그 방이 끝 방인데 옆방인 이 방은 제가 잡았고 윗방 사람은 출장 중인 것 같아요. 아랫방은 가끔 한두 사람이 들락날락하는데 아무래도 윗방 시끄럽다고 따질 입장은 아닌 거 같고요. 어차피 그 사람들에겐 하루 정도만 지속되는 일이니까."

"고마워."

나는 다시 한번 수하를 안았다. 그리고 입을 맞췄다.

"고마워."

다시 말했다.

잠시 넋이 나간 수하는 나를 가만히 바라보더니 한 발짝 다가오려는 듯 발을 뗐다.

"아니, 여기까지."

수하의 가슴을 검지로 밀며 뒤로 물러섰다. 그리고 고개를 저었다. 그렇게 다신 넘을 일이 없을 선을 확실히 했다. 수하의 얼굴 위로 실망보다는 자책의 감정이 번졌다.

수하는 한번 헛기침을 하더니 표정을 애서 밝히며 말했다.

"그럼 내일 봐요."

"그래, 내일."

우리는 서로의 눈을 바라보며 함께 현관문을 소리도 나지 않을 만큼 천천히 닫았다.

복도에서 잠시 기다렸다. 마이크로봇이 계획대로 작동됐다면 재호가 현실로 돌아올 시간이 지금으로부터 10분 뒤였으니까. 만약 문제가 생겼다면 수하가 10분 후에 방에서 뛰쳐나와 나를 찾을 것이다. 그 후에는 대책을 마련해야겠지.

열 시간처럼 느껴지는 10분이 지났고 수하는 방에서 나오지 않았다. 루프가 제대로 돌아가고 있다는 걸까? 지금쯤 몇 번이나 돌았을까? 만약 스물세 번째 루프에서 문제가 생긴다면 스물두 번째 루프의 유슬까지는 그걸 깨닫지 못하겠지. 지금의 나는 몇 번째 루프의 유슬일까?

엘리베이터에 올랐다. 1층 버튼을 눌렀다. 닫힘 버튼은 누르지 않았다. 잠시 뒤 문이 알아서 닫히며 두꺼운 철제 케이블과 무거운 추가 서로 무게를 주고받으며 움직이는 소리가 조용히 울렸다.

29

다음 날 오피스텔을 찾아갔을 때 재호는 없었다. 대신 수하가 있었다. 재호를 묶어뒀던 쇠사슬에 목이 감겨 쓰러진 채로. 축 늘어져 있는 수하의 손에는 구겨진 종이 한 장이 쥐여져 있었다. 그 위에 있는 건 네댓 살 정도 되는 여자아이의 얼굴이었다. 연필로 그려졌지만 사진처럼 정교하고 사실적이었다. 처음 보는 얼굴. 하지만 왠지 낯설지 않았다. 연필의 검은 궤적만으로도 아이의 눈이 별처럼 빛나고 있었다.

"유나."

지워진 시간 속 수하의 아이.

선의 길이, 음영을 만드는 방식에서 기시감이 느껴졌다. 언젠가 내 얼굴도 이런 연필 끝에서 탄생한 적이 있었다. 이건 재호의 그림이었다. 재호가 수하의 아이를 그린 것이다.

기술의 부작용으로 재호의 기억력이 보통 인간의 수준을 훌쩍 뛰어넘게 되면서 사진을 찍은 수준의 완전한 기억 능력을 습득했을 가능성이 높았다. 수하는 재호가 유나의 모습을 생생히 기억하리라고 기대했을 거야. 재호의 기억 속에 유나의 모습이 있을 거라고 생각했겠지.

"그래서 그려달라고 했구나. 오직 네 기억 속에만 존재하는 네 아이를. 유나를."

나는 수하의 얼굴을 쓰다듬었다. 미약하게나마 온기가 남아 있었다. 수하를 원망할 수는 없었다. 수하 역시 아이를 잃은 자였기에. 나는 오직 내 원한과 슬픔만을 생각했다. 수하에게도 복수할 명분이 있었는데. 그리워할 권리가 있었는데. 수하의 새하얀 입술과 이마에 가볍게 입을 맞췄다. 수하와 유나 모두에게 보내는 키스였다.

수하의 가슴엔 피가 잔뜩 묻어 있었다. 미처 상처를 확인하지는 못했지만 옷에 난 구멍을 보니 유나를 그린 그 연필에 찔린 것 같았다. 조심성 많은 평소의 수하였다면 쇠사슬 길이보다 더 멀리 떨어져서 연필부터 돌려받았을 텐데.

그랬어도 아마 재호가 유나의 그림으로 유인했겠지. 수하는 이성을 잃고 다가갔을 테고. 눈물이 앞을 가려 재호의 손에 거꾸로 들린 연필을 미처 보지 못했을 거야. 수하의 입술에서 눈물이 남긴 짠맛이 느껴졌던 것 같기도 했다.

쇠사슬 길이가 1.5미터밖에 안 되니 연필을 뺏었다면 목을 조르려는 재호에게 충분히 반격할 수 있었을 것 같은데. 하지만 반격의 흔적은 보이지 않았다. 목이 졸려 의식을 잃기 직전에야 연필을 빼앗은 것 같았다. 반격이 아닌 다른 목적으로. 연필로 무언가를 남긴 걸까?

허벅지. 수하는 아내와 아이가 떠오를 때마다 허벅지를 찔렀다고 했다.

나는 수하에게 사의를 보내며 바지를 벗겼다. 안쪽 허벅지 피부에 검푸른 점이 가득했고 점은 선을 그리고 있었다. 수하가 남긴 메시지였다.

6.

6은 무슨 의미일까? 수하는 재호를 일주일 정도 지켜보겠다고 했다. 그렇다면 6일 차에 유혹을 이기지 못하고 재호에게 갔던 걸까? 그리고.

혀ㄴㅇㅏ에ㅅㅔ.

현아에게. 재호는 현아에게 갔다.

엄마에게 전화했다. 받지 않았다. 아니, 연결 자체가 되지 않았다. 망할 엄마, 또 전파도 닿지 않는 산골짜기 별장에 간 거야. 안전한 장소이기는 한데 거기가 안전하다는 건 재호도 안다고. 나는 비상계단을 타고 뛰어 내려갔다. 아마 그랬던 것 같다. 정신을 차렸을 땐 이미 고속도로를 질주하고 있었다. 어떻게 1층으로 내려와 택시를 잡아탔는지는 기억이 나질 않았다.

30

별장 현관 옆에 쓰러져 있는 형체는 엄마와 엄마의 애인 한수 아저씨였다. 두 사람 모두 얼굴이 피와 멍으로 범벅이 되어 있었다. 필사적으로 재호를 막은 게 분명했다. 엄마도 한수 아저씨도 운동 중독이었기에 힘으로는 밀릴 리가 없었지만 재호는 정상이 아니었다. 아마 뼈가 부러지는 고통도 개의치 않고 덤벼들었을 것이다.

재호는 왼팔로는 현아를 안고 오른손으로는 게 껍데기 가루가 든 봉투를 들고 있었다. 오른쪽 아래팔뼈 하나가 부러진 건지 손을 제대로 움직이지 못했다. 하지만 무엇을 하려는 건지는 짐작할 수 있었다. 현아는 그걸 아는지 모르는지 피곤하다는 듯 눈을 천천히 감았다 뜨기만을 반복했다.

"그만둬."

내가 재호에게 다가가며 경고했다. 재호는 내게 시선조차 주지 않았다.

"얜 내 딸이야. 나처럼 모든 걸 돌이킬 수 있을 거야."

재호가 답했다.

"멍청한 얘기 하지 마. 현아는 아직 아기야."

"이틀만 되돌리면 돼. 그럼 모든 걸 올바른 모습으로 돌이킬 수 있어."

"올바른 모습이 뭔데? 내겐 지금이, 지금 네가 안고 있는 현아가 올바른 모습이야. 이 망할 상황은 마음에 안 들지만, 그래도 이 현실이 내겐 하나밖에 없는, 결코 되돌릴 수도 없고 되돌려서도 안 되는 유일한 세상이라고!"

재호가 나를 바라봤다. 흰자위가 보이지 않을 만큼 시뻘겋게 충혈된 눈이었다. 가장자리에는 눈물인지 피인지 알 수 없는 액체가 말라붙어 있었다.

"널 사랑해, 유슬아."

"그럼 현아를 내려놔. 이리 돌려줘."

"하지만 현아가 필요해."

"도대체 왜?"

"윤하를 만나야 해."

"걘 여기 없어! 넌 절대 윤하를 다시 만날 수 없다고!"

"윤하는 여기 있어! 내 머릿속에서 지금도 두 발로 돌아다니며 날 부르고 있다고!"

재호의 고함에 현아가 깜짝 놀라 울음을 터뜨렸다. 나는 다시 한번 재호에게 다가가며 말했다.

"현아야, 괜찮아. 아무것도 아니야. 아무 일도 없을 거야. 아빠 아무 짓도 안 할 거야."

"6년 동안이나 윤하가 날 부르고 있어. 날 기다리고 있다고."

6년? 세상에. 수하는 6일 동안 망설인 게 아니었다. 루프 속에서 무려 6년을 망설였던 거다. 그동안 재호는 더욱 미쳐버렸고.

재호가 거친 신음을 내며 오른손을 어깨 위로 들어 올려 봉투의 한쪽 끝을 이로 물고는 고개를 비틀었다. 봉투 끝이 찢어졌다.

"안 돼!"

현아에게 갑각류 알레르기가 있었던가? 신생아 알레르기 검사를 했을 때 특이 소견이 없었기에 정밀 검사는 하지 않았다. 기본 검사 목록에 어떤 게 있었지? 기억이 나지 않았다. 좀 더 자세히 보고 기억해뒀어야 했는데! 가루가 피부에 떨어지는 것만으로도 문제가 될까? 호흡기로 들어가면? 저 가루 입자가 숨 바람에 날릴 만큼 고울까? 혹시나 알레르기가 있더라도 경증일 수도 있지 않을까? 중증이면 어떻게 하지? 정말 현아도 시간을 되돌리게 될까? 그럼 그때 어떡하지? 얼마나 돌아갈까? 난 지금 상황을 기억하지 못하게 될 텐데. 혹시 재호는 이 상황을 이미 여러 번 경험한 게 아닐까? 사실은 현아가 이미 여러 번 시간을 되돌린

게 아닐까? 뭐가 됐든 현아가 되돌린 건 아니야. 재호가 이용한 거지. 망할 새끼. 현아는 우리 딸이라고. 내 딸이라고! 타임머신이 아니라고! 저 개새끼, 넌 반드시 내 손으로……!

찰나의 순간이었다. 봉투가 완전히 찢어지기 직전에 총소리가 울렸고 동시에 재호의 목에서 피가 튀었다. 그가 막 쓰러지려는 찰나 나는 상황을 파악할 겨를도 없이 달려들어 재호의 품에서 현아를 안아 들었다. 총소리에 또 한 번 놀란 현아는 더 크게 울기 위해 숨을 잔뜩 들이마시고 있었다.

쓰러진 재호 위로 현아를 안은 내가 넘어졌다. 바닥에 머리를 세게 부딪치며 목뼈에서 이상한 소리가 들렸지만 현아를 놓치진 않았다. 현아는 갓 태어났을 때처럼 커다란 울음을 터뜨렸고 마침 깨어난 엄마가 달려와 나를 일으키려 했다. 나는 엄마를 말리며 현아를 먼저 안겼다. 현아를 안은 엄마 뒤로 한수 아저씨가 권총을 들고 있는 모습이 보였다. 총구에선 가느다란 연기가 아지랑이처럼 꼬불꼬불 피어올랐다.

큰일 났네. 한수 아저씨 이제 경찰서에 잡혀가겠다. 우리 엄마는 이런 일엔 자비가 없다고. 내가 고등학교 때 고출력 레이저 포인터 밀수한 것도 직접 신고한 사람이야.

피식 웃음이 나왔다.

"아저씨 고맙……."

목이 뜨거웠다. 재호의 피가 튄 걸까? 하지만 왜 내 목소리가 안 나오지?

 상황을 미처 헤아리기도 전에 재호가 내 몸을 돌리더니 그 위로 엎어졌다. 그제야 목에 연필이 박혔다는 걸 깨달았다. 한수 아저씨가 달려와 재호를 떼어내려고 했지만 그는 내 목과 허리를 단단히 붙잡고 떨어지지 않았다. 오히려 몸이 거칠게 흔들리며 연필이 목을 한 번 더 찢고는 빠져버렸다. 피가 쏟아졌다. 당황한 아저씨는 재호의 뒤통수를 권총 손잡이로 마구 내리쳤다. 총알은 하나밖에 없었나 보다. 아저씨, 됐으니까 이제 그만해요.

 재호가 자신의 얼굴을 내 옆에 가져다 댔다. 각자의 목에 난 구멍이 절묘하게 이어졌다. 각자의 목에서 뿜어져 나온 피가 격렬히 섞이며 거칠게 요동쳤다. 재호는 제대로 나오지도 않는 쉰 목소리로 변명했다.

 "넌 특별해, 유슬아. 모든 게 처음부터 이렇게 될 예정이었던 거야. 처음 널 만났을 때부터, 우리가 윤하를 낳았을 때부터."

 나는 재호를 똑바로 응시하며 죽을힘까지 끌어모아 또박또박 말했다.

 "윤하를 낳은 건 나야, 이 좆같은 새끼야."

 첫 번째 유슬로부터의 전언. 나는 정말 그렇게 믿었다. 첫 번째 유슬이 내 입을 통해 말한 거야. 내가 내게 입을 맞추며. 두 번째 유슬도. 세 번째 유슬도. 열여섯 명의 유슬이 내게 키스를 했다. 몸에서 힘이 빠지며 의식이 아득하게 옅어졌다. 입에서 단맛이 느껴졌다. 오늘 초콜릿을 먹었던가? 꿈에선 먹었을지도 모르지. 노래가 생각나. 달콤한 죽음을 환영하는 노래가.

 이렇게 가는 거구나.

 그래, 나는 이렇게 죽었다.

31

 복도다.

 오피스텔이다.

 열 시간 같은 10분이 지났다.

 뭐라고?

 그러니까, 일단 루프가 제대로 돌고 있다는 거지. 그게 아니라면 수하가 당장 문을 열고 나왔을 테니까.

 아니야. 이건 이미 지난 일인데. 꿈을 꾸는 건가? 주마등인가?

 복도가 빙글 돈다. 어지럽다.

 쓰러지면서 옆에 있던 소화전에 머리를 부딪친다. 아프다. 주마등은 아무래도 아닌 것 같다. 그럼 현실이란 뜻인데.

 돌아왔다. 과거로. 아니, 현재지. 모르겠다. 일단 돌아온 거다. 이게 현재든 과거든 미래든.

어떻게?

마이크로봇. 마이크로봇이 시간에 맞춰 작동한 거다. 방을 탈출했더라도 마이크로봇은 여전히 재호의 몸속에 있었으니까. 마이크로봇은 예정된 시간에 예정된 만큼의 히스타민을 분비했고 그렇게 예정된 만큼의 시간이 되돌아간 것이다.

그렇다면 나는 왜? 나는 왜 기억을 하고 있는 거지?

목을 쓰다듬었다. 근육을 뚫고 들어와 살을 비집은 연필의 날카로움. 피가 빠져나가는 불쾌함. 섞이는 피. 재호의 피.

재호의 피가 내 몸에 섞여든 걸까? 그래봤자 새 발의 피 수준이었을 텐데.

그러고 보니 현아의 할머니, 우리 엄마도 갑각류 알레르기가 있었지. 알레르기는 유전될 수 있고. 내게도 시간을 되돌리는 유전자가 있었던 걸까? 그저 발현되지 않았을 뿐이고? 현아가 태어났을 때 의사가 그랬지. 현아는 콜러스 신드롬 유전자는 가지고 있지만 발현되지 않았을 뿐이라고. 그리고 재호와 나 둘 중 하나는 유전자를 보유하고 있을 거라고 했지. 어쩌면 콜러스 신드롬이 시간을 되돌리는 힘과 관계가 있을지도. 별빛 눈동자와 알레르기와 시간을 되돌리는 힘 모두 같은 유전자의 다른 모습일지도 몰라. 연구

과제로 괜찮겠네.

어쨌거나 시간을 되돌릴 수 있는 피가 내 몸으로 들어왔고 그게 잠자고 있던 내 몸속 유전자를 혹은 형질을 자극한 건지도 몰랐다.

쓸데없는 걸로 복잡하게 생각하지 마요.

수하가 그랬지. 그래, 생각하지 말자. 적어도 지금은 그럴 때가 아니다.

수하. 과거로 돌아왔으니 수하는 다시 저 방 안에 있다. 카메라 영상을 보며 재호를 감시하고 있겠지. 별다른 일이 없다면 지금의 수하는 몇 시간 뒤에 재호에게 그림을 요구하겠지. 그럼 이제 어떻게 할까? 어떻게 하긴. 나는 한 번 죽었잖아. 그때 절실히 후회됐던 일을 해야지.

나는 엘리베이터를 타고 다시 1층으로 내려갔다.

32

기다렸다. 재호의 오피스텔 방 앞에서. 귀를 기울이며. 몸싸움 소리가 들렸다. 욕지거리가 들렸다. 지금이다. 키패드에 다섯 개의 번호를 입력했다. 삐삐삐삐삐. 49862. 자그만 모터가 돌아가며 걸쇠가 풀린다. 문고리를 뽑을 듯이 문을 열었다.

수하가 쇠사슬에 목이 감겨 의식을 잃기 직전이었다.

재호는 나를 보더니 당황과 반가움이 섞인 기묘한 표정을 지었다. 재호의 팔에서 힘이 빠지며 팽팽하게 당겨졌던 쇠사슬이 아래로 축 늘어졌다. 수하는 거칠게 숨과 기침을 뱉고는 재호에게 달려들었지만 목을 세 번이나 감은 쇠사슬에 붙잡혀 우스꽝스럽게 거꾸러졌다. 뒤늦게 나를 발견하고는 그래도 안도의 표정을 지었다.

수하는 얼버무리며 말했다.

"선배, 여긴 어떻게……?"

"6년을 고민해놓고 고작 이렇게 죽을 거야?"

이번엔 정말 놀란 표정이었다.

재호는 방심한 수하의 목이 풀려나지 않을 정도로만 다시금 쇠사슬을 잡아당기며 웃었다. 보자마자 알았겠지. 나도 함께 돌아왔다는 걸.

나는 성큼성큼 걸어 재호 앞에 섰다. 재호의 눈 대신 손을 봤다. 연필이 있었다. 아까, 아니 머지않아 저게 내 목을 찌르겠지. 아프겠지.

재호가 입을 열었다.

"유슬아, 우리 이제……."

나는 허리춤에서 한수 아저씨의 권총을 꺼내 재호의 이마에 겨눴다. 그때와는 대답이 다를 것이다.

"……같이……."

"싫어."

나는 방아쇠를 당긴다. 시끄러운 총성이 먼저였는지 재호의 찢어진 두피와 조각난 두개골과 뜨거운 뇌수가 튀어 오른 게 먼저였는지는 알 수 없다. 재호는 죽었고 윤하는 저 냄새나는 뇌의 속박에서 풀려났다. 그래, 윤하도 저기에 갇혀 있었던 거야.

윤하야, 미안해.

널 이용해서.

널 조용히 보내주지 못해서.

33

"그림 때문이었던 거죠?"

구치소 접견실 철창 너머에서 수하가 말했다.

"선배 남편…… 아니 그놈이 유나 그림을 그려줄 때까지 밖에서 기다렸던 거죠? 그 전에 죽여버리면 유나를 기억할 수 있는 구체적인 방법이 사라지니까."

나는 그저 웃었다. 수하도 따라 웃었다. 그거면 충분했다.

"혜인 씨한테 연락이 왔어요. 반드시 꺼내줄 테니까 걱정하지 말라고. 옛날 특허 몇 개가 대박 나면서 이젠 돈 걱정이 없대요. 아직 돈이 들어온 건 아니지만 그걸 담보로 은행에서 돈을 잔뜩 빌렸대요. 유명한 변호사로 모으고 모아서 드림팀을 만들겠다나."

"일 잘하고 가정적인 남편을 쇠사슬에 묶어두고 총으로 쏴 죽인 애 엄마를 어떻게 변호하겠대?"

수하가 손으로 얼굴을 살짝 가리고는 어울리지 않는 험악한 표정을 지으며 속삭였다.

"법으로 안 된다면 다른 방법으로라도 그러겠다면서……."

어깨만 조금 들썩일 정도의 가벼운 웃음이 터졌다. 역시 웃기는 친구야. 난 네가 성공할 줄 알았어. 우리 다음에 같이 고양이 다큐멘터리나 보자.

"그리고……."

수하가 목소리를 줄이며 얼굴을 가까이 가져왔다.

"이제 타임리퍼의 존재를 아는 사람이 제법 생겼어요. 우리나라뿐만 아니라 외국에서도. 대응 조직까지 만들어질 거라는 얘기도 있어요. 그래서 만약에 재판이 뜻대로 되지 않는다면…… 그 노트, 그걸로 거래를 할 수 있지 않을까요? 일종의 보험으로."

나는 고개를 저었다.

"그 노트는 아무한테도 못 넘겨."

"미안해요. 혹시나 해서 얘기해봤어요."

수하의 손목시계가 조용히 진동했다. 면담이 시작되고 9분이 지났다. 남은 시간은 고작 1분이었다.

"아까 부탁한 논문들은 우편으로 보낼게요. 괜찮겠어

요? 이런 상황에서…….."

"이런 곳에서 종이 몇 장만으로 즐거울 수 있다니 얼마나 다행이야?"

나는 조금 과장된 미소를 지어 보이며 말했다. 수하는 고개를 저으며 웃었다.

"더 필요한 건 없어요? 해줄 수 있을지는 모르겠지만."

"아, 다음엔 우리 엄마랑 현아도 데리고 와줘."

"그럴게요. 아, 그리고 또……"

수하가 일어서다 말고 주머니에서 손바닥만 한 종이를 꺼냈다. 사진이었다. 정확히는 그림을 찍은 사진이었다. 수하는 사진을 철창 사이의 유리 벽에 붙였다.

"유나예요. 그 그림을 가지고 초상화 전문가한테 찾아가서 채색을 부탁했어요. 인공지능에 최면 상담사까지 동원해서 제 기억 속 유나의 색을 재현했고요. 제가 알고 있는 유나의 모습 그대로."

하늘색 머리띠를 한 검은 머리의 여자아이가 활짝 웃으며 나를 바라봤다. 아이의 자그만 눈동자 속에서 밤하늘이 물결치고 별빛이 반짝였다. 윤하야, 넌 이런 눈을 가졌었구나. 유나야, 찾아와줘서 고마워.

"수하야."

내가 말했다.

"네?"

"그 사람, 찾아가."

"누구요?"

"네 아내였던 사람."

"무슨…… 얘기죠?"

"재호가 아무리 시간을 되돌렸어도 넌 여전히 유나의 아빠야. 재호가 한 짓 때문에 가족을 잃어버리는 건 오히려 지는 거라고 생각해. 물론 네 마음이 그대로라면 말이야. 그 사람을 다시 찾아가봐. 그 사람은 아무것도 기억하지 못하겠지만 널 한 번은 선택했던 사람이잖아. 그 사람이 다시 선택할 기회도 빼앗진 말아야지."

수하는 입을 벌린 채 나를 바라보기만 했다. 나는 농담처럼 웃으며 덧붙였다.

"그 사람 보면서 날 상상하진 말고. 그건 좀 그렇잖아."

"그런 거 아니라니까요!"

수하가 얼굴을 붉히며 반박했.

우리는 둘 다 키득거리며 웃었고 교도관이 다가와 이제 시간이 다 되었다고 알렸다. 수하는 사진을 주머니에 집어넣고는 여전히 웃기다는 듯 실실거리며 교도관의 안내에 따라 왔던 길로 걸어 나갔다. 문이 닫히기 전 우리의 눈이 마주쳤다.

또 올게요.

다음에 봐.

수하는 그 사람을 찾아갈까? 찾아가겠지. 아마 결혼도 하고, 아이도 가질 테지. 유나의 동생을. 현아와 친구가 될 수 있을지도 모르지.

눈을 감는다. 밤하늘에 커다란 별이 반짝인다. 파란 붓자국이 별빛 사이로 넘실거리고 눈썹 같은 달은 조용히 여린 자태를 뽐낸다. 밤하늘 아래로 아이들이 뛰어논다. 윤하가 그곳에 있다. 열네 명의 현아도 그곳에 있다. 열여섯 명의 유슬이 그들을 보살핀다. 첫 번째 유슬이 뒤돌아본다. 나를 보며 손을 흔든다. 윤하가 뛰어와 첫 번째 유슬의 품에 안긴다. 윤하도 나를 보며 손을 흔든다.

안녕. 난 유슬이야. 너의 엄마란다.

에일-르의 마지막 손님

오징어 먹물 스파게티

"오늘도 수고했어."

현관문을 열자마자 검은색 앞치마를 입은 아내가 부엌에서 가벼운 발걸음으로 달려와 인사했다. 그러고는 비닐장갑 낀 손을 유의하며 내 어깨를 사뿐히 안았다. 아내의 하얀 목에서 며칠 전 선물한 라벤더 향수의 향기가 풍겼다. 옅은 비린내도 났다.

"냄새 어때? 옆 식당에서 다음 주부터 오징어 먹물 요리를 판다는 거야. 오늘 테스트용으로 쓰고 남았다는 먹물을 좀 얻어왔어. 먹물이라고만 말하니까 좀 이상하다, 그치?"

아내는 작은 웃음을 보이고는 내 눈을 바라보며 말했다.

"그래서 오늘 저녁은 오징어 먹물 스파게티야. 근데 비린내가 좀처럼 없어지질 않아서 좀 걱정이야. 창문도 열고 공기 탈취제도 뿌렸는데 자꾸 신경 쓰이네. 맛은 괜찮아!"

명동의 한 백화점 푸드 코트에서 보조 요리사로 일하는 아내는 붙임성 있는 성격 덕분에 종종 남은 재료를 얻어 와서 요리를 만들어줬다. 그러나 식재료가 낯설 때는 정체불명의 요리를 만들기도 했다. 두꺼운 크림치즈 밑에 코코넛 밀크를 잔뜩 넣은 그린커리와 고수로 감싼 두부튀김이 뒤섞여 있는 그라탱이 그 절정이었다.

가방을 바닥에 내려놓고 아내를 따라 부엌으로 들어가자 식탁 위에 검은 면발이 가득 담긴 접시가 놓여 있었다. 의자에 앉아 접시 밑을 만져보니 적당히 식어 먹기 좋게 따뜻했다. 아내가 어디선가 파슬리 가루를 꺼내 와 내 접시 위에 뿌리며 요리를 장식했다. 마른 파슬리 조각들은 검은 면 위에 다닥다닥 달라붙으며 기름기를 조금씩 빨아들였다.

"당신 파스타 좋아하잖아."

아내가 의자에 앉으며 말했다. 이번엔 자기 접시 위에 파슬리 가루를 한 꼬집 뿌렸다.

"당신이 저녁 당번일 땐 맨날 파스타만 만든다고 내가 투덜댔었는데……. 맛이 없었다는 건 아냐. 그래도 일주일에 서너 번씩 먹으면 질릴 법도 하잖아. 그래서 내가 질렸다고 하니까 그다음엔 면만 스파게티에서 페투치니로 바꿨고."

아내는 잠시 키득거리다가 웃음을 멈추고는 몸을 살짝 들어 올려 의자 위치를 조정했다.

"근데 왜 요즘엔 안 만들어? 당신도 이제 질려버린 거야?"

내 대답을 기다리며 그녀는 포크로 검은 면을 가볍게 섞었다. 오징어 먹물 스파게티가 접시 밑바닥에 감추고 있던 열기를 뱉어내며 하얀 김을 내뿜었다. 아내는 적당량의 면을 포크에 감으면서 말했다.

"얼른 먹어봐. 스파게티가 다시 좋아질지도 몰라. 당신이 안 먹으니까 내가 먹고 싶어지더라."

기다란 면 한 가닥이 포크에서 늘어져 접시에 닿아 있었지만 아내는 신경 쓰지 않고 고개를 조금 숙이더니 하나의 덩어리처럼 보이는 면발을 목구멍 깊숙이 빨아들였다. 아내의 작고 도톰한 두 입술 사이에 끼어 늘어진 새카만 면발 여덟 가닥이 가슴께에서 찰랑거렸다. 그 모습이 어쩐지 바다 깊은 곳에 사는 괴물 같다는 생각이 들었다. 하지만 아내는 그런 모습조차 아름다웠다. 뒤로 묶은 검은 머리카락 중 몇 가닥이 새하얀 이마 위로 흘러내려 고개가 움직이는 리듬에 따라 흔들렸다. 아기자기한 입술은 어느새 먹물색으로 물들었다. 가냘픈 턱이 가슴 언덕 위로 드리우는 그림자는 가슴과 검은색 앞치마 사이의 깊고 어두운 계곡으로 떨어졌다. 세상에 이처럼 극적으로 아름다운 괴물이 있었던가.

오징어 먹물 스파게티를 내려다봤다. 별다른 감흥이 들지 않았다. 지난 석 달 동안 면은 입에도 대지 않았다. 먹을 수가 없었다. 보는 것만으로도 역겨웠다. 세상에 이렇게 혐오스러운 가짜 음식이 존재한다는 게 믿기지 않았다. 아내가 만든 오징어 먹물 스파게티. 하얀 접시 위에서 검은 면발들이 몸을 섞고 있었다. 집단 교미하는 벌레들 같았다. 하지만 그 역시 가짜였다. 모두가 살아 있는 진짜 면을 본 적이 없었다. 먹어본 적도 없었다.

"……입맛이 없어?"

아내가 천천히 고개를 들며 물었다. 포크 든 손을 살며시 식탁에 내리며 아내는 염려 어린 시선을 보냈다. 아내의 크고 둥그런 흑갈색 눈동자는 음식을 입에도 대지 않은 내 모습을 애처롭게 바라보고 있었다. 아내는 진심으로 나를 걱정했다.

"오늘 무슨 일 있었던 거야? 식욕이 전혀 없어 보이네."

나는 잠시 뜸을 들이다 대답했다.

"아니, 그런 건 아니고…… 갑자기 생각난 게 있어서."

아내는 아예 포크를 내려놓고는 의자를 밀고 일어나 내 왼편으로 다가왔다. 그러고는 희고 긴 팔을 내 어깨에 두르고 부드럽게 말했다.

"오늘 파스타 만들지 말 걸 그랬나? 혹시 그동안 일부러 안 먹고 있었던 거야?"

아내의 팔은 길고 가늘었지만, 식당의 무거운 식기들로 단련되어 언제나 힘이 들어가 있었다. 아내는 몸을 더욱 바싹 붙이며 새하얀 촉수 같은 양팔로 내 목과 가슴을 감쌌다. 짜릿함이 뒷목을 타고 올랐다.

"별거 아니야. 나도 그동안 파스타를 안 먹은 지 꽤 됐다는 걸 잊고 있었거든. 당신이 말해줘서 왜 그랬을까 생각하던 중이었어."

나는 대충 둘러대면서 포크를 들어 면을 휘저었다.

"맛있어 보여."

포크 끝에 면을 휘감고는 입속으로 가져갔다. 구역질이 났다. 배 속에 담긴 모든 내장이 꿈틀거리며 받아내기를 거부했다. 하지만 억지로 질겅질겅 씹어가며 입속 모든 근육을 동원해 토막낸 면을 목구멍 아래로 넘겼다. 한 번에 좀 많이 감아올린다면 대여섯 번 만에 접시를 비울 수 있을 것 같았다.

아내는 애매한 눈웃음을 보이고는 자리로 돌아가 앉았다가 의자의 위치를 바로잡기를 몇 번이나 반복했다. 내가 어떤 표정을 하고 있었던 걸까?

"다음엔 더 맛있게 해줄게."

아내는 물을 한 모금 마시더니 다시 포크를 집어 들었다. 나는 면을 감으며 아내를 바라봤다. 표정에는 옅은 실망감이 묻어 있었지만, 포크를 움직이는 손놀림은 여전히 힘찼다. 내가 포크에 감긴 면을 입으로 가져갈 즈음, 아내는 작은 고민거리를 떨쳐내듯 고개를 좌우로 가볍게 흔들고는 다시 나를 바라봤다. 활짝 웃었다. 언제나처럼, 아내는 아름다웠다.

케이프타운, 남아프리카공화국

석 달 전, 나는 일 때문에 남아프리카공화국 천문대의 서덜랜드 관측소로 향하고 있었다. 공항에서 나와 남아공 천문대가 있는 케이프타운에서 하룻밤 묵은 후, 서덜랜드로 가는 셔틀버스를 탈 예정이었다. 하지만 첫날 저녁부터 갑자기 쏟아진 폭우가 도로를 삼키면서 며칠 밤을 케이프타운 변두리의 게스트 하우스에 머물러야 했다. 강이 범람하여 사고가 이어지자 결국 출장은 취소되었고 나는 바로 다음 날 비행기로 귀국하게 됐다.

아무런 실적도 추억도 없이 돌아가기엔 아쉬워서 마지막 밤을 어떻게 보낼까 고민하다가 숙소 호스트의 저녁 식사 초대를 정중히 거절하고 혼자 길거리 모험을 떠나기로 마음먹었다. 마침 비도 잠깐 그쳤겠다 낯선 식당에 들어가 듣지도 보지도 못한 음식을 먹어볼 생각이었다. 그리고 그날 밤, 나는 신의 음식을 맛보았다. 그것은 인간이 만든 음식, 지구의 음식이 아니었다.

재킷을 걸치고 숙소를 나서자 하늘을 향해 우뚝 솟은 테이블마운틴이 빗물 폭포를 뱉어내며 나를 맞이했다. 주변에 고층 빌딩 하나 없었기에 새하얀 물줄기를 뿜어내는 테이블마운틴은 대지의 거대한 생식기처럼 보였다. 케이프타운에 이런 규모의 호우가 온 일이 역사상 없었다며 이상기후의 심각성을 떠들어대던 방송은 요 며칠 사이 잠잠해졌다. 대신 갑작스럽게 불어난 강물이 사람과 집을 휩쓸었다는 소식이 전해졌다. 도로변을 걷고 있으면 세계 곳곳의 구호단체에서 보낸 물품들이 트럭에 실려 어딘가로 향하는 모습이 자주 눈에 띄었다.

옵서베이토리가를 따라 해 지는 방향으로 걸어들어가면 빈민가와 중산층 거주지가 뒤섞인 다운타운을 볼 수 있었다. 물론 층마다 실외 수영장이 딸린 아파트에 사는 부유층은 코빼기도 볼 수 없지만. 사람 키만 한 벽 하나를 사이에 두고 나뉜 빈민가와 고급 주택가의 모습을 비행기에서 내려다봤을 때의 느낌이 다시 떠올랐다. 아무튼 다운타운은 부유층을 제외한 폭넓은 계층의 사람들이 생활하고 있어 그럭저럭 괜찮은 음식을 나쁘지 않은 가격에 먹을 수 있는 곳이었다.

서쪽 하늘이 붉어지기 시작하자 나는 발걸음을 서둘렀다. 시에라리온과 비교하면 케이프타운의 치안은 그리 나쁘지 않았다. 그래도 어둠이 내리면 외국인, 특히 아시아인이 혼자 돌아다니기엔 위험했다. 다운타운으로 향하는 다리 위에 오르니 이번 호우가 얼마나 대단했는지 실감이 났다. 며칠 전까지는 다리 아래에 작은 개울과 철로 여러 개가 지나는 역이 있었는데 지금은 발아래 2미터 높이까지 흙탕물만이 굉음을 내며 세차게 흐르고 있었다. 강물이 작은 역 하나를 통째로 집어삼킨 것이었다. 살 떨리는 오한이 온몸을 감쌌고 동시에 강물 소리가 괴물의 포효처럼 들렸다.

다리가 끝나자마자 길 건너편에서 웬 작은 체구의 현지인 청년 한 명이 다가와서는 "헤이, 유"를 외치며 웃는 얼굴로 내게 주먹을 내밀었다. 조금 당황스러웠지만 일단 나도 주먹을 살짝 갖다 대며 화답했다. 누추한 옷차림으로 봐서 이곳 주민인 것 같았다. 청년이 서툰 영어로 말을 걸어왔다.

"여기 사람 아니죠? 케이프타운 처음 왔어요? 어디서 왔어요?"

"처음 온 건 아니고…… 한국에서 왔어요."

나는 적당히 대답한 뒤 빠져나가고 싶었다.

"한국! 여기 한국 사람 잘 안 와요. 한국 사람도 없어요. 어디 가고 싶은 곳 있어요? 내가 여기 안내해줄게요."

그는 승낙할 틈도 거절할 틈도 주지 않고 내게 어깨동무를 하고는 걷기 시작했다. 안타깝게도 내게는 웃는 얼굴 앞에서 정색하고 거절할 용기가 없었다. 그는 이 주변의 좁은 골목길까지 전부 파악하고 있었다. 결국 작은 길을 이리저리 통과하며 보이는 모든 것을 내게 설명하기 시작했다.

이 길로 가면 학교가 있고 저 길로 가면 유명한 스시집이 있다. 스시가 한국 음식이었나? 아, 일본이구나. 한국 음식을 하는 곳은 본 적이 없는 것 같다. 저 길에서 오른쪽으로 가면 벽에 그림을 그리는 길거리 예술가들이 모여 있는 곳이 나온다. 난 그들이 진정한 예술가라고 생각한다. 경찰들은 싫어하지만. 오늘은 좀 늦었지만 밝은 낮에 가보면 정말 멋진 그림들이 벽을 뒤덮고 있다. 내일 한번 가봐라.

아니, 난 내일 비행기를 타고 여기를 뜰 거야. 청년이 쉬지 않고 떠드는 말을 나는 대충 흘려들으며 그를 떼어놓을 방법을 궁리했다. 마침 적당한 핑곗거리가 떠올랐을 때, 그가 설명을 멈추더니 낮은 목소리로 다른 얘기를 시작했다.

"사실, 나 당신 도움이 필요해요."

오, 세상에.

"나 집이 없어요. 평소에 저기 공장 창고에서 잠을 잤는데 비 때문에 이제 못 들어가요. 물에 잠겼거든요. 오늘은 온종일 음식도 못 먹었고……. 전 원래 이런 짓 안 해요! 나쁜 사람들은 칼이나 총 들고 아시아인 돈을 뺏어요. 난 폭력 싫어요. 그런 사람들도 싫어요. 하지만 오늘은 정말 잘 곳이 필요해요. 친구가 10랜드만 주면 자기 자리에서 재워준다고 했어요. 그리고…… 배도 너무 고파요."

10랜드면 1000원 남짓이었다. 나는 바지 주머니를 뒤지며 말했다.

"미안해요. 사실 여기 혼자 돌아다니는 건 위험하다고 해서 아무것도 안 가져왔어요. 물론 지갑도 두고 나왔고요. 그냥 산책 나온 거라……. 주머니에 잔돈이라도 있으면 줄게요."

나는 다시금 찾는 시늉을 하다 오른쪽 바지 주머니에서 나온 동전 몇 개를 손바닥에 펼쳐 보였다. 6랜드 50센트. 내가 건네기도 전에 그는 그것들을 전부 자기 손바닥에 쓸어 담았다.

"고마워요, 고마워요! 신이 당신을 축복할 거예요."

그는 들뜬 표정으로 몸을 들썩이며 덧붙였다.

"좋은 저녁 보내길 바라요. 아, 저기 파란 건물 너머로는 가면 안 돼요. 거긴 진짜 갱들이 있어요. 무서운 사람들이에요. 총이랑 칼도 갖고 있어요."

"고마워요. 조심할게요."

나는 애매한 웃음을 보이며 고개를 끄덕였다. 그는 이번에도 주먹을 내밀었고 나는 다시 한번 그와 주먹을 맞부딪쳤다. 그는 고맙다는 말을 몇 번 더 반복하더니 뒤돌아서서는 우리가 걸어온 길을 되돌아갔다. 걸어가던 그가 잠시 뒤를 돌아 소리쳤다.

"파란 건물 오른쪽으로 내려가면 근사한 식당이 잔뜩 있어요! 저녁 맛있게 먹어요!"

내가 저녁을 먹을 거라는 건 어떻게 알았을까? 나는 방금 지갑도 가져오지 않았다고 애기했는데. 그저 해 질 녘의 인사치레일까? 그가 충분히 멀어진 걸 확인한 나는 뒤돌아서 재킷 왼쪽 안주머니에 있던 두툼한 지갑의 존재를 확인했다. 정확히 1500랜드가 들어 있었다. 나는 이걸 들고 어디서 저녁을 먹을지 잠시 고민하다가 그가 알려준 파란 건물 오른쪽 길로 향했다. 남아프리카까지 와서 스시를 먹고 싶진 않았다.

정말 근사한 식당 거리였다. 좁은 내리막길을 따라 늘어선 가게들이 개성적이고 알록달록한 간판을 좌우로 내걸고 있었다. 오목한 곳마다 흙탕물이 찰랑이고 멀쩡한 유리창이 하나도 없으며 진흙 묻은 의자와 식탁이 길거리에 아무렇게나 놓여 있다는 걸 개의치 않을 수 있었더라면 기념사진이라도 찍었을 것이다.

실망이 식욕을 묻어버리려는 순간, 향기로운 음식 냄새가 차가운 밤공기 사이에서 비어져 나왔다. 홍수 속에서 살아남았거나 빠르게 복구한 식당이 있는 것 같았다. 하지만 냄새를 따라 10분 정도 길을 내려가도 문을 연 식당은 찾을 수 없었다. 어둠이 거리를 덮기 시작하자 계속 헤매기엔 조금 무서워졌다. 그냥 슈퍼마켓에서 간식거리나 사서 돌아가려던 찰나에 얼마 떨어지지 않은 식당 건물 틈 사이로 한 줄기 빛이 새어 나오는 게 보였다. 꼭 발걸음을 돌리려고 하는 나를 보이지 않는 촉수가 붙잡아 세우기라도 한 듯한 타이밍이었다.

    우연히 만난 빛줄기에 다가가자 문을 닫은 두 식당 사이로 어른 한 명이 겨우 지나갈 수 있는 좁은 골목길이 나왔고 그 끝에 네모난 창문이 달린 문이 하나 있었다. 빛과 냄새는 그 창문에서 흘러나오고 있었다. 창문에 그려진 스푼과 포크가 그곳이 식당임을 알려주었다. 양쪽 건물의 외벽에서는 낮에 내린 비 탓에 빗물이 아직도 조금씩 흘러내리는 중이었지만 신기하게도 골목길의 바닥은 바싹 말라 있었다. 내가 발걸음을 옮길 때마다 흙먼지가 일어날 정도였다.

    나무로 된 문을 밀자 경첩에서 부드러운 마찰 소리가 났다. 문에서 조금 떨어져 앉아 있던 건장하고 잘생긴 남자가 그 소리를 듣고는 다가왔다. 동네 분위기에 어울리지 않는 깔끔한 정장 차림이었다. 그는 아프리칸스어로 뭐라고 말했지만 내가 알아듣지 못하자 곧 유창한 미국식 영어로 다시 말했다.

    "어서 오세요. 식사하러 오셨나요? 전 피슬리라고 합니다. 오늘 첫 손님으로 대접하게 되어 기쁘네요. 자리로 안내해드리죠."

    "고마워요. 배고파 미칠 지경이네요."

    식당 웨이터가 자기 이름을 알려주는 건 처음 있는 일이라 잠시 위화감이 들었지만 딱히 신경 쓰이지는 않았다.

나는 피슬리의 안내를 따라 식당 안으로 발걸음을 옮겼다.

주황색 조명이 비추는 넓은 홀에는 흰색 식탁보가 깔린 2인용 식탁 다섯 개가 적당한 거리를 두고 놓여 있었다. 입구 반대편에는 붙박이 카운터가 있었고 그 너머에 있는 주방에서는 요리사로 보이는 작은 키의 백인 남자가 벽에 몸을 기댄 채 표정 없이 칼을 갈고 있었다. 홀 가운데에는 지름이 3미터 정도 되는 둥그런 수조가 있었는데 물은 맑았지만 물고기가 한 마리도 보이지 않았다. 대신 수조 가장자리에서 50센티미터 정도 떨어진 지점부터 물살을 따라 흔들리는 흑갈색 해초가 가득했다. 수조 위의 파란 조명이 비추는 해초의 아른거리는 움직임이 매혹적이었다.

"앉으세요."

피슬리가 수조 바로 옆에 놓인 식탁의 의자를 빼주며 말했다. 내가 재킷을 벗자 그는 그것을 카운터 근처에 있는 옷걸이에 걸었다. 요리사는 그때까지 칼을 갈고 있었고 내가 있는 곳으로는 눈길 한번 주지 않았다.

"메뉴 보여주시겠어요?"

내 요청에 피슬리가 자세를 가다듬고는 소리 없이 크게 미소 지으며 말했다.

"저희 가게는 처음이시군요. 메뉴는 하나밖에 없습니다. 한번 드셔보시면 그 이유를 알게 되실 겁니다. 그 하나가 아닌 다른 음식을 내놓는 건 의미가 없거든요."

그는 주전자를 챙겨 돌아와서는 내 컵에 물을 따르며 말했다.

"굉장히 귀한 음식이에요. 여기서만 맛볼 수 있죠."

"그거 재미있네요. 어떤 음식이죠?"

피슬리가 대답하려고 입을 열려는데 내가 막았다.

"아니, 괜찮아요. 일단 그걸로 주세요. 아무것도 모르는 상태가 기대감을 더 키우네요."

진심이었다. 애초에 이곳을 발견한 것 자체가 흔치 않은 경험이었다. 6랜드 50센트를 잃기는 했지만 지금처럼 낯선 체험을 계속할 수 있다면 그 홈리스 청년에게도 고마워할 의향이 있었다. 피슬리는 내 말이 마음에 들었는지 더욱 화사한 미소를 지었다.

"절대 후회하지 않으실 겁니다. 사실 저희 가게는 항상 문을 여는 곳도 아니거든요. 그래서 단골분들도 수확 없이 발을 돌리실 때가 많아요. 손님은 굉장히 운이 좋으신 겁니다. 그리고 장담하죠. 1년 치 운을 다 썼다고 해도 충분히 만족할 만한 음식을 만나실 겁니다."

피슬리가 주머니에서 작은 종을 꺼내 가볍게 울리자 요리사는 드디어 칼 갈기를 멈추고 주방을 이리저리 돌아다니기 시작했다. 종은 다시 피슬리의 주머니 속으로 들어갔다. 나는 문득 입구에 간판이 없었다는 것을 떠올리고는 피슬리에게 물었다.

"그런데 여기 이름이 뭐죠?"

"에일-르."

피슬리가 벽에 걸린 낡은 나무 현판 하나를 가리키며 말했다. 'HEYL-R'라는 글자가 양각으로 새겨져 있었다.

"오래전 제가 미국에 있을 때 방문한 식당에서 따온 이름이에요. 정말 멋진 곳이었어요. 그야말로 제 인생을 바꾼 식당이었죠. 아쉽게도 제가 갔을 때가 그 식당의 마지막 영업일이었는데……. 사실 저 나무 현판도 그 식당이 문을 닫고 난 뒤에 직접 가서 가져온 거예요. 저 간판이 아마 저나 손님보다도 나이가 더 많을 겁니다."

피슬리는 벽에 걸린 그것을 바라보며 잠시 생각에 잠기는 듯했다. 그러고는 내 쪽으로 다시 고개를 돌려 필요할 땐 언제든 불러달라는 듯 가볍게 눈인사를 하고는 카운터 옆에서 종이 냅킨을 한 장씩 접기 시작했다. 주방에서 움직이는 요리사의 발걸음 소리만이 식당을 가득 메웠다.

나는 물을 한 모금 마시고는 눈으로 식당 내부를 다시 한번 훑어봤다. 건물 틈 사이에 들어선 식당이라서 그런지 바깥세상의 빛이 들어올 만한 곳은 입구에 달린 창문뿐이었다. 책을 겨우 읽을 수 있을 정도의 조도 낮은 조명 몇 개만이 내부를 밝혔고 외부의 소음도 전혀 들리지 않았다. 주변을 둘러싼 벽은 격자 모양으로 배열된 나무 기둥과 흰색 페인트를 칠한 싸구려 시멘트로 장식돼 있었고 거기에는 드문드문 설치된 벽걸이 조명과 현판 말고는 아무런 장식도 걸려 있지 않았다. 움직이는 것이라고는 수조 안의 해초와 냅킨을 접는 피슬리와 요리사의 손뿐이었다. 식당 안은 마치 시간이 멈춘 다른 세계 같았다.

어떤 요리가 나올지 궁금해하며 푸른 빛이 가득한 수조로 눈길을 돌렸을 때, 해초 사이에서 무언가가 움직인 것 같은 느낌이 들었다. 물고기가 있는 걸까? 무언가가 숨어 있기에 딱 좋은 장소이긴 했다.

향기롭고 진득한 냄새가 온몸을 스멀스멀 감쌌다. 주방에서 달그락거리는 소리가 몇 번 들리더니 피슬리가 김이 모락모락 나는 접시와 포크, 스푼, 그리고 냅킨이 가득 꽂힌 냅킨꽂이를 가져와 식탁에 내려놓았다.

"여기 있습니다."

새하얀 접시 위에 도톰하고 기름기 도는 검은색 면이 가득 담겨 있었다. 오직 면뿐이었다. 면이 담긴 모습은 완벽할 만큼 균형적이어서 접시를 그 자리에서 한 바퀴 빙글 돌려도 차이를 전혀 알 수 없을 정도였다.

"이건…… 파스타네요?"

"그렇게 부르셔도 됩니다."

내가 보기에 파스타가 분명했지만 피슬리는 마치 파스타가 아니지만 그렇게 불러도 상관없다는 듯이 모호하게 답했다. 그러고는 내가 어떤 말을 할지 매우 기다리고 있는 것처럼 내 입을 바라봤다.

"검은색 스파게티. 오징어 먹물을 사용한 건가요?"

"비슷해요. 하지만 오징어는 아니에요."

피슬리가 만족스럽게 웃으며 대답했다. 오징어가 아니라면…….

"문어……?"

문어 먹물은 오징어 먹물보다 채집이 어렵고 양도 적어서 잘 사용되지 않는다는 이야기는 들어봤다. 좋은 문어 먹물은 오징어 먹물에는 없는 감칠맛이 난다고도 했다. 하지만 문어 먹물을 사용한 게 그토록 특별한 걸까? 지중해 연안이나 아시아를 제외한 다른 지역에서는 문어나 오징어를 즐겨 먹지 않는다는 걸 생각하면 더 이해가 가지 않았다.

"맞아요. 문어를 사용했어요. 그것도 아주 귀한 문어죠. 보통 문어들은 근처에도 가지 못하는 깊고 어두운 바다에서만 아주 가끔 모습을 드러내는 문어예요. 가게를 아주 가끔만 여는 이유도 바로 그것 때문이에요."

"도대체 어떤 문어인지 궁금해지네요."

내가 진심으로 궁금하다는 얼굴로 바라보자 피슬리는 웃는 얼굴로 고개를 흔들며 말했다.

"모르시는 게 좋을 겁니다. 생김새가 유독 끔찍해요. 이 세상 생물처럼 보이지 않을 정도로요. 비위 약한 사람이 보면 기절할지도 몰라요. 가끔 사람을 닮은 것 같다는 느낌을 줄 때도 있어요. 마치 피카소가 사람과 문어를 뒤섞어 그린 모습 같달까……."

피슬리는 잠시 말을 멈추더니 수조의 해초를 지그시 바라봤다. 마치 자기 눈을 정화하기라도 하는 것처럼. 그렇게 끔찍한 모습일까?

"식사하시는데 괜한 이야기는 그만두죠. 식기 전에 드세요."

웃는 얼굴로 그렇게 말하고 그는 뒷걸음질로 물러섰다. 굳이 뒤돌아보지는 않았지만 아마 카운터 옆에 서서는 이곳을 바라보고 있을 터였다. 끔찍한 재료로 만든 맛있는 음식을 먹는 모습도 나쁘지 않은 구경거리일 거라는 생각이 문득 들었다.

접시를 내려다보니 새카만 면발이 먹음직스럽게 빛나고 있었다. 일반적인 스파게티에 비해 제법 굵었다. 그래서인지 접시 옆에 놓인 삼지창 모양의 포크도 굵은 면을 충분히 감아낼 만큼 큼직했다. 포크를 집어 면발 사이에 찔러 넣고는 빙글빙글 돌리자 검은 소용돌이가 내 손을 덮치기라도 할 듯이 저돌적으로 포크를 타고 올라왔다. 자세히 보니 신기하게도 면은 단 한 가닥뿐이었다. 믿을 수 없을 만큼 기다란 면 한 가닥! 하지만 절묘하게 기름진 면은 항상 먹기 좋은 만큼만 감겨 올라왔다. 말없이 칼만 갈던 그 요리사의 능력에 감탄이 나왔다. 이런 건 어디서도 본 적이 없었다. 도대체 어떻게 만들었을까?

한입 크기로 잠긴 면을 입에 넣고는 적당한 부분에서 끊었다. 그러자 면은 마치 살아 있는 생물처럼 입속에서 탄력 있게 미끄러지고 파닥거리며 기묘한 식감을 만들어냈다. 면의 단면을 자세히 살펴보니 심지에서 새하얗고 끈적한 액체가 천천히 흘러나오고 있었다. 입속에서 씹히고 있는 면에서도 무언가 빠져나오고 있다는 걸 느낄 수 있었다. 씁쓸하면서도 달콤한 맛이 입안에 퍼졌다. 그 맛이 통통한 면의 기름기와 어우러지면서 궁극의 조화로움을 선사했다. 고개를 들고 눈을 감아 전율에 몸을 맡길 수밖에 없었다.

"제가 말씀드렸죠? 여기서만 맛볼 수 있는 음식이에요."

피슬리가 소리도 없이 뒤로 다가와 말을 걸었다. 그의 말이 맞았다. 이런 음식은 어디에서도 먹어본 적이 없었다.

"평생 잊지 못할 경험이 될 겁니다. 오늘 하루가 죽을 때까지 당신을 따라다닐지도 몰라요."

피슬리가 웃으며 말했지만 나는 그에게 눈길 한번 주지 않고 면을 감아 입에 집어넣기를 반복했다. 중간부터는 제대로 씹지도 않았다. 씹고 싶지도 않았다. 면에서 흘러나온 하얀색 액체가 접시를 흥건히 적셨고 새카만 면과도 적당히 어우러졌다. 입속에서 느껴지는 면발의 생기 넘치는 움직임은 마치 천사의 춤사위 같았다. 혓바닥 위에서 무대를 마친 면발들은 꿈틀거리며 스스로 목구멍으로 향했다. 면발들이 목을 넘어갈 때의 쾌감은 기억 속에 묻어두었던 소중한 추억들을 떠올리게 할 만큼 황홀했다. 피슬리는 그런 내 모습을 말없이 바라만 봤다.

접시의 빈 바닥을 보는 것이 이렇게 슬프리라고는 상상도 못 했다. 눈을 감고 혀끝으로 입속 곳곳을 탐미했다. 접시 바닥은 이미 깨끗이 핥고 난 뒤였다. 피슬리가 채워준 물은 식전 한 모금 이후로 입도 대지 않았다. 입속에 남아 있는 그 맛을 조금도 씻어내고 싶지 않았다. 가슴이 두근거렸다. 땀 한 방울 흐르지 않았지만 내 영혼은 이미 흥분으로 흠뻑 젖어 있었다. 정신을 차린 건 포크를 빈 접시에 내려놓고 한참이 지난 뒤였다. 피슬리가 정성스럽게 접힌 종이 냅킨 몇 장을 건넸다. 나는 그것을 받아 입을 닦았다. 검은 기름이 조금 묻어난 냅킨을 그대로 삼키고 싶은 충동이 일었다. 나 스스로도 지금의 내가 이상하다는 걸 알았다.

"아무 말 하지 않으셔도 좋아요. 다들 반응이 비슷하거든요."

피슬리가 식탁을 정리하기 위해 접시를 들어 올렸다. 내가 미련 가득한 눈빛으로 빈 접시를 보고 있다는 걸 눈치챈 그가 말했다.

"규칙이에요. 두 접시는 안 돼요."

첫사랑을 고백하고 거절당했을 때보다 더 아픈 말이었다. 가슴이 찢어질 듯 시려왔다. 피슬리가 빈 접시를 들고 주방으로 들어가 요리사에게 건넸다. 그는 접시를 잠시 이리저리 살피더니 냉랭한 눈빛으로 나를 바라봤다. 그렇게 잠시 눈을 맞춘 뒤 그는 주방 어딘가로 사라졌다. 곧이어 피슬리가 다시 내게 다가왔다.

"커피나 차를 드릴까요?"

그는 허리는 세우고 양손은 배꼽 앞에 가지런히 포개고는 내게 물었다. 하지만 나는 대답하지 못했다. 꾹 다문 입을 열고 싶지 않았다. 입속에 남아 있는 음식의 잔향을 날려버리고 싶지 않았다. 피슬리는 나를 잠시 응시하더니 양손에 내 재킷을 들고 돌아왔다.

"그럼, 부디 좋은 시간 보내셨길 바랍니다."

나는 여전히 얼이 빠진 상태로 일어나 그가 건네는 재킷을 주섬주섬 챙겨 입었다. 피슬리는 여전히 웃는 얼굴로 친절히 나를 출입문까지 안내했다. 문 바로 앞에서 문득 떠오른 게 있었다. 그게 이제야 떠올랐다니.

"얼마……."

말이 제대로 나오지 않았다. 입을 벌리면 방금 먹은 음식의 마지막 흔적이 입 밖으로 증발해버릴 것만 같았다.

"얼마인가요? 가격을 전혀 생각하지 않고 있었네요."

그럭저럭 괜찮은 음식을 나쁘지 않은 가격에 먹으려고

다운타운까지 나온 것이었지만 이젠 아무래도 좋았다. 이 황홀한 경험은 도대체 얼마일까.

"손님이 결정하시면 됩니다. 만족하신 만큼 주시면 돼요. 뭣하면 그냥 가셔도 좋습니다. 아, 물론 팁은 주셔야 하고요."

내가 상황 파악을 못 한 얼굴로 쳐다보자 그는 처음으로 크게 소리 내 웃으며 말했다.

"팁은 농담이에요. 하지만 다른 건 진짜예요. 손님이 원하시는 만큼 주시면 됩니다."

나는 재킷 안주머니에서 지갑을 꺼내 살폈다. 여전히 1500랜드가 들어 있었다. 그러고 보니 여기 오기 전에도 한 번 확인했었지. 나는 조금도 고민하지 않고 지갑에 든 돈을 전부 꺼내 가지런히 모아서는 피슬리에게 건넸다. 그는 돈을 받더니 따로 세어보지도 않고 바지 주머니에 집어넣었다.

"감사합니다."

피슬리가 여유로운 동작으로 문을 열었다. 경첩에서 마찰 소리가 났다. 젖은 벽에 둘러싸인 마른 길이 나왔다. 저 길을 지나 이곳으로 걸어 들어온 게 몇 년은 더 된 일처럼 느껴졌다. 한 발짝 두 발짝 걸어나가자 몸이 조금씩 가벼워졌다. 내가 뒤돌아보자 피슬리는 여전히 웃는 얼굴로 이쪽을 바라보며 문을 천천히 닫고 있었다. 문이 닫히기 직전, 그의 어깨 너머로 파랗게 빛나는 수조가 눈에 들어왔다. 수조 속 해초 사이에서 다시 한번 무언가가 얼핏 움직였다. 아주 잠깐이었지만 새빨간 눈동자를 가진 무언가였다. 에일-르의 문이 닫히고 피슬리의 모습도 사라졌다. 마지막 순간에 들은 경첩 소리는 입장할 때와는 달리 마치 비웃음처럼 들렸다.

 터벅터벅 걸어 좁은 골목을 빠져나오자 별이 빛나는 밤하늘이 모습을 드러냈다. 북동쪽 하늘에 거꾸로 매달린 뱀자리가 떠 있었다. 뱀자리의 심장에 있는 별 우누칼하이가 붉은 눈으로 나를 쳐다봤다. 수조 속 해초 사이에 숨어 있던 무언가가 다시 한번 떠올랐다.

 공항으로 가는 택시는 오전 10시에 숙소 앞으로 오기로 되어 있었다. 앞으로 두 시간 뒤였다. 나는 얼마 없는 짐을 미리 챙겨놓고 다시 다운타운으로 향했다. 며칠간의 폭우를 완전히 잊은 하늘은 구름 한 점 없이 깨끗했다. 나는 에일-르를 찾아 나섰다. 이곳을 떠나기 전에 피슬리를 만나야 했다. 피슬리는 가게가 항상 문을 여는 것이 아니라고 했지만 떠나기 전에 다시 한번 그 맛을 느끼고 싶었다.

 아침 햇살이 비치는 다운타운의 모습은 밤과는 전혀 달랐다. 밤에는 보이지 않았던 낯선 길과 건물들 때문에 미로처럼 보였다. 한참을 헤맸더니 어제 파란 건물 근처까지 데려가줬던 그 청년을 다시 만날 수만 있다면 신용카드를 뺏겨도 좋겠다 싶어졌다. 그냥 포기할까 생각할 즈음, 래커 스프레이를 양손에 잔뜩 들고 터벅터벅 걸어가는 무리가 보였다. 청년이 말한 거리의 예술가들이 분명했다. 그들을 뒤따라가자 파란 건물이 금세 모습을 드러냈다. 나는 이름도 모르는 그들에게 무언의 감사를 보내고는 어제의 기억을 되살려 오른쪽 길로 방향을 틀었고 알록달록한 식당가의 내리막길을 거침없이 뛰어 내려갔다.

두 식당 건물 사이의 좁은 골목길은 그 자리에 그대로 있었다. 하지만 어젯밤까지만 해도 말라 있던 바닥은 건물 벽과 마찬가지로 빗물에 흥건히 젖어 있었다. 어제 식당을 나서면서부터 오늘 아침까지 비가 내리지 않았기에 더 기묘한 일이었다. 그런 건 아무래도 좋았다. 골목길 끝에 도착해 식당의 문을 열었다. 다행히 문은 잠겨 있지 않았다. 어제 그렇게도 유난스러운 소리를 냈던 경첩에선 아무런 소리도 나지 않았다. 식당 안에는 아무도 없었다. 피슬리도 없고 요리사도 없었다. 수조의 물은 모두 말라 있고 해초들은 힘없이 바닥에 늘어져 있었다. 피슬리가 아끼던 나무 현판은 수조 옆 바닥에 아무렇게나 널브러져 있었다. 무엇보다 어제는 전혀 다른 세계처럼 느껴졌던 이 공간이 지금은 그저 별 볼 일 없는 이 세계의 일부처럼 보였다.

택시는 10시 정각에 도착했다. 택시 기사의 도움을 받아 커다란 짐을 트렁크에 싣고 곧장 공항으로 향했다. 모든 게 순조로웠다. 아무것도 예상을 벗어나지 않았다. 두바이에서의 환승도, 인천공항에서 기다리던 아내의 모습도 예외 없이 예상대로였다. 집에 돌아온 후에 가진 아내와의 잠자리도 뜨거웠다. 하지만 그 열기는 매일 아침 머그잔에 떨어지는 새카만 커피의 뜨거움을 눈으로 지켜만 보는 듯한 느낌이었다. 그마저도 금방 식어버렸다.

에일-르 이후로는 모든 것이 식상했다.

플라나리아

꿈결에 힘겹게 넘긴 오징어 먹물 스파게티를 떠올리고는 정신이 번쩍 들어 잠에서 깨어났다. 아내가 깊이 잠든 걸 확인하고는 침실에서 나왔다. 시곗바늘은 오전 2시를 조금 지난 곳을 가리키고 있었다. 케이프타운은 저녁 6시 정도일 터였다. 에일-르의 면 요리를 처음 입에 가져간 때가 바로 이 시간이었다. 저녁으로 먹은 쓰레기 같은 음식이 자꾸 떠올라 주체할 수 없는 구역감이 올라왔다. 화장실로 달려가 변기 뚜껑을 열고는 오른손 검지와 중지를 목구멍에 쑤셔 넣어 혀의 뿌리를 자극했다. 그러자 마치 배 속의 무언가가 밀어내기라도 하는 듯이 오징어 먹물 스파게티가 식도를 타고 술술 뿜어져 나왔다. 먹은 지 여섯 시간이 지났지만 제대로 소화도 되지 않은 상태였다. 그렇게 전부 게워내자 빈속에서 무언가가 꿈틀대는 것 같았다.

입을 헹구고는 거실로 향했다. 도중에 부엌을 지나쳤지만, 혹여나 오징어 먹물 스파게티의 잔해가 보일까 봐 그쪽으로는 눈길도 주지 않았다. 아내는 간혹 먹다 남은 음식을 식탁에 펼쳐두고는 했다. 오, 나의 괴물을 닮은 아름다운 아내. 괴물을 품은 아내. 오징어 먹물 스파게티를 먹는 내가 고통에 가득 차 있었다는 걸 눈치챘는지 아내는 식사 후에 하려던 고백을 하지 않았다. 하지만 나는 알고 있었다. 그럼, 알다마다. 나는 느낄 수 있었다. 아내의 아름다움이 모든 걸 말하고 있었다. 아내의 몸속에 생명이 똬리를 틀고 있다는 것을. 이것이 얼마나 큰 기적인지 아내는 알 수 있을까? 일생의 운을 여기에 다 써버렸다고 해도 여한이 없을 거대한 축복이다. 내가 3개월 전에 에일-르를 우연히 방문했던 것도, 같은 시기에 아내의 피임약이 마침 떨어진 것도, 모두 얼마 뒤에 다가올 고귀한 순간을 위한 것이었음을 내 몸속의 또 다른 존재가 말해주고 있었다.

"피슬리, 피슬리, 당신 말이 맞았어요."

나는 잠꼬대처럼 중얼거리며 거실 한가운데에 놓인 와인색 소파에 앉아 텔레비전을 켰다. 푸른 빛이 거실을 가득 채워다. 다큐멘터리 화면 속에서 짤막한 지렁이처럼 생긴 생물이 꿈틀거리고 있었다. 플라나리아였다. 페트리접시에 담긴 플라나리아를 창처럼 생긴 칼로 두 동강 내고 하루를 두자 절단면에서 머리와 꼬리가 자라더니 어느새 두 마리가 되어 살아 움직였다. 초등학생 때 플라나리아 실험을 하며 담임에게 죽도록 얻어맞은 기억이 생각났다. 나는 당시 커터칼로 플라나리아를 수십 조각 냈는데 그러면서도 플라나리아가 피라냐 같은 물고기에게 잡아먹혀 갈기갈기 찢겼을 때에도 같은 방식으로 살아날지 궁금할 뿐이었다.

배에서 무언가가 다시 꿈틀댔다. 지금이라면 에일-르에서의 경험을 다시 느낄 수 있을 것 같았다. 소파에 최대한 편하게 앉아 목구멍을 최대한 열고 입으로 천천히 호흡했다. 따뜻한 소용돌이가 식도를 타고 올라왔다. 황홀함이 온몸을 감쌌다. 기다랗고 시커먼 면발 하나가 입속에서 살아서 춤추기 시작했다. 그것은 입 밖으로 나와 주변을 정찰하더니 내 콧등을 타고 이마 위로 올라왔다. 잠시 얼굴 위에서 맴돌던 그것은 내 눈알과 눈꺼풀 사이를 헤집고는 그 속으로 들어가기 시작했다. 그 순간 눈앞에 천국이 펼쳐졌다. 머나먼 별에서 빨간 눈을 가진 천사가 내려와 나의 운명을 이야기하기 시작했다. 천사는 그렇게 매일 밤 나를 찾아왔다.

미즈사와, 일본

창밖으로 비가 쏟아졌다. 마른 나뭇가지 같은 굵은 빗

줄기가 바깥을 빈틈없이 채우면서 옅은 회색 풍경을 창문에 드리웠다. 하시쿠라는 창 옆에 놓인 작은 나무 의자에 앉아 식탁에 양손을 모아 얹고는 눈을 감고 빗소리를 들었다. 수천 마리의 좀비가 제물을 달라며 창을 두드리는 것 같은 야단스러운 소리였다. 하시쿠라의 식탁에서 조금 떨어진 벽 앞에서는 둥글고 커다란 철제 난로가 입을 벌린 채 딱딱거리며 장작을 태웠다. 난로의 온기가 구석구석으로 퍼져나가서 내부는 창문에 물방울 하나 맺히지 않을 만큼 건조했다. 벽난로 왼편에서 벽과 수직으로 이어진 좁고 긴 카운터는 커튼으로 가려진 주방과 연결되어 있었고 커튼 너머에선 여유로운 인기척이 들려왔다. 하시쿠라의 식당은 첫 손님을 맞이할 준비를 마친 상태였다.

바깥에서 발소리가 들리자 하시쿠라는 의자에서 일어나 양손으로 바지를 몇 번 털고는 입구로 걸어갔다. 출입문의 안개 유리에 사람의 그림자가 슬며시 나타났다. 그림자는 문턱 앞에서 잠시 망설이는 듯했다. 하시쿠라는 기다렸다.

출입문 모서리에 달린 종이 딸랑이며 문이 열리고 있음을 알렸지만 그 소리는 동시에 들이닥친 거센 빗소리에 묻혔다. 바깥의 회색 세계에 서 있던 남자가 식당 안으로 들어왔다. 흠뻑 젖어 축 늘어진 머리카락 끝에서 물방울이 뚝뚝 떨어졌다. 남자는 한쪽 어깨에 방수천으로 만들어진 가방을 메고 있었다.

"어서 오세요."

하시쿠라가 손으로 난로를 가리키며 응대했다.

"추우시죠? 난로 근처로 앉으세요. 수건 가져다드릴게요."

비에 젖은 남자는 고개를 가볍게 끄덕이고는 난로를 향해 걸어갔다. 그가 지나간 자리마다 빗물이 나무 바닥에 축축한 길을 그렸다. 하시쿠라가 하얀 수건 두 장을 그에게 건넸다. 그는 한 장으로는 얼굴과 머리를 거칠게 문지르고 다른 한 장으로는 옷을 대충 털고는 조금 전까지 하시쿠라가 앉아 있던 의자에 축 늘어져 앉았다.

"고마워요."

빗물을 잔뜩 머금은 수건을 식탁에 올려놓으며 그가 말했다.

"설마 미즈사와에, 그것도 한겨울에 이런 비가 내리리라고는 생각도 못했네요. 눈이 몇십 센티미터씩 쌓여도 모자랄 때인데. 북위 40도도 이젠 아무것도 아니네요. 정말 기후가 이상해지나 봐요."

"미즈사와에 오래 사셨나 보네요."

하시쿠라는 수건을 집어 들어 난로 근처에 가지런히 걸어두며 말했다.

"아뇨, 산 적은 없어요. 여기서 좀 떨어진 곳에 천문대가 있잖아요? 가끔 그리로 관측을 가거든요. 요즘 도쿄엔 눈이 내리질 않다 보니 여기 오면 눈 보는 재미가 조금은 있었는데……"

자신을 천문학자라 소개한 그는 그제야 자기가 식당에 들어와 앉아 있다는 걸 기억해냈는지 민망한 듯 앉은 자세를 바로잡았다.

"미안해요. 사실 길 가다가 갑자기 비가 쏟아져서 피할 곳을 찾았는데 한참을 뛰어다녀도 문 연 곳이 없는 거예요. 포기할 때쯤 여기가 보였어요. 몸은 떨리고 해는 조금씩 낮아져서 일단 무작정 들어와버렸네요."

그는 하시쿠라에게 가볍게 웃음을 보인 뒤 손목시계를 슬쩍 보고는 말을 이었다.

"아직 저녁 먹기엔 이른 시간인데 뜨거운 차 종류도 있나요? 비가 한참은 이어질 거 같으니 식사는 나중에 또 주문할게요."

"차 메뉴는 따로 없지만 식사와 함께 드리는 밀크티가 있어요. 그거라도 드릴까요?"

"그거 괜찮네요. 그걸로 주세요."

천문학자가 말을 마치자 하시쿠라는 카운터 쪽으로 가 냄비에 물을 받고 불을 붙였다. 불이 잘 붙었는지 잠시 지켜본 뒤 카운터 아래에서 곱게 갈린 찻잎이 가득한 유리병을 꺼내 뚜껑을 열고 향을 확인했다. 그러고는 주둥이가 짧은 주황색 찻주전자에 찻잎을 조금 덜어넣은 뒤 병을 다시 카운터 아래에 감췄다. 물이 끓어오르자 불을 끄고 냄비의 물을 찻주전자에 천천히 따르고는 뚜껑을 닫았다. 차향이 난롯불이 만드는 대류를 타고 퍼져 금세 천문학자의 코끝에 닿았다. 가방에서 논문을 꺼내던 천문학자는 하시쿠라 쪽을 지그시 바라보며 향을 느꼈다.

천문학자의 몸에서 더는 물방울이 떨어지지 않을 즈음 하시쿠라가 쟁반을 들고 그에게 다가갔다. 하시쿠라는 찻주전자와 빈 찻잔, 우유가 담긴 작은 유리병을 차례로 내려놓고는 능숙한 손놀림으로 차를 따랐다. 찻잔이 적당히 채워지자 하시쿠라가 찻주전자를 내려놓으며 말했다.

"처음엔 한두 모금을 입에 머금어 향을 남기시고 우유는 그다음에 넣어 드세요."

하시쿠라의 시선이 자신의 논문 위에 머무르는 걸 느낀 천문학자가 물었다.

"별 좋아하시나요? 근처에 천문대가 있어서 그런지 관심 있어 하는 사람이 많더라고요."

"글쎄요. 관심 있다고 할 정도는 아니지만, 인연이 없는 것도 아니죠. 망원경을 조금 다뤄본 적이 있어요."

천문학자는 망원경이라는 단어에 기꺼운 내색을 감추지 않았다. 사실 하시쿠라의 시선을 끈 것은 논문 첫 장에 쓰인 한국어 메모였지만 그는 내색하지 않고 천문학자의 추측을 따라줬다. 천문학자는 논문을 급하게 넘기더니 한 페이지를 펼쳐 보여줬다. 그래프로 가득한 종이 위에는 싸구려 카메라로 찍은 듯한 태양 같은 행성의 흑백사진도 있었다. 천문학자의 손가락이 그 그림을 가리켰다.

"이번에 관측하려던 별이에요. 원래 여름밤에만 볼 수 있는 별인데 여기 천문대에는 전파망원경이 있어서 겨울 낮에도 관측할 수 있어요. 우누칼하이라고, 뱀자리 알파성이에요. 그 별자리에서 가장 밝은 별인데 최근에 재미있는 사실이 알려졌어요. 17년에 한 번씩, 이 별의 색깔이 바뀐다는 거예요. 원래는 주황색인데 17년마다 3일씩 붉게 변해요. 별 표면의 온도가 갑자기 섭씨 1000도 이상 떨어진다는 뜻이죠."

천문학자는 흥분을 가라앉히기 위해 차를 두 모금 마셨지만 말을 멈추지는 않았다. 그는 좋아하는 화제가 나오면 좀처럼 입을 다물지 못하는 전형적인 학자였다.

"원래는 별다른 주목을 받지 못하던 별이었는데 아마추어 천문가가 수십 년 동안 찍어온 천체사진을 정리하면서 그 현상을 발견하고는 논문을 내버린 거죠. 그것도 거물급 천문학자들을 공저자로 모아서, 거물급 저널에. 맨눈으로 보일 만큼 식상한 별에서 17년에 겨우 3일 동안 우리가 설명할 수 없는 어떤 현상이 일어나고 있었다고는 아무도 생각을 못 했던 거예요. 그 사람은 심지어 망원경을 사용하지도 않았었어요. 가진 건 튼튼한 삼각대와 좋은 카메라뿐이었죠. 웃긴 건 제가 그 논문을 처음 읽은 날 밤, 저도 하와이의 해발 4500미터 산꼭대기에서 구경 30미터짜리 망원경으로 어떤 어린 별 주변의 행성을 봤다는 거예요. 처음엔 행성인 줄 알았죠. 나중에야 그게 그냥 같은 방향에 있던 평범한 어두운 별이란 걸 알게 돼 결국 논문을 쓰진 못했는데, 그 무렵 그 늙은 아마추어 천문가가 어디 대학 명예교수로 임용됐다는 뉴스가 뜨더군요."

그림을 가리키던 그의 손가락에서 슬며시 힘이 빠졌다. 옆에서 하시쿠라가 한참을 서서 듣고 있다는 것도 신경 쓰지 않고 떠들던 천문학자의 입을 잠시나마 쉬게 한 건 어느 운 좋은 늙은이를 향한 질투심이었다.

천문학자는 찻잔에 우유를 살며시 따랐다. 우유가 중력과 부력 사이에서 꽃 모양을 그리며 퍼져나갔다. 차는 밝은 갈색을 띠며 불투명해졌다. 어디선가 바람이 들어왔는지 갑자기 거세게 타오른 장작불이 공기를 갈랐다가 금세 잠잠해졌다.

"조금 전에 별이랑 인연이 없지도 않다고 했잖아요? 망원경을 다루셨다고도 했는데 괜찮다면 그 얘길 좀 더 들어볼 수 있을까요?"

천문학자는 그렇게 물으며 찻잔을 살짝 흔들었다. 하시쿠라는 창밖의 회색 풍경을 잠시 바라보며 입을 열었다.

"별거 아니에요. 오래전에 엔지니어 일을 했는데 주로 대형 망원경 돔의 유지와 보수를 맡았거든요."

"그렇군요! 혹시 어떤 망원경을……."

"여러 개였죠. 마지막으로 손을 본 건 SALT라는 망원경이었던 것 같네요. 남아프리카 서덜랜드라고, 케이프타운에서 차로 대여섯 시간 정도 떨어진 곳에 있는 거예요. 하지만 정작 그걸로 별을 본 적은 한 번도 없네요."

"남아프리카! 서덜랜드! 저도 가봤어요!"

천문학자는 놀란 듯 둥그런 눈으로 하시쿠라를 올려다봤다. 하시쿠라는 여전히 창밖을 바라보고 있었다. 천문학자는 우유를 넣은 뒤로 아직 입도 대지 않은 찻잔을 도로 내려놓으며 말했다.

"학생 때 서덜랜드 관측소로 관측을 간 적이 있었어요. SALT만큼 큰 망원경은 아니고 작지만 똘똘한 망원경을 만났죠. 근데 그 망원경의 돔이 일주일에 서너 번은 고장이 나는 거예요. 그 후로 누가 거기 갈 때마다 가장 먼저 돔은 무사한지 물어볼 정도였어요."

천문학자가 말을 잠시 멈추자 하시쿠라의 시선이 그를 향했다. 천문학자는 작게 한숨을 내쉬더니 말을 이어나갔다.

"거기서 일하셨다면 아시겠지만 17년 전 홍수가 그곳을 쓸어버렸잖아요."

"그랬군요. 전 그것까지는 몰랐네요."

하시쿠라는 묘한 미소를 지었다.

"아, 그 전에 돌아오셨나 보네요. 천문대 근처에 옵서베이토리라는 역 있잖아요? 그 역 전체가 물에 잠겼었죠. 천문대가 있어서 이름까지 그렇게 붙은 곳이었는데……. 그 후 남아공 천문대도 몇 년간 재정난에 시달리더니 그 관측소를 폐쇄해버렸어요. 그 지긋지긋한 돔을 다시 볼 일도 없어졌죠. 그 뒤로 제가 전파천문학으로 분야를 바꿔서 지금은 돔 자체를 볼 일이 없지만요."

천문학자가 다시 잔을 쥐었다.

"지금 생각해보니 홍수가 케이프타운을 덮쳤던 때가 딱 우누칼하이가 붉어졌을 때였네요. 오늘은 맨눈으로 볼 순 없겠지만 아마 지금도 붉을 거예요."

천문학자는 별을 바라보기라도 하듯 천장을 잠시 올려다보더니 이윽고 고개를 숙이고는 식어버린 밀크티를 단숨에 들이켰다. 그가 찻잔을 내려놓자 난롯불이 다시 한번 거세졌다. 새빨간 불씨 몇 개가 탁탁 소리를 내며 난로 밖으로 빠져나왔다. 몸이 충분히 따뜻해지자 허기가 몰려왔다.

"계속 세워두고 저만 떠들었네요. 죄송해요. 메뉴 주시겠어요? 이젠 저녁 먹을 때가 된 것 같네요."

천문학자의 말에 하시쿠라는 기다렸단 듯이 입이 찢어질 듯한 미소를 보이며 말했다.

"식사 메뉴는 검은 기름국수 하나밖에 없어요. 하지만 약속하죠. 절대 후회하지 않을 거예요. 문어 기름으로 만든 건데, 방금 드신 밀크티와도 아주 잘 어울리는 맛이에요."

하시쿠라가 커튼을 젖히며 주방으로 사라지자 천문학자만이 난로 주변에 남았다. 주방에선 두 사람의 인기척이 들려왔다. 천문학자는 문득 식당 밖에 걸려 있던 낡은 나무 현판을 떠올렸다. HEYL-R는 무슨 뜻일까, 궁금해하며 찻주전자를 기울여 빈 찻잔에 마저 차를 따랐다. 이번에는 우유를 바로 섞었다. 새하얀 액체가 다시 한번 꽃을 그리며 퍼져나갔다.

우누칼하이

비가 그치고 에일-르의 문이 닫혔다. 천문학자는 비에 젖은 풍경 너머로 멀어졌다. 하시쿠라는 그가 떠난 자리를 정리하기 시작했다. 그는 아직 온기가 남아 있는 접시 위에 찻잔과 함께 식탁에 놓여 있던 2700엔을 대충 놓았다. 접시의 검은 기름이 지폐를 천천히 물들였다. 나머지 식기들도 대충 접시 위에 포개고는 카운터 위에 살며시 올려두었다. 그리고 느긋하게 난롯가로 돌아가서는 타오르는 불 바로 옆에 있는 레버를 잡아당겼다. 팔의 피부가 불길에 익으면서 악취를 풍겼지만 그는 괘념치 않았다. 레버를 끝까지 당기자 불길이 작아지더니 곧 완전히 꺼져버렸다. 난로의 빛이 사라지자 에일-르는 바깥의 냉기를 힘껏 빨아들였다. 하시쿠라의 코에서 하얀 김이 규칙적으로 뿜어져 나왔다.

그의 눈은 여전히 난로 속을 바라보고 있었다.

    난로 속 검게 탄 장작 사이에서 무언가 꿈틀거리기 시작했다. 서로 부닥친 나뭇조각들이 가루가 되어 흩어지자 그 아래에서 '그것'이 모습을 드러냈다. '그것'의 흐물흐물한 몸은 경도 비만인 인간의 몸과 비슷했다. 사지가 있어야 할 곳에는 뱀 비늘로 가득 덮인 촉수 여러 개가 말미잘처럼 한 뭉텅이씩 붙어 있었다. 왼쪽 다리가 있어야 할 부분에만 아직 덜 자란 듯한 짧은 돌기가 뭉툭하게 돋아 있을 뿐이었다. 양쪽 어깻죽지에는 연필 굵기만 한 구멍 수십 개가 잔뜩 뚫려 있었는데 구멍들은 마치 '그것'의 호흡기라도 되는 것처럼 주기적으로 진동했다. 그렇게 구멍 가장자리가 떨릴 때마다 머리카락을 닮은 검고 길고 가느다란 물체들이 끊임없이 구멍과 구멍 사이를 드나들었다. 머리처럼 보이는 부분에는 일자형 동공을 가진 시뻘겋고 커다란 눈 세 개가 박혀 있었다. 세 개의 눈 사이에는 빨판이 가득 달린 수십 개의 시커먼 촉수가 있었고, 그 가운데에는 커다란 입이 있었다. 문어 다리를 닮은 촉수의 빨판에서는 하얀색 액체가 조금씩 그리고 끊임없이 흘러나왔다. 하얀색 액체가 눈 주변으로 흘러내리자 어깨의 구멍을 드나들던 검은 물체 하나가 스멀스멀 기어가 그것을 빨아들이기 시작했다. 그러자 물체의 가느다란 몸이 조금씩 부풀어 올랐고 액체를 끝까지 들이켰을 땐 스파게티 면보다도 더 굵어졌다.

주방의 커튼이 걷히며 젊은 여자가 걸어 나왔다. 여자는 여유로운 동작으로 카운터를 돌아 하시쿠라의 뒤편으로 다가갔다. 그러고는 그의 양어깨에 손을 얹으며 물었다.

"잘됐어?"

한국어였다. 하시쿠라는 여자의 손 위에 자신의 손을 포개며 역시 유창한 한국어로 말했다.

"조금 남기긴 했지만 괜찮아. 맛있어 보였는걸."

"다음엔 더 맛있게 만들어야겠다."

여자는 하시쿠라에게 몸을 더 바짝 기대고는 촉수처럼 희고 긴 팔로 그의 목과 가슴을 감쌌다. 섬세한 짜릿함이 하시쿠라의 뒷덜미를 타고 올랐다. 라벤더 냄새 사이로 비린내가 스치고 지나갔다.

여자는 다 식어버린 난로로 다가가 '그것'의 기다란 오른팔(그렇게 말할 수 있다면)을 부드럽게 쓰다듬었다. 검은 물체가 여자의 손가락 사이를 잠시 넘나들더니 다시 구멍 속으로 들어갔다. 여자의 따뜻한 눈길은 오직 '그것'의 오른팔만을 향하고 있었다. 다른 부분은 거들떠보지도 않았고 만지려고 하지도 않았다.

"우리 아가."

여자는 상냥한 표정을 지으며 말했다.

"조금만 더 기다리렴. 곧 마지막 친구를 만날 수 있을 거야."

이제 돌아오렴, 그때 붉은 눈이 끼어들었다.

그러자 하시쿠라와 여자의 몸이 순식간에 비틀리더니 그들의 콧구멍에서 가늘고 기다란 검은 물체가 기어 나왔다. 두 가닥의 물체는 재빠르게 두 사람의 몸을 벗어나 '그것'의 어깻죽지에 있는 구멍으로 들어갔다.

어서 오렴, 붉은 눈이 임무를 완수한 물체들에게 명령했다.

하시쿠라와 여자의 몸이 마룻바닥에 힘없이 쓰러졌다. 그들의 몸은 그동안 억지로 노화를 막기라도 했다는 듯이 순식간에 주름이 지더니 악취를 풍기며 썩어들어갔다. '그것'은 난로에서 천천히 나와서는 두 사람의 몸에 촉수로 둘러싸인 입을 가져다 댔다. 그리고 옷만 남을 때까지 그들의 몸을 녹여 삼켰다.

'그것'은 식사를 마친 후 천천히 몸을 일으켰다. 아직 다리가 하나뿐이었지만 양쪽 촉수에 달린 빨판으로 카운터에 기대어 몸을 세울 수 있었다. 부족한 다리는 천문학자 파트너의 몸속에서 자라나 검은 물체의 보호 속에서 16년간 성장한 뒤 '그것'의 몸을 완성하기 위해 돌아올 것이었다. 이제 천문학자의 검은 꼬리가 달린 생식세포가 누군가의 몸에 들어가기만을 기다리면 됐다. 대상이 남자든 여자든 상관없었다.

한 가닥의 연약한 몸으로 시작해 지금의 몸을 만들어

내기까지 한 세기가 걸렸다. '그것'이 우주 공간을 떠돌던 긴 세월과 비교하면 한 세기 정도는 삽시였다. 17년 후 마지막 식사를 마친 뒤(천문학자의 파트너는 어떤 맛이 날까) 완성된 몸으로 진짜 임무를 시작하게 되면 그동안의 세월은 충분히 보상받을 수 있을 터였다. 붉은 눈의 '그것'은 그렇게 중얼거리며 주방을 향해 절뚝절뚝 이동했다.

약속의 날과 장소는 우누칼하이가 알려줄 것이었다. 천문학자는 그 별을 그렇게 불렀지만 '그것'은 자신의 고향을 에일-르라고 불렀다.

아킬레우스의 시간

1

건물 사이로 새어 나온 오전의 낮은 햇살이 게으른 그림자들을 광장 바닥에 길게 드리웠다. 광장 구석에 자리 잡은 카페 러닝터틀 앞에서 카페 주인인 마스터가 파란 햇살을 받으며 느긋하게 손님 맞을 준비를 했다.

조금의 낭비도 없는 움직임으로 야외 식탁 설치를 마친 그는 아직 어두컴컴한 가게 안으로 들어가 자기가 마실 커피를 내렸다. 찬장이 뿜어내는 오래된 나무 내음이 커피의 하얀 증기에 섞이며 커피 향을 돋우었다. 카페 전면을 덮은 유리 벽을 통해 카운터 위로 햇빛이 조용히 쏟아졌다. 커피가 쪼르르 추출되는 소리를 제외하면 오랫동안 시간이 멈춘 듯 고요한 공간이었다.

필터에서 최후의 몇 방울이 떨어지며 잔에 검은 물결을 일으키고 있을 즈음 흰색 티셔츠와 청바지를 입은 여자가 가벼운 발걸음으로 등장했다. 카페에서 일하는 지니였다. 어깨까지 내려오는 지니의 검은 머리카락은 조금 젖어 있었다. 지니는 마스터를 바라보며 팔을 높이 들어 인사했다.

"안녕하세요, 마스터!"

"지니, 오늘 늦잠이라도 잔 거냐."

그녀는 애초에 감출 생각도 없었다는 듯이 헤헤 웃었다.

"봐요, 머리 말릴 시간까지 포기하고 제때 일하러 왔잖아요. 그러니까 시급 좀 올려줘요."

지니가 말을 하며 매만지는 머리카락으로부터 샴푸의 오렌지 향이 아스라이 퍼져 나갔다.

"제때 오는 건 당연한 거고. 밖에 나가서 햇살에 머리나 말리고 들어와."

"와, 일광욕 시켜주시는 건가요?"

지니의 눈이 둥그렇게 뜨였다. 마스터는 그런 지니를 보고 피식하더니 마른 수건과 낡은 앞치마를 가볍게 던졌다.

"아니, 빨리 일하라는 얘기야."

지니는 얼굴을 반쯤 돌리고 마스터를 흘겨보며 웃었다. 그러고는 받은 것들을 챙겨 들고 바깥으로 나왔다. 앞치마를 허리에 둘러맨 지니는 재빠르게 야외 식탁을 닦기 시작했다.

낮고 오래된 건물로 둘러싸인 광장에 조금씩 활기가 차오르고 있었다.

2

모든 것이 순조로웠다.

피터는 광장 가장자리를 천천히 걸었다. 아침부터 광장에 나온 사람들의 움직임은 느긋했다. 피터는 그들의 행동 하나하나를 유심히 살폈다. 골목에서 불어오는 바람에 펄럭이는 그들의 옷깃도 피터의 관심사였다. 그 어떤 것에서도 위화감이 느껴지지 않았다. 사람들은 어제와 같은 모습으로 여전히 자기들의 삶을 살아가고 있었다.

피터는 카페 러닝터틀 앞에서 걸음을 멈췄다. 카페 앞에 가지런히 놓인 철제 식탁들은 그곳의 역사를 증명하기라도 하듯 군데군데 녹이 슬어 있었다. 하지만 정겨운 카페의 분위기와 잘 어울렸기에 피터는 그것들이 좋았다.

피터가 식탁에 앉는 걸 본 지니는 설거지하던 손을 앞치마에 닦고 총총 뛰어 바깥으로 나왔다.

"오늘 날씨가 참 좋죠? 주문하시겠어요?"

지니는 앞치마 주머니에서 작은 메모장과 펜을 꺼내 받아 적을 준비를 했다. 피터는 식탁 위에 놓인 메뉴판을 읽고는 가방에서 여행 정보지를 꺼내며 대답했다.

"아침 식사 세트로 주세요. 차는…… 아삼 차이로 부탁해요. 아, 그리고 차이에 들어가는 우유는 저지방 우유로 해주시고, 잔은 안 데워주셔도 돼요."

"이 마을엔 처음 오신 것 같네요."

지니는 손을 재빠르게 움직이며 말했다. 피터가 지니의 얼굴을 올려다보자 지니는 들고 있던 것들을 주머니에 도로 집어넣으며 눈으로 여행 정보지를 가리켰다.

"아, 네. 여기 근처로 출장을 왔거든요."

"근데 여기가 그런 책에 실려 있어요?"

지니는 놀란 기색을 감추지 않고 물었다.

"아뇨. 일부러 이 책에 실리지 않은 곳을 찾아왔어요. 지도에 없는 길을 걷다 보니 여기가 나오더라고요."

"그거 재미있네요. 꼭 운명이 손님을 여기로 이끈 것처럼 들려요. 첫 손님이 재미있는 분인 걸 보니 오늘도 좋은 하루가 될 것 같네요."

지니의 해맑은 웃음에 피터도 덩달아 기분이 들떴다. 피터는 가볍게 눈인사를 한 지니가 카페 안으로 사라질 때까지 그 모습을 지켜봤다. 이미 수십 번도 더 본 광경이었지만 피터에겐 아침 햇살을 가로지르는 지니의 모습이 매번 아름다웠다. 제대로 펼친 적도 없는 여행 정보지를 꺼내는 것도, 좋아하지도 않는 홍차 따위를 까다롭게 주문하는 것도 모두 그 모습을 오래 보기 위함이었다.

피터는 지니가 서빙 오기를 기다리며 그에게 주어진 임무를 복기했다. 허가되지 않은 타임루프를 발견하면 그 루프를 끊고 등록되지 않은 타임루퍼를 영입할 것. 여의치 않을 땐 강제로 그 능력을 제거할 것.

피터는 카페의 커다란 유리창 너머로 타임루퍼의 모습을 바라봤다. 타임루퍼는 물을 끓이는 지니 옆에서 샌드위치를 만들고 있었다. 그의 거친 손에 들린 커다란 부엌칼이 양상추와 토마토를 능숙하게 조각냈다.

몇 분 뒤, 피터의 기대와는 달리 그리고 어제까지 반복되던 '오늘'과도 달리, 샌드위치와 차이를 가져온 것은 지니가 아닌 카페 마스터였다.

3

"당신을 찾는 건 쉬운 일이 아니었어요."

피터는 반쯤 남은 샌드위치를 내려놓으며 말했다. 샌드위치는 맛있었지만 이미 수십 번을 맛본 피터에겐 억지로 먹는 급식과도 같았다. 피터는 말을 이었다.

"물론 당신이 제 존재를 눈치채고 있었다는 건 알았어요. 그야 전 이 마을에서 당신을 제외하고 어제의 '오늘'과 다르게 행동하는 유일한 사람이니까요."

마스터는 말없이 고개를 끄덕였다.

"이렇게 먼저 제게 다가올 줄은 몰랐어요. 제가 당신의 정체를 눈치챘다는 걸 언제부터 알았나요?"

마스터는 숨을 크게 한번 내쉬고는 답했다.

"며칠 전부터. 수상한 눈빛으로 가게 안을 그렇게나 집요하게 훑어보는데 모를 수가 없지. 처음엔 지니에게 관심을 보이길래 그 애를 의심하는 줄 알았지만."

"그렇군요. 하지만 뭐, 지니는 관심 밖에 두려야 둘 수 없는 존재이긴 하죠."

피터는 안에서 둘이 대화하는 모습을 멀뚱멀뚱 지켜보고 있는 지니 쪽으로 눈길을 보냈다. 피터와 눈이 마주친 지니는 어색하게 웃었고 피터는 별다른 반응을 보이지 않고 마스터 쪽으로 다시 고개를 돌렸다.

"지니를 볼 땐 젊은 여자를 바라보는 남자의 그 뻔한 눈빛이었는데 나를 볼 땐 개미 관찰하듯 날 선 눈빛이더군. 그래서 확신했지."

"……지니도 절 그저 그런 사람으로 생각하는 건 아니겠죠?"

피터는 반쯤 농담을 섞어 물었다. 마스터는 이미 그런 눈빛에 인이 박인 지니는 그 정도에는 신경도 쓰지 않는다고 말하고 싶어 하는 얼굴이었다. 그러나 원래 하던 이야기로 말머리를 다시 돌렸다.

"당신 도대체 뭐야? 왜 여기 있는 거지?"

"타임루퍼는 당신만 있는 게 아니에요. 저는 당신처럼 타임루퍼를 관리하고 필요에 따라 채용하는 일을 하죠. 그래 봐야 말단 현장 직원이기는 합니다만."

피터와 마스터 사이에 잠시 침묵이 흐르는 와중에 불쑥 지니가 다가왔다. 지니의 양손에는 작은 컵케이크가 하나씩 들려 있었다.

"손님도 없고 해서 연습 삼아 만들어봤어요. 괜찮죠, 마스터?"

그가 고개를 끄덕였다. 지니는 두 사람 앞에 컵케이크를 내려놓으며 말했다.

"마스터의 친구분인지는 몰랐네요. 어쩐지 주문이 자세하다 했어요. 우연히 온 것처럼 말씀하시더니 멀리서 찾아오셨나 봐요?"

피터가 대답을 주저하자 마스터가 대신 답했다.

"맞아. 아주 멀리서 온 친구야. 뜬금없이 찾아와서 나도 놀랐어."

"그렇군요. 그럼 제가 가게 보고 있을 테니까 두 분은 천천히 얘기하세요. 식사 주문 들어오면 말씀드릴게요."

지니는 피터와 마스터를 향해 한 번씩 웃어 보이고는 뒤돌아 가게로 향했다. 유리문에 달린 종이 짤랑 울림과 동시에 그게 어떤 신호라는 듯 마스터의 시선이 다시 피터에게 꽂혔다.

"……타임루퍼에 대해 내가 모르는 걸 아는 것 같군."

마스터는 팔짱을 끼며 자세를 가다듬었다.

"괜찮다면 얘기를 더 들어보고 싶은데. 난 내가 특별한 줄 알았거든. 감히 내 시간 속에 허락도 없이 끼어들었으니 그 정도 얘긴 해줄 수 있겠지."

피터는 능글맞게 웃으며 대답했다.

"여기서 반복되고 있는 하루가 당신의 시간이냐, 에 대해선 몇 가지 따지고 싶은 게 있지만 뭐, 얘기는 해드리죠. 전 싸우러 온 게 아니니까요."

갑자기 강한 허기를 느낀 피터가 남은 샌드위치를 입안 가득 베어 물었다. 그리고 차이를 한 모금 들이켜고는 말을 이었다.

"타임루프의 존재가 처음 알려진 건 10년 전이었어요. 어느 신문기자가 타임루프에 빠졌다가 탈출했죠."

4

10년 전, 핀 콜러스는 타임루프에 빠졌다가 탈출한 경험을 기사로 작성했다. 처음 사람들은 그 내용을 그저 논픽션을 가장한 픽션이라고 생각했지만 핀은 모든 내용이 사실이라고 주장했다. 물론 그런 영화 같은 이야기를 믿는 사

람은 없었고 핀은 빌 머리나 우드척 따위의 별명으로 불리며 놀림받다가 결국 해고되었다.✣

하지만 이후 핀은 자기 경험을 자세히 기술한 책을 출간했고 그의 경험은 다시금 화제가 되었다. 그가 타임루프에 빠졌다고 주장한 곳은 어느 유명한 과학자의 고향이었는데, 타임루프가 일어난 그날 그 과학자의 모친이 아무런 유언도 못 남기고 심장마비로 세상을 떠났다. 그런데 핀이 책에서 자신이 타임루프에 빠져 그 과학자를 만났고, 그의 모친을 살리기 위해 함께 애썼다고 주장한 것이다.

핀의 고백에 의하면 그는 타임루프를 통해 같은 하루를 수없이 반복해 살며 마을 곳곳을 뒤져서 니트로글리세린을 몇 개 찾아냈다. 끝내 심장마비를 막을 순 없었지만 과학자와 그의 모친이 대화할 수 있는 몇 시간은 확보할 수 있었다. 그 하루가 끝나고 며칠 후, 타임루프는 시작될 때와 마찬가지로 아무런 예고도 없이 끝났다.

핀의 책 속에는 당사자가 아니고서는 알 수 없는 그 과학자의 삶 이야기가 담겨 있었고 그래서 사람들은 핀 콜러스의 말을 믿을 수밖에 없었다. 이후 정부에 의해 꾸려진 조사단을 통해 핀이 그 마을 사람들의 인생사, 습관, 취미, 감

✣ 타임루프에 대한 영화 〈사랑의 블랙홀〉(1993)의 주인공 이름은 우드척이고 빌 머리가 그를 연기했다.

추고 싶은 비밀을 알고 있고 그곳 건축물들의 사소한 특징까지도 완벽하게 기억하고 있다는 것이 밝혀졌다. 그리고 그가 적어도 11년 치의 '하루'를 반복했다는 것도 드러났다.

핀이 과학자의 모친과 개인적으로 나눈 대화 내용은 타임루프를 만든 사람, 즉 타임루퍼의 존재까지 드러냈다. 놀랍게도 타임루퍼는 다름 아닌 과학자의 모친이었다. 그녀는 핀에게 이 일에 끌어들여 미안하다고, 그가 자신을 살리기 위해 많은 시간을 쓰고 있다는 것을 알고 있었다고 고백하며 이런 경험이 전에도 몇 번 있었지만 때가 돼야 벗어날 수 있을 뿐, 스스로 벗어나는 방법은 모른다고 했다. 이후 그 경험이 기록된 오래된 일기가 발견되면서 그녀가 타임루퍼였다는 사실은 더욱 분명해졌다.

핀이 빠졌던 타임루프를 깨뜨린 것이 심장약으로 쓴 니트로글리세린이었다는 사실도 곧 밝혀졌다. 일정량의 니트로글리세린을 투여하면 타임루퍼의 능력이 약해지고 결국은 루프가 깨졌다. 투여량을 늘리는 것으로 능력을 완전히 없앨 수도 있었다. 타임루퍼를 다룰 방법까지 알려진 것이다.

그렇다면 핀 콜러스는 왜 타임루프에 빠졌는가? 핀 역시 평범한 존재는 아니었다. 그는 '시간의 두께'를 볼 수 있는 존재였다. 누군가가 타임루프를 반복하고 있으면 (핀의 표현을 빌리자면) 그 시간대의 시간이 '두꺼워졌다'. 모르고 넘어가면 아무 일도 일어나지 않지만 시간이 두꺼워졌다는 것을 알아채면 어느새 타임루프에 휘말리게 됐다.

그리고 그 시간의 두께를 볼 수 있는 사람이 여기에 또 있었다. 바로 피터였다.

5

"시간의 두께……를 본단 말이지."

마스터의 눈빛에서 묘한 동질감이 묻어났다. 피터는 그가 자신과 같은 사람들이 있다는 사실에 조금 위안을 얻은 게 아닐까 생각했다.

"그런 셈이죠. 우연히 이곳을 지나다가 시간이 두꺼워진 걸 알고는 바로 일에 착수한 거죠. 당신을 찾는 일에요."

"그럼 처음부터 이 시간에 있었나?"

피터는 고개를 저으며 말했다.

"아뇨. 제가 이 루프에 들어왔을 땐 시간이 이미 여러 번 반복된 다음이었습니다. 제가 알아챌 수 있을 만큼 시간이 두꺼워진 이후요."

"날 찾은 다음엔?"

피터는 재킷 주머니에서 정성스럽게 접은 종이 하나를 꺼내서 마스터에게 건넸다. 그가 종이를 펼치자 빼곡히 적힌 글자들이 모습을 드러냈다.

"당신에겐 두 가지 선택지가 있어요. 하나는 이 타임루프를 깨고 우리 회사를 위해 일하는 것. 수요자는 정부예요. 타임루퍼만큼 유용한 첩보원이 없는데, 정부에서 거기까지 직접 관리할 순 없잖아요. 그래서 우리 회사가 그걸 대신 해주는 거죠.

다른 선택지는 역시 타임루프를 깨고 이 능력을 영구히 제거하는 것. 참고로 특별히 제작된 니트로글리세린 알약을 삼키고 잠들면 루프는 바로 깨져요. 복용량에 따라서 능력을 아예 지워버리는 것도 가능하고요."

피터는 차이를 한 모금 마시고는 마스터의 반응을 살폈다. 대부분의 미등록 루퍼들은 의도치 않게 루프에 갇혀 빠져나오지 못했다. 그들에게 루프를 깰 방법이 있다는 것은 굉장히 중요한 정보였다. 예상대로 마스터는 몸을 피터 쪽으로 기울이며 관심을 보였다.

"그 종이에는 이 두 선택지에 대한 자세한 설명이 쓰여 있어요. 천천히 읽어봐요. 서두를 필요는 없으니까. 어차피 내일도 오늘이니."

조금 전까지 부엌칼을 휘두르던 사람에게 차마 선택지라고 하기 애매한 선택지를 제시하고 있었지만 피터의 목소리에는 불안한 기색이 조금도 없었다. 서류를 꼼꼼히 읽는 마스터를 보며 피터는 그가 이성적인 사람이리라 생각했다.

"회사는 알고 있나?"

"아뇨. 어차피 하루가 반복되니 매일 연락하는 건 의미가 없어서 보통은 루프가 끝날 때 보고해요. 그리고 연락을 해도 여긴 너무 오지라서 보조 인력이 하루 만에 우르르 몰려오거나 할 수는 없으니까 안심하세요. 이 루프 안에 있는 동안 이 세계를 방해할 사람은 없어요."

피터가 농담조로 말하자 마스터는 피식거리며 고개를 가볍게 저었다. 피터는 마스터의 기분을 살피면서 말했다.

"그나저나…… 하나 물어봐도 될까요?"

마스터가 서류에서 눈을 떼고 피터를 바라봤다.

"대부분의 타임루퍼는 자기한테 그런 능력이 있다는 것도 모르고 살아요. 그러다가 어떤 비극적인 사건을 계기로 루프에 빠지죠. 그렇게 루프 안에서 비극을 반복하다가 결국 미쳐버리는 경우가 많아요. 그냥 곱게 미치면 그나마 다행이죠. 도덕관이 무너져서 루프 안에서 살인과 폭행, 강간을 끝없이 일삼는 놈들도 있어요."

피터는 늦은 오후의 따스한 햇살을 만끽했다. 너무나 평화로운 곳이었다. 그가 지금까지 보아온 루프 속 그 어느 곳보다 그러했다.

"하지만 당신은 하루하루 매우 평화롭게 지내고 있어요. 수십 번 지켜봤지만 당신은 루프라는 걸 알면서도 항상 같은 하루를 반복하고 있더군요.

"이런 경우는 처음 보나?"

"아뇨. 예전에도 비슷한 사례는 있었어요."

마스터가 몸을 다시 앞으로 기울이며 관심을 보이자 피터는 잠시 호흡을 가다듬으며 뜸을 들였다. 그러고는 일부러 어두운 표정을 지으며 낮은 목소리로 말했다.

"아들의 자살 때문에 루프에 빠진 아버지가 있었어요. 제가 루프에 들어간 때는 이미 많은 하루가 지난 뒤였는데…… 루프 속에서 아버지는 가능한 모든 방법으로 아들을 말렸지만 그는 매번 목숨을 끊었더군요. 그렇게 수십 년의 하루를 보낸 끝에 아버지는 우울한 평화를 맞았어요."

마스터의 시선이 피터의 머리보다 한 뼘 정도 더 높은 곳에서 멎었다. 피터는 그가 자신의 과거를 떠올리고 있다고 생각했다. 그 눈빛에서 피터는 그를 설득할 수 있으리라는 가능성을 엿봤다.

"자네, 이름이 뭔가? 알려줄 수 있나?"

마스터는 시선을 고정하고 물었다. 침착하고 담담한 말투였다.

"피터입니다. 피터 리."

이름을 듣자마자 마스터가 시선을 내려 피터를 바라봤다.

"피터 리……? 혹시 한국이나 중국계인가?"

"엄마가 한국인입니다."

마스터가 커다란 얼굴에 주름을 한가득 띄우며 재밌다

는 듯 큭큭거리기 시작했다. 피터도 웃음을 참고 있다는 듯이 어깨를 살짝 들썩였다.

"그거…… 직접 지은 가명이지?"

피터는 대답하지 않았다. 대신 어깨의 긴장을 풀고 의자에 몸을 기대며 미소 지었다.

"리피터(repeater). 유치한 말장난이군."

드디어 두 사람 사이에서 처음으로 웃음소리가 터져 나왔다. 피터와 마스터의 목소리가 절묘하게 조화를 이루었다. 카페 안에 있던 지니가 그 소리를 듣고는 무슨 일인가 해서 문을 살짝 열고 얼굴을 빼꼼 내밀었다.

"오늘 5시에 다시 찾아와. 그럼 내가 왜 이 세계에 머무르고 있는지 알려주지. 아니, 보여주지. 그리고 그때까지 이 종이 쪼가리도 좀 더 읽어봐야겠어."

처음 피터 앞에 앉았을 때와 비교하면 마스터의 목소리는 크게 달라져 있었다. 지금은 굵은 목소리 속에 가벼운 여유와 즐거움이 묻어났다.

"그나저나 피터, 오늘 몇 시에 일어났나? 루프 안에서 항상 같은 시간에 일어나는 건 자네도 마찬가지지?"

"7시에 일어나요. 그리고, 네. 루프 안에선 항상 같은 시간에 잠에서 깨죠."

"난 하필이면 5시에 일어난 날에 루프가 시작됐어. 덕분에 매일 잠이 부족해. 7시면 딱 좋네. 부러워."

마스터는 자리에서 일어나면서 지니가 만들어 온 컵케이크를 하나 집어 들었다.

"그나저나 지니가 어제까지의 오늘엔 이런 걸 만들지 않았어. 당신 덕분에 지니의 하루도 다르게 흘러가겠네."

마스터는 컵케이크를 한입 베어 물고는 피터 앞에 내려놓았다. 그는 맛이 괜찮은 듯 고개를 끄덕이고는 가게 안으로 사라졌다.

피터는 이 평화로운 장소와 시간을 곧 떠나야 한다는 사실에 작은 아쉬움을 느꼈다. 기분을 달래기 위해 컵케이크를 한입 먹어봤지만 기분이 나아지지는 않았다. 하지만 맛은 있었다. 피터는 케이크 반죽을 리듬감 있게 어루만지는 지니의 가느다란 손가락을 떠올리며 입안의 것을 삼켰다.

6

오후 5시를 넘긴 광장은 아침보다 더 활기가 넘쳤다. 과일과 빵을 사서 집으로 돌아가는 사람들, 기울어진 햇빛 아래서 체스를 두는 노인들, 두 시간 전부터 책가방을 바닥에 던져놓고 뛰어다니는 아이들…….

같은 광경을 수십 번 반복해서 보자니 피터는 이 시공간이 잘 꾸며진 어항 같다는 생각이 들었다. 어제와 같은 장소에서 물살을 따라 규칙적으로 흔들리는 플라스틱 낚시

꾼과 잠수부 사이로 물고기 한 마리가 자유롭게 닫힌 세계를 노닐고 있었다.

이제 그 물고기에게 바다로 나가겠다는 약속을 받아낼 때였다.

"어서 와, 피터."

카페로 다가오는 피터를 본 마스터가 냉큼 달려가 문을 열었다. 가게 안은 피터의 생각보다 더 북적거렸다. 어두운 조명 아래서 술잔을 든 사람들이 즐겁게 또는 우울하게 대화를 나누고 있었다.

"우린 5시부터 술도 팔거든. 카페 겸 바라고 할 수 있지."

마스터는 피터를 카운터로 안내했다. 가게를 가로지르면서 손님들에게 인사를 건네는 것도 잊지 않았다. 피터를 구석에 앉힌 그는 손가락을 치켜세우며 말했다.

"여기서 조금 기다려. 그리고, 절대, 내게 먼저 말 걸지 마."

마스터는 차가운 맥주 한 잔을 피터 앞에 내려놓고는 사라졌다. 피터는 가게를 다시 한번 살폈다. 술과 커피를 마시며 즐거워하는 사람들의 목소리 사이로 재즈가 흘러나왔다. 작가라면 펜과 노트를 꺼내 정신없이 글을 쓰고 싶어 할 법한 분위기였다.

지니의 모습은 보이지 않았다. 아침에 출근했으니 이제 퇴근하고도 남았을 시간이었다. 피터는 아침에 본 지니의 모습을 떠올렸다. 오늘이 마지막 루프가 될 줄 알았으면 그녀에게 좀 더 좋은 첫인상을 남겼을 텐데. 피터는 루프가 깨지는 내일, 지니에게 어떻게 다가가면 좋을지 궁리하며 맥주를 한 모금 마셨다.

출입문에 달린 종이 기분 좋은 소리를 냈다. 문을 열고 들어온 이는 한 여자였다. 빨간색 민소매 터틀넥 스웨터를 입은 그녀는 어깨부터 드러난 두 팔을 힘차게 흔들며 마스터를 향해 걸어갔다. 지금까지 루프를 돌며 보지 못했다는 게 믿기지 않을 만큼 매력적인 여자였다. 피터는 그녀의 우아한 걸음걸이에 잠시 넋을 놓을 뻔했다. 하지만 그녀를 바라보는 마스터의 표정이 이제까지와는 완전히 다르다는 것을 눈치채고는 바로 정신을 다잡았다.

"안녕, 마스터. 오늘도 손님이 많네."

그녀는 입이 귀까지 찢어진 마스터 앞에 앉았다. 좁은 식탁을 사이에 두고 두 사람의 시선이 교차했다. 그녀와 마스터 사이에 뜨겁고 달짝지근한 감정이 흐르고 있다는 것에는 의심의 여지가 없었다. 동시에 차마 서로에게 손을 내밀진 못하는 보이지 않는 벽 역시 느낄 수 있었다. 마스터는 꽁꽁 얼린 유리잔에 맥주를 가득 담아 그녀 앞에 놓았다.

저 여자 때문이 맞았군.

내일 이어질 수 없다면, 오늘을 멈춰서라도 함께 있고 싶을 만큼 그녀가 아름답고 매력적인 사람이라는 걸 피터도 인정할 수밖에 없었다. 하지만 사랑에 빠지는 것 정도로는 타임루프가 일어나지 않는다. 엄청난 심리적 충격, 사랑하는 사람을 잃거나 자기가 죽는 것과 같은 정도의 비극만이 타임루프를 만들어낸다.

눈빛으로 사랑을 주고받는 두 사람의 모습을 피터가 즐겁게만 지켜볼 수 없던 이유도 바로 그것이었다.

7

그녀와 마스터는 영화 속 연인이나 나눌 법한 대화를 거의 두 시간 동안 이어갔다. 주문이 들어올 땐 대화가 멈췄지만 마스터는 재빠른 몸놀림으로 술잔을 채웠고, 그녀는 그런 마스터의 움직임을 물끄러미 바라봤다. 두 사람에게 철저히 무시당한 차가운 맥주잔에 맺힌 물방울이 빗물처럼 흘러내렸다.

지겨움에 지친 피터가 몸을 풀기 위해 의자에서 일어섰을 때, 둘 사이의 대화도 끊겼다. 피터는 다시 자리에 앉아 그 침묵을 조용히 지켜봤다. 마스터가 거칠고 주름진 손을 그녀의 손 위에 가볍게 얹었다. 마스터답지 않게 긴장한 몸짓이었다. 그러자 그녀가 재빠르게 손을 빼내고는 자리에서 일어섰다.

"잠시 화장실 좀 다녀올게요."

가게 구석에 있는 화장실을 향해 천천히 걸어가면서도

그녀는 단 한 번도 뒤에 남겨진 마스터를 돌아보지 않았다. 마스터는 얼굴에 아쉬움을 가득 담은 채 피터 앞으로 다가와 앉았다.

"20분 뒤에나 나올 거야. 항상 그렇거든. 피터, 담배 태우나?"

앞치마에서 담배를 꺼내는 마스터의 팔이 가볍게 떨렸다. 이마에는 식은땀이 송골송골 맺혀 있었다. 피터가 고개를 끄덕이자 마스터가 한 개비를 피터에게 건넸다. 마스터의 낡은 지포 라이터가 딸깍거리며 불을 피웠고, 어느새 짙은 담배 연기가 두 사람의 시야를 뒤덮었다.

"……저 여잔 오늘 밤에 죽을 거야. 지금까지 그래왔던 것처럼."

두 사람의 긴장된 호흡이 담배 연기를 기묘한 모양으로 흩뜨렸다. 마스터의 차가운 눈동자가 옅어진 연기를 뚫고 피터의 콧등에 닿았다.

"사고인가요? 아니면……."

"나도 몰라. 함께 잠자리까지 하게 됐는데…… 어느 순간 이미 바닥에 쓰러져 죽어 있었으니까. 무슨 병이라도 있는 건지, 아니면 이상한 약이라도 먹은 건지."

"함께 밤을 보낸 뒤에 죽은 거군요. 그래서 타임루프에 빠졌고."

"아마도. 그 뒤로 기억이 끊어졌다가 정신을 차리고 보니까 전날 아침이었어. 그게 시작이었지. 그리고 자네가 오늘 들려준 이야기처럼······."

"저분의 죽음을 막으려고 했던 거군요. 그러나 매번 실패했겠죠."

두 사람을 덮은 무거운 공기가 술잔을 부딪치며 떠드는 사람들의 목소리를 완전히 눌러버렸다. 이후 3분 동안은 담배 연기를 뿜어내는 서로의 호흡만이 두 사람 간의 대화였고 소통이었다. 먼저 입을 뗀 사람은 마스터였다.

"그 애 아버지는 어떻게 됐어? 루프를 빠져나온 거야?"

"결국은 나왔어요. 하지만 바로 다음 날 빌딩에서 뛰어내렸죠."

아들이 없는 세상을 살 바엔 차라리 매일 아들의 죽음을 지켜보는 게 더 나았다, 그런 유서를 남겼지만······. 피터는 그다음 말을 목 아래에 깊숙이 숨겼다.

"적응하기가 쉽지는 않았을 테죠. 그 사람은 거의 40년을 루프 안에서 보냈거든요. 돌아와서 제정신으로 버티는 게 기적이죠."

"날 여기서 나가도록 설득하려는 사람이 그런 이야기를 하는군."

"거짓말을 하고 싶지는 않아요. 그렇지만 전 진심으로 당신을 이 루프에서 내보내려고 하는 거예요. 이건 제가 월급을 받으면서 하는 일이나 그 종이 쪼가리와는 다른 얘기예요. 그 아버지의 사례를 알기 때문에 당신이 갖고 있는 상처도 아물게 해주고 싶어요."

피터는 담배를 힘껏 빨고 내뱉으면서 가느다란 연기 기둥을 만들었다.

"그리고 이 루프 안에서 수십 번, 수백 번 죽음을 겪는 저분을 위해서라도. 루프가 반복될 때마다, 또 한 명의 그녀가 죽잖아요. 아무리 루프 안에 있다지만, 어제의 저분과 오늘의 저분은 삶의 마지막 하루를 조금씩 다르게 보낸 다른 사람이니까요. 하지만 이러나저러나 저분은 여전히 오늘 밤 죽을 운명이죠.

전 지난 며칠 동안 당신을 지켜봤어요. 당신이 무엇을 하든 모든 게 원 상태로 돌아갈 텐데 당신은 하루도 쉬지 않고 가게를 열고 손님을 맞이했죠. 누구에게도 상처를 주지 않고. 마치 루프가 아닌 그저 평범한 시간을 살고 있는 것처럼. 전 아직 당신에게 더 나은 판단을 내릴 능력이 남아 있다고 생각해요."

"어려운 이야기를 하는군. 왠지 매뉴얼 같기도 하지만 말이야."

"믿어주시면 좋겠어요."

"내가 만약 거절한다면? 자네는 어떻게 되나? 혼자 루프에서 나갈 텐가?"

"전 당신이 만든 루프에 올라탄 거예요. 당신이 루프를 끝내지 않는 한, 저도 여기서 나갈 수 없죠. 항구를 떠난 배에 올라탄 것과 비슷해요. 물론 보험은 있어요."

마스터는 담배를 재떨이에 비벼 끄며 피터를 바라봤다. 보험이란 게 뭔지 궁금한 눈치였다. 피터도 담배를 비비며 말했다.

"보험이 뭔지는 말씀드릴 수 없어요. 어쨌거나 강제로 루프를 깨는 도구가 있어요. 그러면 당신도 저도 내일을 맞이할 수 있게 되겠죠. 그리고…… 그렇게 되면 정부에서 당신을 연행하러 올 테고, 관리 대상이 되겠죠. 한두 번 설득한 뒤에도 따르지 않는다면 그들은 당신의 루프 능력을 없애버릴 거예요."

"내가 어떤 결정을 하든 루프는 깨질 거란 얘기군."

피터는 대답하지 않았다. 그가 생각해도 공평한 선택지는 아니었기 때문이다.

"뭐, 자네 말이 맞아. 난 매일 저 사람과 조금씩 다른 대화를 했고, 저 사람의 반응도 매일 조금씩 달랐어. 결국 그녀는 매일 다른 사람이었지. 그리고 난 지금까지 수많은 '그녀들'이 죽어가게 내버려뒀고."

"당신 잘못이 아니에요. 무슨 대화를 했든지 오늘 밤 세상을 떠나는 건 저분의 운명이니까요. 당신은 그저 조금이라도 저분과 함께하고 싶었던 것뿐이겠죠. 게다가 당신 스스로 루프를 깰 수 있었던 것도 아니고."

마스터는 조금 전까지 그녀가 앉아 있던 자리를 지그시 바라보며 말했다.

"내게 하루만 더 줘. 오늘은 언제나처럼 보내고, 내일은…… 가게 문을 닫고 저 사람에게 작별 인사를 하고 싶어."

"물론이죠. 서두를 필요는 없어요."

피터는 기쁨을 감추기 위해 아주 작게만 미소 지었다. 생각보다 훨씬 더 빨리 설득되어 놀랐다. 피터가 미소를 유지하기 위해 노력하는 동안, 마스터는 몸을 일으켜 세우며 벽시계를 확인했다. 2~3분 뒤에 그녀가 돌아올 터였다.

"피터, 내가 선물 하나 주지."

"선물?"

"아니, 사람을 두고 선물이라고 하는 건 좀 안 맞는 것 같군. 지니에 대한 거야. 자네가 지니에게 관심이 있다는 건 너무 알기 쉽거든."

피터의 귀가 솔깃해졌다.

"자넨 좋은 사람이야. 지니도 좋은 녀석인 데다, 그 애도 자네를 마음에 들어 하는 것 같아. 내 생각엔 잘 어울리는 한 쌍이 될 것 같아."

마스터는 피터의 빈 잔에 차가운 맥주를 다시 채우면서 이어 말했다.

"지니는 오늘 밤 서점 건물 옥상에서 유성우를 볼 거야. 아마 10시쯤. 그 전에는 근처에 있는 레스토랑에서 혼자 저녁을 먹으면서 책을 읽을 거고. 지니도 좀 외로운 녀석이거든."

"광장 건너편에 있는 서점을 말하는 건가요?"

"맞아. 거기서 어슬렁거리고 있으면 만날 수 있을 거야. 만나서 같이 밥도 먹고 책 이야기도 해. 지니가 읽고 있는 건 칼 세이건의 《과학적 경험의 다양성》이란 책인데, 내용은 나도 몰라. 아무튼 그렇게 다가가서 같이 별이나 보라고. 그러고도 연인이 되지 못한다면 자넨 멍청이야."

"굉장한 선물이네요."

"다시 말해두는데, 지니를 선물로 주는 게 아니야. 그 애에게 다가갈 기회를 선물로 주는 거지."

지금까지 본 적 없는 인자한 미소가 마스터의 얼굴에 떠올랐다. 피터도 한결 안심되었다. 지금까지 느껴본 적 없는 보람이 피터의 가슴에 차올랐다. 게다가 지니와 가까워질 힌트까지 얻었으니 일거양득이었다.

"그것만 마시고 지니를 만나러 가봐."

그 말을 끝으로 마스터는 원래 자리로 돌아갔다. 그가 자세를 가다듬자 때를 기다렸다는 듯이 마스터의 그녀가 다시 모습을 드러냈다. 그 안에서 휴식이라도 취했는지 그녀의 발걸음은 들어갈 때보다 더 가벼워져 있었고, 한 걸음씩 내디딜 때마다 건강하게 기름진 머리카락이 찰랑거렸다.

그리고 그녀는 오늘 죽는다.

안타까웠지만 그것이 그녀의 운명이었다. 피터는 이제

그녀의 반복되는 죽음에도 끝이 있기를 진심으로 바랐다.

8

 마스터의 말은 사실이었다. 서점에 들어가 마스터가 이야기한 책을 사고 주변을 어슬렁거렸더니 지니를 만날 수 있었다. 게다가 지니는 피터가 들고 있는 책을 보고는 자기도 같은 책을 읽고 있다며 흥분을 감추지 못하고 말을 쏟아냈다. 그렇게 우리는 자연스럽게 저녁을 먹고, 대화를 나눴다.
 "오늘 유성우 있는 거 알아요?"
 지니는 냅킨으로 주홍빛 입술을 닦으며 말했다. 피터는 침을 한번 삼켰다.
 "페르세우스자리 유성우 극대기가 오늘 밤이에요."
 피터와 눈이 마주치자 지니는 숨을 참듯 말을 멈췄다. 두 사람의 얼굴에 깊고 따뜻한 미소가 서렸다.
 "같이 보러 갈까요?"
 서로의 목소리가 완벽하게 겹치자 두 사람은 누가 먼저랄 것도 없이 쿡쿡거리며 식탁 아래에서 장난스럽게 서로의 발을 건드렸다. 이미 둘 사이에서 손이나 발이 만나는 것 정도는 아무런 위화감도 주지 않았다.
 피터와 지니는 서점 옥상 바닥에 신문지를 깔고 그 위

에 누워 한 시간을 있었지만 유성우는 기대만큼 시원스럽지 않았다. 쏟아지는 별똥별 아래에서 소원을 비는 일 따위는 없었다. 하지만 가을밤의 공기는 두 사람이 서로의 체온을 원하게 할 정도로는 충분히 차가웠다.

피터에겐 모든 것이 완벽했다. 서점에서 책을 사고 나온 시간부터, 식당에서 눈이 마주친 순간들, 둘의 목소리가 겹친 타이밍, 옥상에 누운 두 사람의 거리, 그리고 지니의 집으로 가는 길 위에서 나눴던 대화까지…….

피터는 이 모든 것을 잊지 않기 위해 노력했다. 지금 무슨 일이 벌어지든 아침이 되면 오늘이 또다시 반복될 것이고 마지막 루프일 그때야말로 완벽하게 오늘의 상황을 반복해야 했다. 지니를 그의 운명으로 만들기 위해서는 그렇게 해야 했다.

방에 들어가자마자 지니는 피터를 침대에 눕히고 그 위에 올라탔다. 그러고는 망설임 없이 피터의 상의를 벗기고 자신의 옷도 한 겹씩 벗었다. 어느새 두 사람 사이를 가로막은 천 조각은 완벽하게 사라졌다.

지니가 피터와 얼굴을 맞댔다. 지니의 머리카락이 피터의 얼굴을 덮자 익숙한 오렌지 샴푸의 부드러운 향기가 피터의 코를 점령했다. 지니는 오른손 검지와 중지를 피터의 입속에 집어넣었다. 피터는 혓바닥으로 지니의 손가락을 어루만졌다. 거칠게 엇갈리는 둘의 숨소리, 그리고 땀에 젖은 살갗이 부딪히는 소리가 방 안을 가득 메웠다. 이윽고 두 사람의 체온이 같아진 그 순간, 피터는 이 완벽한 하루를 내일 다시 한번 그대로 재현할 수 있을지 조금 걱정이 됐다.

9

가게 내부 수리로 금일 오전은 쉽니다.
—카페 러닝터틀

가게 안은 어두웠다. 카페의 목조 가구에 부딪치는 이른 아침의 낮은 햇살이 썰렁한 공기를 조용히 데웠다. 마스터와 피터는 카운터를 사이에 두고 말없이 앉아 있었다. 마스터는 피터를 바라보고 있었지만, 피터의 시선은 식탁 위에 놓인 작은 상자만을 향했다.

"이게 뭔지 바로 아는 걸 보니 어제는 지니와 황홀한 밤을 보냈나 보군."

마스터가 서늘한 음성으로 말했다. 피터는 계속해서 상자를 내려다보고 있었다.

상자 안에는 무언가에 젖은 기다랗고 새카만 머리카락이 들어 있었다. 머리카락은 군데군데 새빨갛게 물들어 있었다. 그리고 진한 오렌지 향기가 풍겼다.

피터의 입술이 조금씩 움직였다. 하지만 목소리는 나

오지 않았다. 식은땀이 피터의 등을 타고 흘렀다. 그 모습을 보며 재미있다는 듯 껄껄거리는 마스터의 웃음소리가 피터의 몸을 에워쌌다.

"맞아. 지니를 죽였어. 오늘 새벽에. 망치로 머리를 깨 버렸지. 너 주려고 머리카락도 좀 잘라 왔고. 그래. 이거야말로 진짜 선물이지."

"도대체 왜……?"

"왜 죽였느냐고?"

마스터는 앞치마 주머니에서 담배 한 개비를 꺼내 입에 물더니 전날 봤던 그 지포 라이터로 불을 밝혔다. 그러나 담배에 불을 붙이지는 않았다. 마스터는 자신의 반대쪽 손에 들린 바로 그 종이에 불을 붙였다.

"자넨 날 바보 취급했어."

종이를 뜨겁게 갉아먹으며 타오르는 불길이 마스터의 담배에 불을 붙였다. 마스터는 불타는 종이를 철제 쓰레기통에 던져 넣고는 뚜껑을 덮어버렸다.

"선택지가 뭐 어쨌다고?"

마스터가 피터를 향해 담배 연기를 뿜었다. 연기가 어제에 비해 훨씬 더 공격적이라고 느껴졌지만 피터는 그 느낌이 실체가 있는 사실인지 아니면 그저 느낌인지 구분할 수 없었다.

"자넨 이 세계의 침입자야. 불청객이고, 지저분한 세균이지. 근데 그런 놈이 건방지게 루프를 깨뜨린다느니 어쩐 다느니 지껄이고 있어!"

피터는 그제야 자신이 설득에 실패했다는 것을 깨달았다. 그리고 그 순간 발아래에 있는 작은 서류 가방을 떠올렸다. 그 안에는 니트로글리세린이 담긴 주사기총이 있었다. 타임루퍼를 설득하는 데 실패했을 때 쓸 보험.

"알려주지. 내가 왜 지니를 죽였는지. 그 종이 쪼가리에 적혀 있더라고. 타임루프는 예정 외의 희생자가 없는 상태에서 깨져야 한다고 말이야. 루프가 깨지면 그는 다시 살아날 수 없을 테니. 그래서 죽였어. 자네가 루프를 깨지 못하도록."

피터는 믿을 수 없다는 눈으로 마스터를 바라봤다. 피터의 표정은 황망함으로 이미 딱딱하게 굳어 있었다.

"하지만 애먼 희생자를 만드는 것만으로는 부족할 거 같더라고. 뭐, 사람 한두 명 더 죽는 거 가지고 일을 포기할 것 같지는 않았어. 그래서 자네에게 지니를 줬지. 둘이 가까워질 만한 조건도 만들어주고. 지니가 퇴근할 때, 유성우 소식을 알려주고 식당을 추천한 것도 나야. 자네가 마신 맥주에 환각제도 살짝 섞었지. 자네나 지니처럼 운명이 어쩌고 하는 사람들은 조금만 조건이 갖춰지면 금방 사랑에 빠지거든."

피터는 지금 이 상황을 이해하기 위해 안간힘을 썼다.

완전히 농락당한 것이었다.

"오늘부터 매일 일어나자마자 지니를 죽이러 갈 거야. 지니가 욕실에서 죽는 건 5시 30분 정도가 될 테고. 카페로 돌아오면 6시쯤. 난 샤워를 하고 가게를 열 준비를 할 거야. 지니가 없어도 가게는 충분히 돌아가니까. 그리고 자넨 언제나 7시에 일어나겠지. 모든 것이 끝난 뒤에. 자네가 일어나자마자 루프를 깨도 지니를 살릴 수 없어. 불쌍한 지니. 원랜 오늘 죽을 운명이 아니었는데."

마스터는 카운터 아래에서 커다란 부엌칼 하나를 꺼냈다. 그러고는 식탁에 세게 내리쳐 꽂았다. 갑자기 울려 퍼진 쾅 소리에 피터의 몸이 움찔했다.

"이젠 내가 자네에게 선택지를 주지. 하나, 나는 매일 지니를 죽인 뒤에 자네를 죽이러 갈 거야. 자네가 어디에 묵는지는 금방 알아낼 수 있어. 이 마을에서 외지인이 묵을 만한 곳은 몇 군데 없으니까. 루프를 몇 번만 반복하면 금방 찾을 거야. 그다음부턴 매일 아침 눈을 뜨자마자 폐가 칼에 뚫리는 기분을 수십 번 수백 번 느끼게 해주지."

점점 높아지는 햇빛이 어두운 카페로 스멀스멀 기어들었다. 두 사람 사이로 비집고 들어온 한 줄기 햇빛이 칼날에 의해 갈라졌다.

"둘, 루프를 깨는 도구를 내게 넘겨. 어디에 있는지 알려주면 내가 매일 아침 자네가 깨기 전에 그걸 회수하지. 그럼 지니도 죽지 않을 거야. 자넨 영원히 지니와 첫 데이트를 즐기면 되는 거고."

말을 마친 마스터가 칼을 뽑았다. 어지간히 깊이 박혔었는지 힘이 잔뜩 들어갔다.

"나와 그녀가 그러고 있는 것처럼. 뭐, 자네한텐 첫 데이트고 나한텐 마지막 데이트지만 말이야."

마스터의 웃음소리가 피터의 정신을 마구 헤집었다. 어쩌다 이렇게 되었을까. 애초에 루프 속에서 제정신처럼 보이는 상태로 아무렇지도 않게 시간을 보내고 있다는 점을 의심했어야 했다. 삶에 만족한 듯 사는 사람이 한 번에 설득될 리가 없었다. 하지만 너무 늦은 후회였다. 어떻게 해야 할까. 피터는 깊이 고민했다.

마스터가 부엌칼을 제자리에 집어넣기 위해 뒤로 돌았다. 피터는 그 틈을 타서 조심스레 주사기총을 꺼내 그를 조준했다. 니트로글리세린 캡슐은 미리 장전되어 있었기에 방아쇠만 당기면 주사기 바늘이 마스터의 등에 박힐 터였다. 주입량은 최대로 맞춰져 있었다. 명중만 된다면 마스터의 능력을 완전히 지워버릴 수 있다. 지니에 대한 생각이 피터를 붙잡았지만 무엇이든 해야 했다. 부디 마스터와 협상을 할 수 있기를, 오늘 루프를 깰 일이 없기를 기도했다.

"미리 얘기해두는데."

다시 뒤를 돈 마스터가 피터를 보고도 놀랍지 않다는

얼굴로 넓게 벌린 양팔을 식탁 위에 얹었다. 지금까지 본 적 없는 거만한 몸짓이었다.

"자네가 어제 입을 댄 술잔, 지니 집에 두고 왔어. 설령 루프를 빠져나가더라도, 자넨 첫 번째 용의자가 돼."

"뭐……?"

피터의 얼굴에 떠오른 당혹감을 읽은 마스터가 재빠르게 피터의 손을 위로 쳐내 주사기총을 빼앗았다. 그러고는 팔꿈치로 피터의 콧등을 있는 힘껏 내리쳤다. 뼈가 으스러지는 소리와 함께 피가 튀었다.

"크흡……."

"멍청하긴. 루프를 돌았는데 어제 마신 컵이 남아 있을 리가 없잖아."

피터가 고통으로 정신을 차리지 못하는 사이 식탁을 뛰어넘은 마스터는 장화 신은 발로 피터의 복부를 걷어찼다. 피터는 처절한 신음을 내며 바닥에 쓰러졌다. 마스터의 발길질은 계속 이어졌다. 뼈가 부러지고 살이 찢어지며 바닥에 피가 고였다.

피터가 스스로 몸을 가누지 못할 만큼 만신창이가 된 걸 확인한 마스터는 피터의 가방을 뒤집어 내용물을 쏟기 시작했다. 그러자 찰랑, 하는 금속음이 나면서 열쇠 하나가 바닥에 떨어졌다. 열쇠고리에는 여관 이름과 방 번호가 적혀 있었다. 마스터는 그것을 집어 들며 말했다.

"잘 생각해. 매일 지니와 데이트를 하며 얌전히 지낼 건지 아니면 매일 죽을 건지."

마스터는 장화에 붙어 있는 작은 포켓에서 단도 하나를 꺼냈다. 피터는 힘겹게 고개를 들어 그것을 바라봤다. 금속 손잡이는 녹이 슬어 있었지만 칼날은 거울처럼 빛났다. 오늘 사용하려고 손질을 한 듯했다.

오, 안돼, 제발.

피터의 심장이 요동치기 시작했다.

"지니와의 데이트는 한번 맛봤으니 이젠 난도질당해 죽는 게 어떤 건지도 알려줄게. 그래야 바른 판단을 할 수 있을 테니까. 걱정 마. 어차피 오늘 하루가 끝나면 내일 다시 침대에서 깨어날 테니."

마스터는 피터의 목덜미를 붙들고 가게 뒤로 끌고 갔다. 끌려가던 피터가 몸부림을 쳤지만 성치 않은 몸이었기에 아무런 소용이 없었다. 피터의 신발 뒤꿈치가 얕게 고인 피 웅덩이를 가로지르면서 나무 바닥에 두 줄의 붉은 선을 그었다.

두 사람은 어둠 속으로 사라졌다.

거북이의 시간

1

7시가 되자 자명종이 비명을 지르기 시작했다.

피터는 눈을 뜨자마자 몸 이곳저곳을 확인했지만 어디에도 상흔은 없었다. 그러나 살과 뼈를 파고드는 칼날의 느낌은 선명해 구역질이 났다. 화장실로 가 변기에 대고 헛구역질을 해봤지만 아무것도 나오지 않았다. 눈물과 콧물이 피터의 얼굴을 뒤덮었다. 심장도 터질 듯이 격렬하게 뛰었다. 눈은 시뻘겋게 충혈되었고 지금까지 느껴본 적 없는 날카로운 통증이 머리를 찔렀다.

나는 거기서 죽었던 거다. 칼로 난도질당해서.

피터는 세면대에 찬물을 가득 받고는 얼굴을 담갔다. 견디기 힘들 때까지 숨을 참았다. 냉기가 뼛속까지 스며들기를 기다렸다.

하지만 지금은 분명 살아 있다.

참았던 숨을 몰아쉬며 물 밖으로 고개를 든 피터는 물기를 닦지도 않고 화장실을 나왔다. 얼굴과 머리카락에서 떨어지는 물방울이 목과 쇄골을 타고 흘렀다.

방 안은 엉망이었다. 모든 수납장이 꺼내져 뒤집혀 있었고 짐도 전부 바닥에 널브러져 있었다.

"……마스터."

니트로글리세린 주사기총의 행방은 확인해볼 필요도 없었다. 두통약과 회사가 제공한 항히스타민제도 사라진 걸 보니, 주사기총 외에도 자기에게 위협이 될 것 같은 물건은 전부 가져간 게 분명했다. 그리고 앞으로 매일 루프가 새로 시작될 때마다 마스터는 주사기총을 가져갈 것이었다. 7시까지는 절대 스스로 깨어날 수 없는 피터를 비웃으면서.

마스터의 흔적을 제외하면 모든 건 어제와 같았다. 피터가 화장실에 간 사이 혼자 몸을 떨던 자명종은 바닥에 떨어졌고, 창틀엔 비둘기 두 마리가 앉아 있었다. 바깥에선 청소부와 여관 주인이 말다툼을 했다.

"지니……!"

피터는 침대 주변을 불안한 듯 서성거렸다. 마스터가 여기 왔었다면 아직 지니한테까지 찾아가진 못했을 것이다. 두 곳을 오가는 데 걸리는 시간도 있었고, 이미 주사기총을 가져간 상황에서 굳이 지니를 죽일 필요도 없었다. 그렇다면 아마 지니는 이번 '오늘'은 평소처럼 출근했을 것이다.

가봐야겠지?

그러나 자신을 죽인 남자를 찾아가는 것은 쉬운 일이 아니었다. 하지만 지니의 안전을 확인하기 위해서는 그곳에 가야 했다.

피터는 마스터의 두 번째 제안을 떠올렸다. 주사기총

은 마스터에게 넘어갔다. 그렇다면 피터가 지니를 만나는 건 아무런 문제도 되지 않을 터였다. 적어도 마스터의 하루를 방해하지 않고 예전처럼만 행동한다면.

옷을 챙겨 입고 외양을 추스르는 데는 5분이 걸리지 않았다. 시계를 보니 2분 뒤면 언제나처럼 문을 나서는 그 시간이었다. 예상외의 일을 최대한 피하기 위해서는 철저히 평소를 재현해야 했다. 피터는 2분 동안 문 앞에서 꿈쩍도 하지 않고 기다렸다.

시간이 되자 호흡을 가다듬고 문을 열었다. 복도 창문 너머에서 낮게 떠오른 태양이 눈부시게 빛났다.

2

피터는 광장 가장자리를 초조한 마음으로 걸었다. 아침부터 광장에 나온 사람들의 움직임은 누가 일부러 감속시켜놓은 것처럼 느렸다. 피터는 그들의 행동에 의미를 부여하지 않기 위해 애썼다. 그러나 골목에서 부는 바람에 펄럭이는 그들의 옷깃 소리마저 불길했다. 판화에 묻은 잉크처럼 끈적끈적한 위화감이 피터를 괴롭혔다. 광장의 사람들은 아무것도 모르는 채 어제와 같은 평온한 삶을 살아가고 있었다.

피터는 카페 앞에서 발걸음을 멈췄다. 카페에 놓인 녹

슨 식탁은 한눈에 봐도 비위생적이었지만 피터는 거기에 앉을 수밖에 없었다.

피터가 의자에 앉는 걸 본 지니가 설거지하던 손을 앞치마에 닦고 총총거리며 밖으로 나왔다.

"오늘 날씨가 참 좋죠? 주문하시겠어요?"

지니가 앞치마 주머니에서 작은 메모장과 펜을 꺼내며 말했다. 손가락 사이로 펜을 돌리며 피터를 바라보는 지니를 피터도 마주 봤다. 그렇게 잠깐의 시간이 흘렀다.

"……아직 정하지 않으셨으면 조금 있다가 다시 올까요? 죄송해요. 제가 메뉴 볼 시간도 드리지 않은 것 같네요."

지니는 쾌활하게 웃으며 들고 있던 것들을 주머니에 도로 집어넣었다. 피터는 그제야 정신을 차리고 입을 뗐다.

"아, 아니. 주문할게요."

피터는 떨리는 손으로 식탁 위의 메뉴판을 만지작거렸다. 하지만 메뉴에 적힌 글자가 눈에 들어올 리 없었다. 지금까지 어떻게 해왔었는지 그는 가까스로 기억해냈다.

"아, 저…… 토스트랑 차이 주세요."

"토스트랑 차이. 다른 건 필요 없으세요? 샐러드나 잼 같은 거요."

아, 이게 아닌데. 피터의 이마에 땀이 맺혔다.

"아침 식사 세트는 어떠세요? 샌드위치에 샐러드, 치즈 세 조각이 나와요. 음료도 하나 선택할 수 있어요."

"……네, 그걸로 주세요."

"그럼 아침 식사 세트에 음료는 차이, 따끈따끈하게 만들어서 가져다 드릴게요."

피터가 여행 정보지를 떠올린 것은 지니가 주머니에서 다시 메모장과 펜을 꺼내려고 할 때였다. 메모에 메뉴 몇 글자 적는 데는 5초도 걸리지 않을 것이었다. 피터는 그사이에 여행 정보지를 식탁 위에 올려놔야 했다. 지니가 그걸 보고 '이 마을엔 처음 오신 것 같네요'라고 물어야 했다. 펜이 종이 위를 달리는 소리를 놓치지 않으면서 피터는 몸을 숙여 가방 속을 뒤졌다. 앞으로 2초.

여행 정보지는 가방에 없었다. 그리고 지니는 뒤돌아서 카페 안으로 사라졌다. 절망감이 피터를 엄습했다. 숙인 허리를 펼 힘도 없었다. 피터는 그대로 식탁에 머리를 박고는 눈을 감았다. 다시 어디서부터 바로잡아야 할까.

피터의 의식이 꿈의 들머리를 넘어가려고 할 즈음 지니의 목소리가 그를 다시 붙들었다.

"음식 나왔습니다."

지니가 식탁 위로 샌드위치가 담긴 접시와 찻잔을 능숙하게 내려놓았다.

"차이를 주문하셨는데…… 오늘 마스터가 준비한 아삼 차이 맛이 괜찮아서 손님 차이도 아삼으로 만들어봤어요. 혹시 마음에 들지 않으시면 바로 새로 만들어드릴게요."

설마 마스터가 도와주고 있는 걸까? 피터는 상황을 똑바로 인식하기 위해 노력했다.

"아뇨, 좋아요. 원래 아삼 차이도 좋아해요."

"다행이네요! 근데 마스터가 아삼 차이는 잔을 미리 데우지 말라고 하시더라고요."

"저도 들은 적 있어요. 아삼 차이는 조금 빠르게 식어야 먹기 좋다고 하던데…… 자세히는 모르지만요."

피터는 찻잔을 들어 올려 향을 맡았다. 사실 아삼이 뭔지도 몰랐다. 그저 이제껏 지니를 통해 들어왔을 뿐이었다.

"이 마을은 처음인가요?"

피터의 눈동자가 흔들렸다.

"아침엔 주로 단골분들이 오거든요. 하지만 손님은 오늘 처음 뵙는 것 같아서."

"아…… 네. 일이 있어서 근처를 지나는데…… 그냥 발길 따라 와봤어요."

"재밌네요. 그것도 운명이겠죠. 별거 없는 곳이지만 느긋하게 즐기다 가세요."

지니는 작게 소리 내어 웃었다. 피터의 기분도 하릴없이 조금씩 밝아졌다.

"수건 한 장 드릴까요? 머리가 젖어서 추워 보이세요. 급하게 나오셨나 봐요."

"아, 아니. 괜찮아요."

"부끄러워할 거 없어요. 저도 오늘 머리도 제대로 안 말리고 나왔다가 마스터한테 한소리 들었거든요. 잠깐만 기다려요."

피터는 카페 안으로 들어가는 지니의 뒷모습을 보며 다시금 기대감에 휩싸였다. 조금 전까지는 모든 게 엉망이었다. 하지만 상황이 점점 더 평소와 비슷해지고 있었고 그래서 피터의 마음도 진정되었다. 지니와의 거리도 평소보다 더 가깝게 느껴졌다.

피터는 문득 마스터가 한 말이 떠올랐다.

"난 매일 저 사람과 조금씩 다른 대화를 했고, 저 사람의 반응도 매일 조금씩 달랐어."

설마 마스터를 이해하게 된 걸까? 피터는 고개를 저었다. 현실을 직시해야 했다. 지니가 나와 어떤 밤을 보내든 다음 날엔 나를 잊을 것이다. 1000일 밤을 함께해도 지니에게 나는 언제나 오늘 처음 만난 사람이다. 내 기억과 지니 기억은 하루하루 차이를 벌려갈 뿐이다. 우리 둘에겐 가까워짐이란 없을 터였다.

무슨 수를 써서라도 루프에서 탈출해야 했다.

3

마스터는 약속을 지켰고 나는 지니를 언제나 서점 앞

에서 만날 수 있었다. 데이트는 행복했다. 루프가 반복되면서 대화 내용도 조금씩 달라졌고 눈과 손이 마주치는 순간도 달라졌다. 지니의 공간에서 서로의 몸을 탐닉하는 몸짓도 달라졌다. 유일하게 반복되는 것은 피터의 입에 손가락을 집어넣는 지니의 독특한 습관뿐이었다.

하지만 지니에 대한 피터의 사랑이 짙어질수록 하룻밤밖에 이어지지 않는 지니의 감정은 더 미흡하게 느껴졌다. 그럴 때마다 피터는 루프에 안주하지 않기 위해 고심했다. 시간이 날 때마다 루프를 깨뜨릴 방법을 생각했다.

중요한 것은 니트로글리세린이었다. 핀 콜러스는 니트로글리세린이 함유된 심장약을 과학자의 모친에게 몇 차례 먹인 덕에 루프에서 빠져나올 수 있었다. 이곳은 오래된 마을이었다. 노인도 많았다. 분명 누군가는 니트로글리세린이 들어간 심장약을 갖고 있을 터였다. 마을을 돌아다닐 시간은 많았다. 어차피 시간은 되돌아오니까. 그저 마스터가 눈치채지 않도록 매일 지니와 만나기만 하면 됐다.

러닝터틀에서 아침 식사를 하고 여관으로 돌아와 그날 밤 약을 구할 방법을 고민하며 복도를 걷고 있을 때였다. 마침 운 좋게도 여관 주인이 자기 방을 청소하면서 내놓은 약상자에서 니트로글리세린이 함유된 심장약을 발견했다. 몇 번 구했던 거라 쉽게 알아볼 수 있었다. 문제는 이걸 어떻게 마스터에게 먹이느냐였다. 피터가 마스터에게 다시 접근하는 것은 위험했다. 설령 루프로 다시 살아난다고 해도 칼에 몸이 찢기는 고통은 두 번 다시 느끼고 싶지 않았다. 지니를 통해서도 안 됐다. 마스터는 이미 지니를 한 번 죽인 자였다.

그렇다면 한 사람밖에 없었다. 마스터가 결코 상처를 주지 않을 사람. 피터는 반복되는 시간 속에서 '마스터의 그녀'와 대면하기로 했다.

4

"생각보다 찾기가 어려웠어요."

'마스터의 그녀'는 채소 가게에서 여유롭게 담배를 태우고 있었다. 담배 연기가 정오의 뜨거운 햇살과 섞이며 아름답게 퍼졌다. 그녀는 난처한 표정으로 피터를 바라봤다.

피터는 그녀에게 한 발짝 더 다가서며 말했다.

"잠시…… 얘기 좀 할 수 있을까요? 부탁드립니다."

정중함이 묻어나는 피터의 요청에 여자는 잠시 고민하다가 고개를 끄덕였다. 두 사람은 근처의 나무 그늘 아래로 이동했다. 저녁 카페의 어두운 조명 아래에서 그녀를 처음 본 게 벌써 몇 년 전 일처럼 느껴졌다. 그동안 얼마나 많은 '오늘'이 지났을까. 밝은 하늘 아래에서 보는 그녀는 첫 만남 때보다 더 아름다웠다. 움직임 하나하나가 너무나도 세

련되게 느껴져서 그녀를 찾기 위해 반복한 60일의 노력 따위는 그대로 묻혀버렸다.

피터는 고민했다. 무슨 말을 어떻게 해야 할까. 마스터가 심장병이 있는데 약을 먹으려고 하지 않으니 몰래 먹여달라? 말도 안 됐다. 이거 비아그라인데……. 정신 나간 소리였다. 사실을 말할 수밖에 없었다. 핀 콜러스, 타임루퍼, 시간의 두께, 그리고 마스터가 타임루퍼라는 사실. 그러나 그녀가 오늘 밤 죽을 것이라고는 차마 말할 수 없었다. 그저 어떤 이유에서인지 마스터가 한밤중에 감정이 격해졌고, 그래서 타임루프가 시작됐다고 거짓말을 했다.

"믿기 어렵네요."

지극히 당연한 대답이었다. 하지만 그 속에 분명 작은 관심도 섞여 있다고 확신한 피터는 타임루프의 클리셰를 쓸 때가 왔다고 생각했다.

"건너편 벤치에서 담배 피우는 남자 있죠? 조금 있으면 뒤에서 부인이 나타나 뒤통수를 칠 거예요. 그렇게 말싸움이 시작되는데 남자 틀니가 빠지면서 둘 다 웃음이 터질 거예요."

피터의 말은 그대로 실현되었다. 피터는 손목시계를 보며 그다음 증거들을 차례로 보여줬다. 풍선을 들고 달리다가 넘어지면서 풍선을 터뜨리는 아이, 물건을 사려다 지폐를 바람에 날려버리는 남자, 담배를 피우려는데 라이터가 고장 나서 욕을 쏟아내는 여자.

처음엔 그 정도로 충분하다고 여겼지만, 문득 피터는 자신의 증언이 모두 짜고 칠 수 있는 사람의 행동에 관한 거라 충분히 믿음직스럽지 않을 수도 있겠다고 생각했다. 그래서 기억을 뒤져 조금 다른 사례를 끄집어냈다.

"가게 위층에 창틀 보이죠? 조금 있으면 저기서 검은 고양이 하나가 나올 거예요. 가슴 털은 희고, 오른쪽 눈에는 상처가 있어요. 창틀에 잠시 앉았다가 난간을 타고 가게 우측으로 걸어갈 거예요."

고양이는 피터가 언급한 그 시간에 고개를 빼꼼 내밀었다. 그리고 잠시 창틀에 앉아 털을 다듬었다. 하지만 그 뒤로는 움직이지 않았다. 계속 털을 다듬을 뿐이었다. 피터는 순간적으로 할 말을 잃은 채 머리를 굴렸다. 그녀에게 말을 건 행동이 어떤 균열을 만들어낸 걸까?

"이제 그만해요."

그녀는 피터의 팔을 붙잡았다.

"이미 충분해요."

그녀가 피터에게 한 걸음 다가갔다. 서로의 호흡을 느낄 수 있는 거리였다.

"당신은 시간의 두께를 볼 수 있다고 했죠? 나를 봐요. 내 시간의 두께는 얼마나 돼요?"

그녀가 말을 할 때마다 뜨겁고 습한 공기가 피터를 휘

감았다.

"시간의 두께를 볼 수 있는 건 타임루프에 빠지기 직전 뿐이에요. 당신의 시간은 두께가…… 얇았어요. 시간 한 장의 두께랄까요."

"그럼 당신과 저는 겹겹이 쌓인 시간 속에서 같은 시간 한 장을 지금 이곳에서 공유하고 있는 거군요. 내일도 루프가 반복된다면, 지금 이 순간은 오늘 밤 사라질 시간 한 장 위의 운명이네요."

그녀가 조금 더 다가왔다. 그녀의 몸에서 뿜어져 나오는 복사열이 느껴질 만큼. 피터와 눈을 맞추며 그녀가 말했다.

"전 카메노, 카메노 하시리예요."

"……피터입니다. 피터 리."

"제가 약을 마스터에게 먹여서 루프가 깨진다면 당신은 제게 뭘 해줄 거죠?"

당신은 오늘 밤 죽을 거고, 당신의 주검 앞에서 제가 해줄 수 있는 건 없어요. 피터는 이 말이 아닌 무슨 말을 해줄 수 있을까 고민했다.

"아니, 대답하지 마세요. 성공하면 제가 원하는 걸 들어주겠다, 이렇게만 약속해요."

카메노는 가느다란 팔로 피터를 밀며 뒤로 한걸음 물러났다. 피터의 반응을 살피는 듯했다.

"대답해요. 그러겠다고."

"네. 일단 마스터에게 약을 먹여주세요. 그러지 않으면……."

"안 그러면 당신은 루프 속에서 영원히 혼자 살아야겠죠. 혹시나 실패하면, 매일 아침 살해당할 거고."

피터는 고개를 끄덕였다.

마스터에게 약을 먹이는 것은 심장약이나 카메노를 찾는 것처럼 시행착오를 거듭할 수 있는 일이 아니었다. 오늘 카메노가 무사히 성공한다면, 내일 모든 걸 잊은 카메노에게 오늘과 같은 방법으로 접근해서 오늘과 같은 방식으로 설득해야 했다. 약을 며칠이나 먹여야 하는지는 알 수 없었지만 핀 콜러스의 케이스를 생각하면 그리 긴 시간은 아닐 터였다. 하지만 한 번이라도 실패하면 끝이었다. 둘 간의 대화가 조금씩 바뀌고 있다는 것이 마음에 걸렸지만, 그 부분은 마스터를 휘어잡은 카메노의 매력에 맡길 수밖에 없었다.

여전히 창틀에서 털을 고르고 있는 고양이를 올려다보며 카메노가 물었다.

"루프 속에서 '오늘'이 몇 달, 몇 년씩 이어진다면, 그런 루프가 과거에도 있었다면, 때로는 영영 깨지지 않는다면, 루프에 빠지지 않은 사람들의 시간은 어떻게 흐르는 거죠? 내일이 올 수가 없는데."

"아킬레우스와 거북이예요."

카메노는 피터가 계속 설명해주길 바라는 표정으로 다음 말을 기다렸다.

"아킬레우스와 거북이가 경주를 하는데 거북이는 50미터 앞에서 출발하는 거죠. 상식적으로는 아킬레우스가 금세 거북이를 따라잡고 완주할 것 같죠. 하지만 시간을 나누어 생각해봐요.

아킬레우스가 조금 전까지 거북이가 있던 50미터까지 전진하면, 거북이도 그동안 앞으로 이동하겠죠. 5미터를 갔다고 하죠. 그걸 또 아킬레우스가 따라잡으면, 거북이는 또 0.5미터 앞으로 가 있어요. 다음 순간 아킬레우스가 또다시 따라잡으면, 거북이는 또 0.05미터 앞에 있겠죠. 이게 끝없이 반복돼요. 아킬레우스는 끝내 거북이를 추월할 수 없고 경주도 영원히 끝나지 않아요."

카메노의 얼굴에 호기심 어린 웃음이 떠올랐다. 피터는 계속해서 설명했다.

"물론 현실은 그렇지 않죠. 추월하기 전까지 무수한 시간의 간격이 있지만 결국 아킬레우스는 거북이를 추월하고 결승점에 이르겠죠. 조금 수학적인 이야기이기는 하지만……. 아무튼 타임루프가 몇 번 반복되든 실제의 시간, 그러니까 타임루프 바깥의 시간은 정상적으로 흘러가요. 물론 타임루프 나름의 특징도 있어서 모든 걸 자세히 설명하기는 어려워요."

"마스터에게 약을 먹이지 않는 한 아킬레우스는 영원히 거북이의 꽁무니만 봐야겠네요. 혹시 제논도 루프에 빠진 적이 있었던 건 아닐까요."

"……제논의 역설을 알고 계셨군요."

"어릴 적 수업 시간에 들은 적 있어요."

카메노가 새하얀 손바닥을 피터 앞으로 내밀었다.

"함께 거북이를 따라잡아봐요, 아킬레우스."

피터는 약병을 카메노의 손바닥에 올려놓았다. 카메노의 손가락이 우아하게 말리면서 약병을 감쌌다. 카메노는 피터를 향해 환한 미소를 보이고는 뒤돌아 걸어갔다.

5

마스터에게 약을 먹이기 시작한 지도 열흘이 지났다. 카메노는 마스터 옆에서 죽을 때, 무슨 생각을 했을까? 자신이 죽을 거란 사실을 말하지 않은 피터를 원망했을까? 아니면 그런 자각도 없이 죽었을까?

피터는 그런 고민 속에 오늘도 채소 가게에서 카메노를 만나 똑같은 말로 그녀를 설득하고 약병을 건넸다. 카메노는 언제나 긴장될 만큼 피터에게 가까이 다가와 이야기했다. 그때마다 공기를 타고 전해지는 카메노의 숨결과 체온이 조금씩 다르게 느껴졌다. 매번 모든 걸 완벽히 재현할 수는 없기에 피터도 돌발 상황의 가능성을 염두에 두고 있었다. 언젠가 한번은 카메노가 그의 제안을 거절할지도 몰랐다.

피터는 저녁 식사의 디저트로 나온 케이크를 먹으면서, 오늘 본 카메노의 모습을 떠올렸다. 평소와 다른 것은 없었을까?

"오늘 유성우가 있다던데."

지니는 냅킨으로 주홍빛 입술을 닦으며 말했다. 루프 속에서 수십 번 수백 번 마주한 입술이었지만 오늘은 아직이었다. 지금 피터의 눈앞에 있는 지니에게 피터와의 입맞춤은 단 한 번도 일어나지 않은 일이었다.

"오늘 밤 10시가 극대기래."

수줍은 미소가 지니의 얼굴에 번졌다. 지니는 침을 한 번 삼키고 제안했다.

"……같이 보러 가지 않을래?"

지니는 피터의 표정을 살폈다. 피터는 웃고 있었지만 어딘가 불안해 보였다. 카메노가 제대로 일을 하고 있긴 한 걸까? 마스터는 정말 니트로글리세린을 먹고 있는 걸까? 이렇게 기다리기만 해도 되는 걸까?

"……피터? 무슨 생각해?"

"안 될 것 같아."

"응?"

"미안. 오늘 밤엔 다른 일이 있어서."

지니의 귀가 새빨개졌다.

"아, 미안. 아무래도 오늘 처음 본 사람끼리 야밤에 같이 별을 보는 건 좀 그렇지?"

"내일 가자. 유성우는 며칠씩 이어지니까. 오늘만큼은 아니겠지만 내일도 볼 순 있을 거야."

피터는 의자를 밀고 일어서며 지갑을 꺼내 저녁 식사값을 식탁 위에 올려두었다. 지니도 따라서 일어섰다.

"피터, 내가 혹시 뭐 실수했어……? 미안, 첫 만남에 이렇게 금방 친해진 게 처음……."

피터가 지니의 말을 끊으며 입을 맞추자 지니의 눈이 휘둥그레졌다. 피터의 손이 지니의 허리를 감쌌다. 지니도 피터의 어깨에 손을 얹고 천천히 눈을 감았다.

"오늘은 꼭 가야만 해. 약속할게. 내일 또 기회가 있을 거야."

피터는 입술을 떼고 지니에게 말했다.

빠른 걸음으로 식당 문을 나서는 피터를 지니는 그저 멍하게 바라봤다.

6

피터는 자신이 지니의 시야에서 벗어났다는 확신이 들

자 달리기 시작했다. 마스터가 카페를 닫고 카메노와 사라지기 전에 그곳에 도착해야 했다. 마스터가 카메노와 밤을 보내는 곳이 어딘지까진 몰랐기 때문이다. 걸어서 30분 거리여서 쉬엄쉬엄 달리면 15분이면 도착할 수 있었다.

멀리서 카페의 모습이 보이기 시작했고 여전히 켜져 있는 조명이 피터를 안심시켰다. 가까이 가서 보니 마스터와 카메노는 아직 그 안에서 대화를 나누고 있었다. 피터는 마스터의 시선이 닿지 않는 곳에 숨어서 두 사람이 나오기를 기다렸다.

밤 10시 30분이 되자 마스터는 손님들에게 양해를 구하고 뒷정리를 시작했다. 카메노는 카페 밖으로 나와 혼자 담배를 피웠다. 카페 문을 닫은 마스터는 카메노의 손을 잡고 어딘가로 걸어가기 시작했다. 피터는 적당한 거리를 두고 두 사람의 뒤를 따라갔다.

마스터의 집은 그리 멀지 않은 곳에 있었다. 작은 방 몇 개가 다닥다닥 붙어 있는 허름한 2층 건물이었다. 마스터와 카메노가 들어간 호수를 확인한 피터는 바로 옆집의 상태를 살폈다. 다행히 내부에서는 아무도 소리도 들리지 않았고 현관문을 당겨봤을 때 잠겨 있지도 않았다. 아무도 살지 않는 것 같았다. 피터는 조심스레 내부로 들어가 벽에 귀를 붙였다.

"이날을 오래 기다렸어."

마스터의 목소리였다. 하지만 자연스럽진 않았다. 긴장감이 잔뜩 느껴지는 말투였다. 피터는 귀를 벽에 좀 더 바싹 댔다. 그럼에도 카메노의 목소리는 정확히 알아들을 수 없었다.

이대로는 안 될 것 같다는 생각이 든 피터는 거실에 딸린 베란다로 나갔다. 거기서 내려다본 뒤뜰엔 아무도 없었고 마스터의 베란다와 피터가 서 있는 베란다는 얇은 플라스틱 칸막이로만 구분되어 있었다. 슬쩍 넘겨다본 마스터의 베란다는 옷과 쓰레기로 가득했다. 빗물과 햇빛에 바랜 옷가지들을 보니 평소에 베란다를 거의 사용하지 않는 게 분명했다. 오늘도 평소와 같길 기도하며 피터는 난간을 타고 그편으로 천천히 넘어갔다. 커튼이 드리워져 있었지만 창틀 가장자리에 난 작은 틈으로 내부를 들여다볼 수 있었다.

방에 들어간 지 얼마 되지 않았는데도 마스터와 카메노는 이미 침대 위에서 알몸으로 뒹굴고 있었다. 마스터의 다듬어지지 않은 거친 몸과 카메노의 조각 같은 아름다운 몸이 지그소 퍼즐 마냥 완벽하게 조화를 이룬 모습이었다. 카메노는 언제 약을 먹이는 걸까?

민망함과 죄책감에 잠시 눈을 뗐던 피터가 다시 조심스럽게 내부를 살폈다. 어느새 카메노는 침대 위에 누워 있었다. 머리카락은 땀에 젖어 얼굴에 덕지덕지 달라붙은 채였다. 마스터는 그런 카메노 위에 올라타 있었다. 그의 손에 들린 것은 오래전 피터의 몸을 난도질했던 그 칼이었다.

마스터는 한 손으로 카메노의 목을 조르며 몸을 들썩였다. 카메노는 숨이 막혀 괴로운 표정이었다. 번쩍이는 칼날이 카메노의 목 쪽으로 천천히 다가갔다.

피터는 그제야 마스터의 또 다른 거짓말을 깨달았다. 카메노는 마스터가 한눈판 사이에 죽은 것이 아니었다. 마스터에게 살해당한 것이었다. 그리고 어떤 이유에선지 마스터는 그걸 절실히 후회했고, 거기서 루프가 시작된 것이었다. 마스터가 생각보다 훨씬 더 무도한 상대라는 사실을 깨닫자 피터의 등에 식은땀이 비 오듯 쏟아졌다.

카메노는 마스터에게 약을 먹이지도 못하고 매일 이렇게 죽임만 당한 걸까? 피터는 망설였다. 어떻게 해야 할까. 지금 여기서 나서면 마스터는 다음 루프 때부턴 매일 아침 피터부터 죽이러 올 터였다. 하지만 눈앞에서 사람이 죽는 것을 지켜보는 것도 그만큼 두렵고 괴로운 일이었다. 그것도 자신을 돕기 위해 위험을 무릅써준 카메노였다. 피터는 그녀와의 약속을 떠올렸다. 그녀는 무엇을 부탁하려고 했던 걸까?

피터는 조용히 숨을 죽이고 생각을 정리했다. 카메노는 원래 죽을 운명이었다. 카메노의 운명을 바꾸는 것보다 루프를 깨는 일이 더 중요하다. 그리고 지니. 설령 오늘 밤이 끝나고 모든 게 다시 원래 상황으로 돌아가더라도 조금 전 식당에서 지니와 했던 약속은 지키고 싶었다. 반드시 루프를 끝내고 지니와 진정한 내일을 보내리라.

마스터의 칼이 카메노의 목을 깊이 파고들었다. 피터는 무언가에 홀린 듯이 눈을 감을 수 없었지만 그나마 커다란 베개가 시야를 가로막은 덕에 모든 장면을 자세히 보진 않을 수 있었다. 그러나 피가 기도에 차오르며 컥컥거리는 소리와 붉게 변해가는 침대의 모습은 창 너머의 상황을 충분히 짐작케 했다. 마스터는 그런 와중에도 카메노의 몸에서 떨어지지 않았다. 카메노가 고통과 공포에 찬 손길로 마스터의 가슴을 두드릴수록 마스터는 더욱더 그녀에게 들러붙었다. 땀과 피로 범벅이 된 마스터의 몸이 검붉게 번쩍거렸다. 지금까지 누구에게서도 본 적 없던 생명력이었다. 피터의 심장은 경이로운 두려움에 폭발할 듯이 마구 뛰었다.

마스터가 영원처럼 느껴지는 굵은 신음을 천천히 풀어놓으며 움직임을 멈췄다. 그와 동시에 침대를 적시던 핏줄기도 힘없이 멎었다. 피터는 가슴이 아파왔다. 카메노에 대한 죄책감 때문이길 바랐지만 그저 두려움 때문이라는 것을 부정할 수 없었다.

마스터는 고개를 쳐들고 긴 숨을 내쉬었다.

피터는 천천히 뒷걸음질 치며 베란다 창에서 멀어졌다.

카메노는 실패했던 거였다.

"거기 있는 거 알아, 피터."

피터의 몸이 굳었다. 마스터는 서서히 몸을 일으켜 카메노에게서, 그리고 침대에서 내려왔다. 마스터가 한 발짝씩 내디딜 때마다 피 묻은 발바닥이 마루에서 떨어지며 축축하고 기분 나쁜 소리를 냈다.

"들어와. 거기서 할 수 있는 것도 없잖아. 도망가도 어차피 네놈 침대 옆에 가서 기다릴 거야."

베란다 쪽으로 다가온 마스터가 커튼을 열어젖히며 얼어붙어 있던 피터와 마주했다. 마스터는 그대로 침대로 돌아가더니 힘없이 늘어진 카메노의 몸을 옆으로 밀쳐 차가운 바닥에 떨어뜨렸다. 그러자 그 아래에 깔려 있던 마스터의 바지가 드러났다. 겨우 바지를 입기 위해 가여운 카메노를 밀어버리다니. 피터는 정신이 아득해지는 것을 느꼈다. 마스터는 그가 생각할 수 있는 범주의 인간이 아니었다.

"당신이 죽였어요. 그렇게 사랑에 빠진 것처럼 연기하더니."

피터도 방 안으로 들어갔다. 마스터가 인간이 아니라고 생각하니 오히려 현실감이 사라지고 묘한 용기가 솟아났다.

"이렇게 매일 카메노와 대화하고 몸을 섞고, 그리고 죽이고 있었나요?"

"글쎄."

그새 바지를 다 입은 마스터가 주머니를 뒤져 무언가

를 꺼내 보였다.

"이게 나온 다음부터는 확실히 그랬지."

마스터의 붉은 손에는 피터가 카메노에게 줬던 약병이 들려 있었다.

"처음부터 알았어. 오늘이 열흘째지? 피터, 난 이 하루를 수백 번 반복했다고. 카메노의 가방이 10그램만 무거워져도 알 수 있어. 그래서 네놈이 여기 오기를 기다렸지. 생각보다 빨리 찾아오긴 했지만 말이야."

"……이제 당신 말은 믿기 어려워요. 정말 그것 때문에 카메노를 죽인 건가요? 언젠가 내가 찾아왔을 때 충격이라도 안기려고? 루프가 시작된 날부터 카메노를 죽인 거 아니에요?"

"똑똑하긴. 맞아. 카메노가 날 거부했거든. 황홀감에 휩싸여 몸을 비틀 땐 언제고 내가 함께 살자고 하니 바로 정색하며 거절하더라고. 그래서 나도 모르게, 그래, 처음엔 정말 나도 모르게, 카메노를 죽여버렸어. 세상에. 우주에서 가장 사랑스러운 여자를 만났는데 내 손으로 그 여자를 죽이다니. 나는 절규했지."

"루프는 그렇게 시작된 거군요."

마스터는 고개를 끄덕였다.

"그런데 넌 참 대담한 놈이야. 감히 내 여자에게 접근하다니. 카메노를 가까이서 봤을 테니 그때마다 네놈도 달아

올랐겠지. 난 알아. 카메노의 숨결을 맡으면 그러지 않기도 쉽지 않지. 하지만 난 분명 대체품을 줬는데 말이야……."

마스터가 침대 위에 있던 칼을 다시 집어 들었다.

"……당신한텐 루프 속 사람들이 대체 가능한 물건 같은 건가요?"

피터는 마스터의 손에 들린 칼날의 향방에 주목하면서도, 그에게 밀리지 않기 위해 또박또박 말했다. 이미 상황은 되돌릴 수 없을 만큼 나빠져 있었다. 아마 오늘 여기서 죽을 거다. 운이 좋으면 마스터가 다른 제안을 해올 테고, 그게 아니라면 매일 아침 칼에 찔려 죽는 하루를 반복하게 되겠지.

"적어도 지니는 그런 존재야."

마스터는 피터의 반응을 살피는 듯 잠시 뜸을 들이더니 이어 말했다.

"……지니 말이야, 너랑 할 때도 입속에 손가락을 넣으면서 시작해?"

마스터가 오른손 검지와 중지를 자기 입에 찔러 넣고는 기분 나쁜 소리를 내며 빨기 시작했다. 피터의 머릿속에 지니와의 시간이 떠올랐다.

"지니가 네 운명이라도 되는 줄 착각했나? 내가 어떻게 지니를 그렇게 자연스럽게 너한테 붙일 수 있었을까? 내가 해봤으니까. 내가 똑같이 지니를 사로잡아봤으니까. 아직도 기억이 생생해. 지니의 좁은 침대, 무게감, 오렌지 향 샴푸, 짭짤한 손가락……."

마스터의 입이 귀까지 찢어졌다. 얼굴의 모든 근육이 피터를 철저히 비웃고 있었다. 피터는 이제 마스터를 인간으로도 괴물로도 볼 수가 없었다. 그 이상의 사악한 무언가였다.

"피터. 난 네가 상상도 할 수 없는 긴긴 세월을 반복되는 하루 속에서 보냈어. 이 하루 동안 일어나는 모든 일은 이제 나 그 자체라고. 네가 무슨 짓을 하든, 넌 내 발아래에 있는 개미나 마찬가지야."

피터가 아무 말 없이 노려보고만 있자 마스터는 소리 내며 웃기 시작했다.

"내 비밀을 하나 알려줄까?"

마스터가 피터를 향해 다가오며 말했다. 피터는 그의 칼날이 향하는 쪽을 끈질기게 주시했다. 아래로 향한 칼끝에 카메노의 피가 굳어 있었다.

"내가 카메노를 죽였다면 말이야, 내가 살릴 수도 있는 거잖아? 하지만 네가 예전에 말해준 그 아들처럼, 카메노도 루프 속에서 단 한 번도 살지 못했어. 왜일까?"

칼은 이제 노골적으로 피터를 향하기 시작했다.

"인간이 느낄 수 있는 가장 큰 쾌락이 이 속에 있기 때문이야, 피터. 루프와 운명을 수긍한 덕분에 발견할 수 있었지."

 마스터가 다가오는 만큼 피터는 뒷걸음질 쳤다. 피터의 등이 벽에 닿기까진 그리 긴 시간이 걸리지 않았다.

 "그 애 아버지가 말이야. 루프를 반복한 끝에 아들을 구할 수 있었다면 어떻게 됐을까? 매일매일 그렇게 아들을 살리며 평화롭게 살았을까? 아니, 그럴 수 없었을걸. 애 아버지 머릿속에선 그동안 구할 수 있었는데도 구하지 못했던 수많은 아들의 모습이 영원히 반복될 테니까."

 칼이 피터의 콧등 바로 앞까지 다가왔다.

 "그래서 루프가 몇 번이 반복되든 그는 아들을 구할 수 없어야 해. 아들의 죽음은 그 어떤 방법으로도 회피할 수 없는 운명이어야 하는 거야. 그러지 않고서는 그동안 반복된 아들의 죽음이 자기 목덜미를 조를 테니까. 그런 죄책감을 피할 수 있는 유일한 방법은 아이러니하게도 영원히 아들을 구하지 못하는 거야. 그걸 그 아비도 바랐겠지."

 피터는 재빠르게 몸을 낮춰 바닥을 기면서 도망쳤다. 하지만 금세 뒤따라온 마스터가 그런 그의 바지를 잡아당기고는 허벅지에 칼을 박아 넣었다. 피터의 찢어지는 비명이 방 전체를 울렸다.

 "그리고 난 카메노를 죽여야 했어. 그게 나와 카메노의 운명이었으니까. 카메노가 살아남는다면 그건 그 운명을 거역하는 거나 마찬가지지."

울부짖는 피터 위에 마스터가 올라탔다. 피로 데워진 칼날이 피터의 목에 닿았다.

"제발 그만……."

"그랬더니 말이야. 운명이 내게 선물을 주더라고."

마스터는 칼로 피터의 쇄골을 찔렀다. 얇은 피부가 뚫리면서 피가 새어 나왔다.

"끄아아아……."

"죽어가는 카메노와 사랑을 나눌 때, 지금까지 느껴본 적 없던 환희가 느껴졌어. 헐떡이는 숨소리, 뜨끈한 피, 퍼덕이는 팔, 모든 게 천사의 것처럼 느껴졌지. 내 삶의 모든 것을 바치고서라도 영원히 느끼고 싶은 감각이었어."

눈물과 콧물로 범벅이 된 피터의 얼굴에 자기 얼굴을 들이민 마스터가 계속해서 말했다.

"그런데 네놈이 내 세계를 깨려고 했어. 운명이 내게 준 순응의 보상을 빼앗으려 했지."

"아니, 잠깐……."

마스터는 피터가 말할 틈을 주지 않았다. 갈비뼈 사이로 칼이 파고드는 날카로운 통증에 피터는 정신이 아득해져가는 걸 느꼈다.

얼른 끝났으면. 얼른 숨통이 끊어졌으면. 그렇게 다시 오늘 아침으로 돌아가 침대에서 눈뜰 수 있기를. 어차피 마스터가 침대 맡에서 칼을 들고 기다리고 있겠지만 상관없었다. 그저 매일 얼른 죽어서 괜한 희망으로부터 벗어나고 싶었다.

피터는 그 순간 눈앞에 다가온 죽음이 너무나도 황홀하게 느껴졌다. 이제껏 몰랐던 기대감과 충만감이 가슴에 차올랐다. 이 고통스러운 순간으로부터 자신을 구할 수 있는 것은 죽음밖에 없었다. 죽음을 절실히 바라게 되자 조금씩 선명해지는 죽음의 빛이 마치 희망의 빛 같았다. 이 환희에 찬 고통스러운 죽음을 반복하게 된다고 생각하자 정체를 알 수 없는 쾌락이 피터의 신경을 마비시켰다.

마스터는 피터의 쇄골에 박힌 칼을 천천히 비틀면서 말했다.

"내가 이 세계의 신이야, 피터. 이 세계의 하루는 영원히 내……."

그 순간 화약이 터지며 무언가가 공기를 가르는 소리가 들렸다. 마스터의 몸이 휘청이더니 뒤로 넘어갔다. 피터는 팔을 뻗어 침대를 붙잡고 힘겹게 몸을 일으켰다. 무슨 일이 일어난 걸까.

바닥에 쓰러진 마스터의 목에서 노란 주사기가 보였다.

피터는 소리가 난 쪽으로 고개를 틀었다. 거기에는 피로 시뻘겋게 물든 수건을 목에 둘둘 감은 채 힘겹게 침대에 기대어 있는 카메노가 있었다. 그리고 카메노의 손에는 주사기총이 들려 있었다.

안 돼!

피가 폐로 흘러드는 극심한 고통에도 피터는 필사적으로 마스터의 목에 박힌 주사기를 확인했다. 니트로글리세린이 모두 주입되었다는 걸 알리는 녹색 태그가 보였다.

안 된다. 이대로 루프가 끊어져서는 안 된다.

피터는 지금 죽어가고 있었다. 루프가 끊어진 상태에서 죽으면 당연하게도 두 번 다시 살아날 수 없었다.

피터는 다시 카메노를 봤다. 카메노는 침대에 머리를 기대고 힘없이 늘어져 있었다. 역시나 죽어가고 있었다. 카메노는 피터를 바라보며 희미하게 미소 지었다.

아니, 아니, 아니. 당신은 날 구한 게 아니야. 웃을 상황이 아니라고. 당신은 벌써 죽었어야 했어. 왜 아직 살아 있는 거야. 주사기총은 또 어디서 난 거야. 멍청한 마스터, 주사기총을 설마 침대 밑에 숨겨뒀던 거야?

카메노의 숨이 끊어졌다.

피터는 시계를 확인했다. 11시 59분. 내일이 오는 것이 두려웠다. 내일 아침을 볼 수 없다는 것이 두려웠다. 폐가 피로 가득 차자 피터는 더 이상 숨을 쉴 수 없었다. 몸에 경련이 일기 시작했다.

피터 역시 그대로 바닥에 쓰러졌다.

7

자명종이 비명을 질렀다.

뜨끈하고 물컹한 무언가가 얼굴에 닿자 피터는 화들짝 놀라며 몸을 일으켰다. 아침이었고, 침대 위였다. 곧 시계가 바닥에 떨어졌다. 얼마 지나지 않아 창틀에 비둘기 두 마리가 앉았다. 바깥에선 청소부와 여관 주인이 말싸움을 시작했다.

그리고 침대 끝에 검은 고양이 한 마리가 혓바닥으로 털을 할짝대며 앉아 있었다. 가슴 털은 희고, 오른쪽 눈에는 상처가 있는 고양이였다.

"일어났어요?"

목소리가 난 곳을 보자 벽에 몸을 기댄 채 서 있는 카메노가 보였다. 카메노는 처음 봤을 때와 같은 빨간색 민소매 터틀넥을 입고 있었다. 긴 목이 두드러진 모습이 마치 목을 쭉 내민 거북이 같았다. 물론 미치도록 아름다운 거북이였다.

피터가 아무 말도 하지 못하고 있자 카메노가 다가왔다.

"다시 만나서 반가워요, 피터."

"……어떻게 된 거죠?"

카메노는 고양이를 침대에서 안아 올려 바닥에 내려놓았다. 그리고 피터의 다리 옆에 앉으며 말했다.

"오늘 아침으로 돌아온 거죠. 여전히 루프 안이에요."

"하지만 마스터는 분명 주사기총에 맞아서……."

피터는 카메노의 눈을 바라봤다. 나이를 가늠할 수 없는 갈색 눈동자가 반짝였다. 피터가 말을 이었다.

"타임루퍼는 당신이었군요. 그럼 마스터는……."

"당신 말을 빌린다면, 시간의 두께를 보는 사람이었죠. 뭐, 워낙 멍청한 양반이라 자기가 루퍼인 줄 알았지만."

"……무슨 일이 있었던 거죠?"

카메노가 피터에게 좀 더 가까이 다가와 앉았다.

"마스터가 한 말, 일부는 맞아요. 처음 루프가 시작된 날, 마스터와 함께 밤을 보냈고, 함께 살자는 제안을 거절했어요. 마스터는 그런 제 목을 칼로 찔렀죠."

카메노는 목을 어루만졌다.

"아, 이렇게 어이없이 죽는구나, 했죠. 그런데…… 그렇게 죽음을 받아들이려는 순간에 불타오르는 듯한 황홀감이 몸을 감싸는 거예요. 그때까지 단 한 번도 느껴본 적 없는 절정의 쾌감이었어요."

"마스터가 말한 것처럼…… 운명에 순응했더니, 뭐, 그런 이야긴가요?"

"아니, 그 양반은 멍청해서 아무것도 몰라요. 아무 데나 운명을 갖다 붙이거든요. 어제도 도무지 들어줄 수가 없어서 더 못 참고 쏴버린 것도 있어요."

카메노는 그렇게 말하며 집게손가락을 살짝 까닥거렸다.

"이건 섹스에서 오는 오르가슴과 죽음에서 오는 오르가슴의 시너지예요. 순교자의 환희, 사후(死後) 사정이나 사후(死後) 배란 같은 거, 들어본 적 없어요?"

피터는 처음 들어보는 이야기였지만 그냥 가만히 듣고만 있었다.

"내가 루프 속에 있다는 걸 깨달았을 땐…… 무서우면서도 기뻤어요. 마치 신만 아는 쾌락을 훔친 느낌이랄까."

"그러다가 마스터가 루프를 깨달은 거군요."

"네, 맞아요. 루퍼인 저와 가장 가까이 있었으니 그럴 만도 했죠. 근데 너무 멍청했어요. 제가 루퍼란 것도 몰랐으니까요. 처음엔 자기가 루퍼라고 떠들다가 다음 날엔 아무렇지도 않게 어설픈 대사로 유혹하려 들고. 그것도 나름 재미있었어요. 즐길 만했죠."

카메노는 피터의 가슴에 손을 얹었다.

"하지만 그래 봤자 결국 마스터는 자기 요구를 거절했다고 폭력을 휘두르는 한심한 남자였어요. 그가 점점 지겨워지기 시작할 무렵 당신이 나타났어요. 카페에서 슬쩍 봤을 땐 좀 귀찮은 존재라고만 생각했는데…… 당신이 처음 날 찾아온 날부터는 당신이 갖고 싶어졌어요."

피터는 아무 말도 하지 않았다.

"지금 고백하는 거예요. 피터, 난 당신이 좋아요."

카메노가 피터에게 고개를 기울였다. 그리고 가볍게

입을 맞췄다. 카메노의 가느다란 손가락이 피터의 목을 감쌌다.

"마스터는 걱정하지 마세요. 전 매일 4시에 잠에서 깨요. 한 시간이면 마스터의 집에 가서 가슴에 칼을 꽂고 오기 충분한 시간이에요. 조금 전에 직접 해보고 왔으니까 틀림없어요. 정작 자기가 죽을 땐 얼마나 무서워하던지, 당신도 볼 수 있다면 좋을 텐데."

카메노는 피터가 달아오르는 걸 느끼고는 그의 귀에 속삭였다.

"이 시간 속에서 나와 함께 지내지 않을래요? 부탁 들어주기로 약속한 거 기억나요?"

찰칵.

카메노가 피터의 오른손에 수갑을 채웠다. 찰칵. 그리고 그 수갑을 침대 기둥에 연결했다. 피터가 당황한 틈을 타서 다른 한 손도 수갑을 채워 침대에 고정했다.

"내가 매일 쾌락의 새로운 경지를 보여줄게요. 나와 함께 즐겨요."

"아니, 전……."

"지니 때문에 그래요? 마스터한테 들었어요. 괜찮아요. 누구에게나 간식은 필요하니까. 저도 마찬가지고. 여기 서점 주인이 몸도, 성격도 좋고 잘생긴 거 알아요? 숙맥이긴 하지만 그건 그 나름대로 장점이죠."

지니. 마스터가 죽었다면, 지니는 어떻게 되는 걸까? 문이 잠긴 카페 앞에서 무슨 생각을 할까? 아침 식사 세트와 아삼 차이를 주문받고 미소를 보내던 지니는 이대로 사라지는 걸까?

"아니, 그렇게는 안 돼요. 카메노, 제발, 모든 걸 원래대로 돌려놔요. 쾌락 때문에 죽음을 방기하는 짓 따위는 못해요."

익숙한 통증이 피터의 가슴을 덮쳤다. 카메노가 송곳을 피터의 갈비뼈 사이로 쑤셔 넣었다. 폐 속에 피가 차오르기 시작했다.

세상에, 또 이거라니…….

피터가 쿨럭거리는 사이 카메노는 옷을 벗어 던지고 피터의 바지를 벗긴 다음, 그 위에 올라탔다. 카메노의 능숙한 몸놀림에 피터의 몸은 금방 땀에 젖었다.

"오, 피터. 한번 기회를 줄게요. 직접 느껴봐요."

카메노의 움직임에 피터의 전신에 전율이 흘렀다. 카메노는 이걸 말한 것일까? 아니다. 피터는 아직 죽음을 받아들이지 않았다. 하지만 곧 그렇게 될 것이다. 카메노가 말하는 신에게서 훔친 쾌락을 느낀 뒤라면, 돌이킬 수 없을 것도 같았다. 그 전에 벗어나야 했다.

피터는 있는 힘껏 몸을 뒤집었다. 카메노의 가벼운 몸이 밀려나자, 피터는 조금의 미련도 없이 침대를 벗어나고자 했다.

피터는 자신을 가로막는 수갑이 걸린 침대 기둥에 대고 격렬히 발길질했다. 기둥이 부서질 기미는 보이지 않았다.

"강요하진 않을게요, 피터."

카메노는 실망한 기색이 역력한 얼굴로 피터를 바라봤다. 카메노의 손에는 니트로글리세린 주사기총이 들려 있었다. 피터의 입에서 피가 조금씩 흘러나왔다.

"그렇다고 당신을 데리고 가지도 않겠어요."

카메노는 주사기총의 다이얼을 만지작거리며 주입량을 조절했다.

"마스터가 이걸로 쓰러지는 걸 보고는 좀 무서웠어요. 게다가 잘못하면 루프 능력 자체가 사라진다면서요? 체중에 맞게 쏴야 하는 거였네요. 피터, 내 체중 알아요?"

카메노가 씁쓸하게 웃었다. 피터는 카메노에게 다가가기 위해 안간힘을 썼지만, 침대를 벗어날 수 없었다.

"당신이 자는 동안에 짐을 좀 뒤졌어요. 미안해요."

카메노가 주사기총을 들어 올려 카우보이처럼 총구를 후 불었다.

"그리고 당신 업무 노트도 조금 봤는데…… 타임루퍼가 히스타민을 죽을 만큼 투약하면 강제로 루프를 시작할 수도 있던데요? 그래서 항히스타민제 같은 걸 가지고 있었던 거네요. 전 알레르기라도 있는 줄 알았죠. 좋은 정보 고마워요."

카메노는 주사기총을 자기 무릎에 쏘았다. 주사기가 박히자 카메노의 표정이 잠시 일그러졌지만, 금세 밝은 얼굴로 돌아왔다. 니트로글리세린이 설정한 양 만큼 주입된 걸 확인한 카메노는 주사기를 뽑아 바닥에 던졌다. 카메노는 잠깐 눈을 감고 손으로 이마를 누르며 고개를 흔들었다. 니트로글리세린의 부작용으로 인한 두통이란 걸 피터는 알 수 있었다. 카메노의 몸에 약효가 충분히 퍼진 것이다.

이제 내일이 찾아올 것이었다. 이렇게 타임루프는 깨졌다.

옷을 챙겨 입은 카메노는 고양이에게 양팔을 뻗었다.

"제논, 이리 와. 집에 갈 시간이야."

고양이는 망설임 없이 카메노의 품에 안겼다. 카메노는 고양이를 쓰다듬으며 피터를 향해 고개를 돌렸다. 그리고 말했다.

"안녕, 아킬레우스. 거북이는 오늘도 먼저 떠납니다."

피터는 가느다란 신음을 내며 침대 위에 쓰러졌다. 카메노가 문을 닫는 소리와 함께 피터의 숨이 끊어졌다.

8

해 질 녘이 되자 지니는 문득 산책이 하고 싶어졌다.

아무 생각 없이, 그저 발길이 이끄는 곳으로 향했다. 오늘은 평소보다 더 외로운 하루였다. 아침에 늦잠을 자고 허겁지겁 카페에 갔더니 아무도 없었다. 개점 준비를 마친 마스터가 자기가 마실 커피를 내리고 있을 시간이었는데도. 왠지 새로운 사람을 만날 것 같은 기분이 들었는데……. 마스터는 어디로 간 걸까? 카페가 문을 열었다면 어떤 손님들이 왔을까? 아침의 허전함이 여전히 지니의 마음에 남아 있었다.

어느새 해가 완전히 지고 하늘이 어두워졌다. 지니는 한참을 걷다가 서점 앞에서 발걸음을 멈추고 하늘을 올려다봤다. 새카만 밤하늘에 뿌려진 별빛들이 반짝거리며 자리를 지키고 있었다.

밝은 별똥별 하나가 밤하늘을 가로질렀다. 누군가의 체온이 그리워지는 차가운 가을밤이었다.

작가의 말

세 번째 소설집입니다. 그런데 왠지 이번이야말로 진짜 처음 같은 기분이 듭니다. 먼저 나온 두 소설집을 만들 땐 작품을 고른다는 감각이 별로 없었거든요. 첫 번째 소설집은 발표한 작품이 많지 않았던 시기에 나왔고, 두 번째 소설집은 의도적으로 미니멀한 구성을 택했던 터라 선집이라는 느낌이 크지 않았습니다. 두 소설집 모두 굉장히 아끼고 있지만요. 하지만 이번에는 조금 다릅니다. 작가 활동 전반기에 발표한 작품들 거의 모두를 기획 단계부터 후보로 올려놓고 골랐기 때문입니다. 그래서인지 더 각별한 마음이 드네요. 물론 저 혼자 고른 건 아닙니다. 이런 일은 출판사 편집부의 안목에 맡기는 게 정답이라고 보고 듣고 배웠습니다.

검은 절벽

팀 이건 감독의 짧은 공포 영화 〈큐브〉를 보고 떠올린 이야기입니다. 바닥도 천장도 없는 우주의 절벽에 간신히 매달려 있다면 과연 어떤 기분이 들까요? 단순하지만 압도적인 절망감을 그려낸 〈큐브〉와 달리 〈검은 절벽〉은 후반부로 갈수록 이야기가 조금 복잡해집니다. 우주에서까지 '그런 꼴'을 보고 싶지는 않겠지만 저는 '그런 걸' 보여주고 싶었습니다.

결말부는 처음 공개했던 것과 조금 달라졌습니다. 분량 제한 때문에 잘라냈던 내용을 복원하면서 그에 맞춰 수정했습니다.

텅 빈 거품

어느 날 도서관에서 과학 잡지 〈뉴턴〉 2019년 3월호의 '진공 붕괴' 특집 기사를 읽다가 문득 중학교 과학 시간에 만들었던 액체 손난로의 시큼한 냄새가 떠올랐습니다. 마침 디스토피아 단편을 구상하고 있던 터라 손난로 속에 우주를 한번 담아보기로 했습니다. 〈텅 빈 거품〉은 그렇게 탄생했습니다. 글을 쓰는 동안 암울한 미래가 뚜렷하게 예고된 세상에서 아이를 낳고 키우는 건 과연 옳은 선택일까, 라는 질문이 마음 한구석에 자리 잡았습니다. 하지만 우리에게 주어진 선택지는 그리 많지 않네요. 상미와 달리 우리에겐 우리를 태워줄 기생선이 없으니까요.

원래는 이야기 초입에 150년 뒤의 유토피아에서 살아가는 소년이 '거품 감시탑'을 오르는 짧은 장면이 있었습니다. 그러나 전체 이야기와 잘 어울리지 않아 결국 뺐습니다. '어제를 완전히 잊을 만큼 오늘이 행복했고, 내일이 영원히 오지 않을 것처럼 오늘이 즐거웠던 소년' 이오파투의 이야기는 적절한 자리를 찾기 전까지는 조심스럽게 간직해둘 생각입니다.

마리 멜리에스

"컴퓨터를 이용한 완벽한 뇌의 시뮬레이션이 의식을 가진다고 말하는 것은 폭풍우를 완벽하게 흉내 낸 시뮬레이션이 우리 모두를 젖게 만들 것이라고 말하는 것과 다르지 않습니다"(철학자 존 설)와 "(의식을 인공적인 매질로 다운로드하는 것은) 아마도 풀러렌으로 만들어진 인공적인 나노튜브와 같이 적절한 속성을 가진 대안적인 매질에서 가능할 것이다. 적당한 시간 내에 임계점에 도달하기에 충분한 양의 중첩을 일으킬 수 있다면 비생물학적 매질에서 의식을 창조하는 일도 가능하다"(마취과 전문의 스튜어트 헤머로

프)는 과학 잡지 〈스켑틱〉 2016년 7호에 실린 로버트 L. 쿤의 〈내 마음이 이식된 컴퓨터도 '나'인가〉에서 가져온 문장들입니다. 〈마리 멜리에스〉는 바로 이 지점에서 출발했습니다. 멜리에스라는 이름은 영화감독 조르주 멜리에스에서 따왔는데, 이유는 기억나지 않네요. 아마 달 때문 아니었을까요?

콜러스 신드롬

지면으로는 처음 공개하는 작품입니다. 아내가 첫아이를 임신했을 때 기형아 선별검사에서 특정 장애가 있을지도 모른다는 진단을 받았습니다. 수치상 아주 높은 가능성은 아니었지만 그렇다고 가볍게 넘길 수준도 아니었습니다. 병원에서는 양수 검사를 받으러 오라고 했고 저희는 며칠 동안 고민했습니다. 결국 양수 검사는 받지 않았습니다. 다양한 가능성을 생각하며 많은 것을 포기할 각오도 했습니다.

다행히 아이는 특별한 장애 없이 태어났습니다. 다행히. 그런데 이 '다행히'라는 말이 생각보다 가슴에 무겁게 남았습니다. 양수 검사를 해야 할지 고민하는 동안 장애가 있는 아이를 키우며 살아가는 많은 가족의 이야기를 읽었습니다. 과연 내 하찮은 각오로 그들이 짊어진 삶의 무게를 감당할 수 있었을까. 다행이라는 감정을 느꼈다는 사실에 죄책감마저 들었습니다. 그저 생물학적 주사위가 던져진 결과일 뿐인데 삶은 왜 이토록 달라지는가. 그런 생각을 안고 〈콜러스 신드롬〉을 썼습니다.

그리고 시간 여행 이야기를 볼 때마다 늘 떠오르던 의문이 있었습니다. 주인공의 시간이 돌아가고 삶이 바뀜에 따라 태어나지 못하게 되는 아이들에 대한 책임은 누구에게 있는가. 그 질문을 이 이야기 속에 담아보고 싶었습니다. 사람들이 장난 삼아 묻는 '과거로 돌아간다면 지금의 배우자와 다시 만날 것인가?'라는 질문에 선뜻 대답하지 못하는 이유도 여기에 있습니다. 다시 만난다 해도 지금의 아이들이 다시 태어난다는 보장은 없기 때문입니다. 배우자와 다시 함께하는 그 시간 속에서 사라져버린 아이들의 얼굴이 끊임없이 떠오를 테니까요. 과연 그 상실을, 그 부재를 견딜 수 있을까요?

에일-르의 마지막 손님

어렸을 때 재미 삼아 썼던 몇 편을 제외하면 이 작품이 본격적으로 쓴 첫 번째 소설입니다. 어느 날 소셜미디어에서 포크에 감긴 스파게티 그림을 봤는데 면발이 마치 벌레처럼 보였습니다. 그때의 섬뜩한 감각이 오래 뇌리에 남았고 〈에일-르의 마지막 손님〉은 거기서 출발했습니다.

작품에 등장하는 남아프리카의 케이프타운과 일본의 미즈사와 장면은 모두 직접 방문했던 기억을 바탕으로 썼습니다. 케이프타운에서는 정말로 한 청년이 느닷없이 다가와 가이드를 자처하며 도시를 안내해주었는데, 그와의 대화 내용이 소설에 거의 그대로 담겨 있습니다. 지금도 가끔 그 청년을 떠올립니다. 그는 지금 어디서, 어떤 삶을 살고 있을까요. 부디 지금은 따뜻하고 안정적인 잠자리가 있기를 바랍니다.

안녕, 아킬레우스

제가 처음으로 쓴 타임루프 이야기입니다. 〈콜러스 신드롬〉이 두 번째, 〈이웃집 생일파티〉가 세 번째인데 모두 타임루프가 작동하는 방식은 비슷하지만, 이야기 간의 직접적인 연관은 없습니다. 느슨하게 연결되어 있을 뿐 독립적인 작품들입니다.

당연한 이야기지만 타임루프물의 고전이라 할 수 있는 영화 〈사랑의 블랙홀〉에서 모티프를 얻었습니다. 다만 만약 필 코너스가 악한 인물이고, 주인공이 타임루프의 주체가 아닌 제3자라면 어땠을까, 하는 새로운 아이디어를 토대로 썼습니다. 그런 점에서는 〈콜러스 신드롬〉과도 어느 정도 겹치는 부분이 있네요.

〈안녕, 아킬레우스〉는 출간 직후 영상화 계약이 체결되기도 했습니다. 안타깝게도 제작으로 이어지진 못했는데 계약과 거의 동시에 코로나 팬데믹이 덮쳤기 때문일 거라고 생각하며 아쉬운 마음을 달래고 있습니다.

작품을 검토하고 출간을 결정해준 한겨레출판의 최해경 팀장님과 김다인 전 편집자님, 마지막까지 꼼꼼하게 손봐주신 박지호 편집자님께 깊이 감사드립니다. 언제나 좋은 기회를 만들어주시는 그린북 에이전시에도 고마움을 전합니다. 온라인 소설 플랫폼 브릿G에도 감사의 마음을 전하고 싶습니다. 이번에 실린 여섯 작품 중 네 편이 브릿G를 통해 처음 세상에 나왔습니다. 브릿G가 없었다면 이 이야기들은 세상에 존재할 수 없었을 겁니다.

그리고 틈날 때마다 노트북을 들고 방에 틀어박히거나 바깥으로 나가는 저를 묵묵히 이해해주는 가족에게 사랑과 고마움을 전합니다.

2025년 4월
해도연

수록 작품 발표 지면

검은 절벽 … 리디북스 우주라이크소설 발표(2021)
텅 빈 거품 …《텅 빈 거품》(요다, 2019) 수록
마리 멜리에스 …《위대한 침묵》(그래비티북스, 2018) 수록
콜러스 신드롬 … 브릿G 발표(2021)
에일-르의 마지막 손님 …《누나 노릇: 2020 환상문학웹진
 거울 대표중단편선 2》(아작, 2021) 수록
안녕, 아킬레우스 …《꼬리가 없는 하얀 요호 설화》
 (황금가지, 2020) 수록

진공 붕괴

ⓒ 해도연 2025

초판 1쇄 인쇄 2025년 4월 25일
초판 1쇄 발행 2025년 4월 30일

지은이	해도연
펴낸이	유강문
문학팀	박지호 최해경 박선우
마케팅	김한성 조재성 박신영 김애린 오민정

펴낸곳	(주)한겨레엔 www.hanibook.co.kr
등록	2006년 1월 4일 제313-2006-00003호
주소	서울시 마포구 창전로 70 (신수동) 화수목빌딩 5층
전화	02-6383-1602~3
팩스	02-6383-1610
대표메일	munhak@hanien.co.kr

ISBN 979-11-7213-253-8 03810

- 책값은 뒤표지에 있습니다.
- 파본은 구입하신 서점에서 바꾸어 드립니다.
- 이 책의 일부 또는 전부를 재사용하려면 반드시 저작권자와 (주)한겨레엔 양측의 동의를 얻어야 합니다.